¿SE PREGUNTA POR QUÉ OTRAS MUJERES ESTÁN CASADAS... Y USTED NO?

PONGA A PRUEBA SUS HABILIDADES PARA ENCONTRAR MARIDO ¿VERDADERO O FALSO?

* Las estrategias matrimoniales más exitosas son mentales, no físicas. No desperdicie sus emociones en un hombre mientras no sepa si la merece.
* Hay un número mucho más alto de mujeres casaderas que de hombres casaderos.
* Para tener éxito en el amor, la mujer no solo debe ser consciente de sus propias fortalezas; también debe poder comunicárselas a su hombre.
* Uno de cada cien hombres o, posiblemente, uno de cada mil, sería su pareja ideal... usted deberá conocer muchísimos hombres para encontrar a aquel con el que ha soñado.
* A pesar de lo que la gente cree, las mujeres «populares» no son más deseables como esposas.
* Independientemente de la talla que usted use o de su estilo preferido, la ropa tiene la capacidad de despertar la curiosidad y la imaginación del hombre en torno a su cuerpo.
* El enamoramiento no es un camino interminable de experiencias agradables.
* Las mujeres «calculadoras» atrapan a los hombres, mientras que las que aman con generosidad y desinterés salen perdiendo.
* Nunca se involucre con un hombre por lástima ni pensando que lo podrá cambiar.
* Su mente es su posesión más valiosa.
* Llámelo. Ya pasó la época en que las mujeres no podían llamar a los hombres.

La respuesta a todas estas preguntas es «verdadero». Descubra por qué y aprenda cómo dejar de esperar que el Príncipe Azul llegue a su puerta. Colóquese en el sitio del conductor, encuentre a ese príncipe y viva feliz con la ayuda de *Cómo casarse con el hombre de sus sueños*.

Margaret Kent

Cómo casarse con el hombre de sus sueños

AGUILAR

Título original: How to Marry the Man of Your Choice
© 1984, 1987, 2005, Margaret Kent
Esta edición es publicada en acuerdo con Warner Books, Inc.,
Nueva York, Nueva York, USA. Todos los derechos reservados.
© De la traducción: Marcela de Narváez
© De esta edición:

    2006, Distribuidora y Editora Aguilar, Altea, Taurus, Alfaguara S. A.
    Calle 80 No. 10-23
    Teléfono (571) 6 39 60 00
    Telefax (571) 2 36 93 82
    Bogotá, Colombia

- Aguilar, Altea, Taurus, Alfaguara, S. A.
  Av. Leandro N. Alem 720 (C1001AAP), Buenos Aires
- Santillana Ediciones Generales, S. A. de C. V.
  Avda. Universidad, 767, Col. del Valle,
- México, D.F. C. P. 03100
- Santillana Ediciones Generales, S. L.
  Torrelaguna, 60.28043, Madrid

Diseño e ilustración de cubierta: Ana María Sánchez Baptiste

ISBN: 958-704-461-4

Printed in Colombia - Impreso en Colombia

Primera edición en Colombia, septiembre de 2006

A mi esposo, Robert Feinschreiber,
el hombre de mis sueños

Contenido

Prólogo

Bienvenidos a la vigésima primera edición de *Cómo casarse con el hombre de sus sueños*. Mi orgullo no tiene límites pues las ediciones anteriores les ayudaron a casarse a millones de personas del mundo entero, empezando por los Estados Unidos, donde figuró, durante dieciséis semanas, en la lista de los libros más vendidos de *The New York Times*. Aquí está la historia de este éxito.

Como la mayoría de mis lectoras, yo crecí esperando tener algún día un marido fantástico, unos hijos estupendos, una casa espaciosa y una carrera profesional gratificante. Se suponía, sencillamente, que así serían las cosas. Asistí a la escuela, fui a la iglesia e hice amigos, pero nunca pasó por mi mente la idea de planear mi futuro. No obstante, siendo veinteañera decidí hacerme cargo de mi vida, lo que implicaba pensar en el matrimonio.

Mi padre, Jack Bradfield, llegó a Miami procedente del estado de New Jersey en 1926, cuando esa ciudad de Florida no ofrecía mayores atractivos. Mi madre, Hilda Arechavaleta, llegó una década más tarde procedente de La Habana. Ellos se casaron en octubre de 1941.

Yo nací en Miami a finales del verano de 1942, en plena II Guerra Mundial. Como a mi padre le preocupaba nuestra seguridad durante la guerra, a menudo nos mandaba a mi madre y a mí a Cuba.

Teníamos muchísimos familiares en La Habana. Mi tío abuelo había sido embajador de Cuba en varios países y, aunque sus hijos estudiaron derecho y medicina, yo soñaba con seguir sus pasos.

Para finales de 1958, mi vida se desenvolvía idílicamente. Estaba próxima a graduarme de la escuela secundaria y me preparaba para viajar a Europa, donde estudiaría Diplomacia. Casarme no figuraba aún entre mis proyectos.

Luego, en 1959, Castro tomó el poder en Cuba y se declaró comunista. Ni las propiedades ni las personas estaban a salvo. La época de abrigar esperanzas y sueños había terminado. Yo tuve que ir a Cuba a ayudar a rescatar a mi familia. Afortunadamente logramos evadir el fuego del ejército de Castro y salir con vida.

Nuestra casa de Miami, pequeña pero adecuada para mis padres y yo, ahora estaba abarrotada de tíos, tías, primos, primas y parientes ancianos. En esa época aprendí lo que es dormir por turnos. Mi proyecto de viajar a Europa para estudiar Diplomacia se frustró. Muchos de mis parientes no hablaban inglés y habían quedado tremendamente afectados por los horrores que caracterizaron el golpe de Estado de Castro. Como mi presencia era necesaria en nuestro hogar, me matriculé en la Universidad Barry, que no costaba mucho, y comencé a trabajar prácticamente de jornada completa en la compañía telefónica.

A los veinte años terminé mis estudios universitarios y empecé a enseñar en una escuela secundaria y en programas de educación para adultos en Miami. Hice mis estudios de posgrado en el Tecnológico de Monterrey, en México, y mi vida social se inició. Fue entonces cuando comencé a contemplar la idea del matrimonio. Yo sabía que sin esfuerzo y planeación no me ocurrirían cosas buenas, pero aún carecía de las habilidades necesarias para tomar en serio el matrimonio. Con frecuencia me preguntaba por qué tantas mujeres que no tenían atributos especiales (en opinión mía) conseguían novios o esposos maravillosos, mientras que tantas mujeres valiosas (en opinión mía) estaban solas. Me preguntaba:

- ¿Por qué atraen las mujeres a hombres que no les gustan? ¿Por qué no atraen las mujeres a los hombres que les gustan?
- ¿Por qué es tan difícil conocer hombres?
- ¿Por qué da la impresión de que los hombres rechazan el matrimonio?
- ¿Qué quieren realmente los hombres?

Yo me daba cuenta de que muchas mujeres extraordinarias deseaban casarse, pero no lo lograban. Y lo peor era que muchas tenían más de treinta y cuarenta años. De acuerdo con las estadísticas, las mujeres de esa edad tenían pocas probabilidades de casarse, y la probabilidad disminuía con cada año que pasaba. Eran tantas las preguntas que me hacía, que decidí buscar las respuestas.

En 1967, yo enseñaba Español y Francés en una escuela secundaria, e Inglés y Español en varios programas de educación para adultos. Uno de mis alumnos en un programa nocturno de Español era George Kent. Después de haber sido jesuita e ingeniero, George se había graduado como abogado y psiquiatra. Él tenía varios pacientes y clientes cuya lengua materna era el español, y me pidió que fuera su traductora.

Como abogado, George tenía varias clientas cuyos maridos las habían dejado después de muchos años de matrimonio y a quienes preocupaba enormemente su futuro. Como psiquiatra, tenía varias pacientes solteras que veían con pesimismo sus posibilidades de casarse. Trabajando con George capté que había un patrón en esos problemas matrimoniales. Decidí, pues, convertir esos patrones en una estrategia y utilizarla para casarme con George, de quien me había enamorado.

En septiembre de 1968 puse en marcha mi plan. En Navidad, George me propuso matrimonio. Nos comprometimos el Día de San Valentín de 1969 y nos casamos en junio de ese año.

Al enterarse de que George y yo teníamos un matrimonio feliz, muchas de mis amigas me pidieron ayuda. Eso me motivó a diseñar un curso sobre el matrimonio para seis de ellas, y todas se casaron alrededor de seis meses después de terminarlo.

Entre 1969 y 1979, cerca de cuatrocientas personas tomaron ese curso. Antes de que transcurrieran cuatro años, todas ellas —sin excepción— se habían casado, aunque la mayoría lo hizo menos de dos años después de tomar el curso. Entonces empecé a diseñar una estrategia matrimonial integral que debería basarse en dos puntos:

1. Tomar en consideración todos los aspectos del proceso matrimonial. Así, pues, la estrategia comienza antes de que la mujer conozca hombres, continúa con los procesos de salir, elegir, casarse y, más adelante, tener un matrimonio feliz. Yo sabía que muchos libros sobre el matrimonio daban consejos enfocados únicamente en un aspecto del proceso, por ejemplo, conocer hombres o planear la boda, pero no enseñaban técnicas para pasar de conocer hombres a casarse. Mi intención era llenar ese gran vacío.

2. Ser universal, en otras palabras, ser válida para todo tipo de culturas, respetando las condiciones económicas, religiosas y culturales. Un tiempo después tuve la oportunidad de poner en práctica mis técnicas maritales con el libro *Cómo casarse con el hombre de sus sueños* en los Estados Unidos, Canadá, Gran Bretaña, México, Brasil, Italia e Irlanda; luego en la URSS (durante el período comunista) y en la Rusia poscomunista. La República Checa,

Hungría, China, Israel y Japón vinieron después. ¡Era inmensa la necesidad que el mundo tenía de ese material! *Cómo casarse con el hombre de sus sueños* se ha distribuido en más de treinta países. Independientemente de la cultura a la que pertenecen, para las mujeres suele ser difícil casarse con el hombre de sus sueños.

Mi primer matrimonio terminó trágicamente. La muerte inesperada de George, en 1979, me sumió en un duelo profundo durante más de un año. Luego, decidí que ya era hora de empezar a vivir de nuevo y encontrar otro magnífico esposo, a pesar de que tenía casi cuarenta años. Empecé a estudiar Derecho en 1980, terminé en 1983 y me convertí en abogada del estado de Florida.

Conocí a Robert Feinschreiber, un acreditado experto en impuestos, el 30 de diciembre de 1981, y nos casamos el 30 de diciembre de 1984. Aun cuando el proceso que promuevo suele tomar dos años, a mí me tomó tres. ¿Por qué? Bueno, pues porque empecé a salir con Robert más de un año y medio después de conocerlo.

Desde luego, con Robert volví a poner en práctica la estrategia matrimonial. Él es tan inteligente que lo intuyó. A menudo me decía: «Sé que estás haciendo algo diferente. Prométeme que nunca dejarás de hacerlo».

Gracias a Robert, usted tiene este libro en sus manos. Él logró que el material técnico y psicológico de mis cursos se convirtiera en un libro que circuló inicialmente a nivel privado y que posteriormente fue publicado por Warner Books. Robert desarrolló un magistral plan de mercadeo: un marido o la devolución de su dinero. Warner solo devolvió el 0.02%.

Fui invitada a participar en muchos e importantes programas televisivos, incluso en algunos participé más de una vez. Fui la primera invitada de Oprah Winfrey cuando su programa de Chicago se extendió a todo el país. Phil Donahue, Larry

King, Geraldo Rivera, Regis Philbin, Montel Williams, Joan Rivers, Sally Jessy Raphael y Maury Povich se cuentan entre mis otros entrevistadores favoritos de los estadounidenses, además de Tom Charrington en Canadá, Terry Wogan en el Reino Unido y Gay Byrne en Irlanda. También he participado en programas en español, entre ellos, «Cristina», «Sábado Gigante» y «Despierta América».

Como muchas de mis lectoras, tengo diversos intereses. Ejerzo el derecho en la Florida con Robert; nos especializamos en casos de divorcio, discriminación, testamentos, impuestos e incentivos a las exportaciones. Trabajamos en la privatización de las economías de países que formaron parte de la URSS y viajamos en misiones de las Naciones Unidas. Tuve el privilegio —inusual, por cierto— de cenar varias veces en el Kremlin y de visitar la antigua ciudad atómica secreta de Rusia.

Me agrada ayudarles a las mujeres de todo el mundo. Espero que este libro haga de su búsqueda de pareja un proceso fácil y tan agradable como debe ser. Las estrategias son eficaces y divertidas tanto para el hombre como para la mujer. Los hombres disfrutarán su compañía, y usted disfrutará la búsqueda de su hombre. Una de las cosas que más le agradarán será comprobar cómo aumenta su confianza con los hombres. Escríbame a multijur@aol.com sobre sus experiencias con el material que ofrece este libro, o a mi sitio web, www.romanceRoad.com. ¡Y no olvide enviarme una participación a su boda!

Introducción

Mire a su alrededor y observe a otras mujeres. Advertirá que no todas son tan atractivas, jóvenes, delgadas, brillantes, educadas o destacadas como usted. Sin embargo, algunas tienen novios o esposos que le parecen envidiables. ¿Por qué ellas sí tienen novio o están casadas, mientras que usted sigue soltera?

Cómo casarse con el hombre de sus sueños revela los secretos del éxito que esas mujeres tienen con los hombres. Este libro le enseñará técnicas que podrá poner en práctica al conocer hombres, entablar relaciones con ellos y conducir al matrimonio a aquel con el que siempre ha soñado.

Usted *no tiene* que quedarse soltera. Las estrategias que aprenderá le permitirán salir del mundo de los solteros y entrar, con el hombre de sus sueños, en el mundo de las parejas felizmente casadas. Los doce capítulos del libro la guiarán por este camino.

Encontrar pareja tiene que ser una aventura emocionante. El propósito de *Cómo casarse con el hombre de sus sueños* es facilitar esa aventura y hacer que concluya con éxito. El libro fue escrito teniendo en mente a todas las mujeres que desean casarse, incluidas aquellas para las que el proceso del matrimonio es misterioso y confuso.

El enamoramiento

Cómo casarse con el hombre de sus sueños le mostrará cómo funciona el proceso que lleva al matrimonio y lo que puede hacer para sacar provecho de él. El libro analiza cada uno de los pasos del proceso del enamoramiento y da pautas para superarlos exitosamente. Le mostraré cómo debe iniciar una relación con el hombre con el que desearía casarse y cómo nutrir esa relación.

La frase operativa del título de este libro es *de sus sueños*. Si el hombre con el que está saliendo no es el de sus sueños, no pierda más tiempo con él. Incluso si su propósito es solamente adquirir nuevas habilidades para salir con hombres, este libro le será útil.

El amor es mucho más que encaprichamiento, y el enamoramiento no es un camino ininterrumpido de experiencias agradables. Quizás le sorprenderá saber que el proceso de enamorarse es similar a aquel mediante el cual se desarrolla el patriotismo o se adopta una fe religiosa. Examinaré todos los aspectos del proceso del enamoramiento y le enseñaré técnicas que harán que su hombre se enamore apasionadamente de usted.

Este libro enseña estrategias basadas en principios de la psicología, el derecho, la psiquiatría, la religión y otras profesiones, que permiten influir en el comportamiento humano, predecirlo, moldearlo y controlarlo. Al integrar las teorías de esas ciencias de la conducta, el libro ofrece una serie de consejos cuya finalidad es que las lectoras logren casarse con el hombre de sus sueños.

Utilice estas técnicas para facilitar el proceso natural del enamoramiento. Este libro fue escrito pensando en las mujeres que desean que un hombre se enamore y se case con ellas, pero cuyas habilidades para conquistar al hombre que desean son inadecuadas.

Si le preocupa que las estrategias sean demasiado racionales y que el proceso sea aburrido, le aseguro que es todo lo contrario. Usted experimentará una gran emoción a medida que vaya obteniendo resultados.

Cómo tener éxito con los hombres

¿Piensa que las mujeres calculadoras son las que consiguen hombres, mientras que las que aman con generosidad y desinterés siempre salen perdiendo? Si esta es su percepción del mundo del amor, está en lo correcto. Le explicaré por qué. Las primeras tienen éxito con los hombres porque les hacen creer que son superiores a las demás mujeres y que estar con ellas es un privilegio. Este libro le enseñará lo que debe hacer para que su hombre se sienta honrado de que usted lo ame.

Cómo evaluar a los hombres

Una de las principales razones por las que los matrimonios fracasan es que las parejas no se conocen bien antes de casarse. *Conocemos* a personas extrañas, lo cual es lógico, pero *nos casamos* con extraños, basándonos en suposiciones que nunca hemos puesto a prueba. No es de sorprender que el resultado a menudo sea desastroso. Mis técnicas tienen por objeto ayudarles a las lectoras a conocer a los hombres como realmente son. Es preferible romper un noviazgo que un matrimonio.

Cuando usted sale con un hombre, tiene la oportunidad de evaluarlo y de crear un vínculo que podría conducir al matrimonio. No malgaste su tiempo únicamente divirtiéndose. Disfrute la compañía de ese hombre, pero solo después de haberlo evaluado y de haber analizado cómo sería su futuro junto a él.

Cuando los hombres contemplan la posibilidad de casarse con una mujer particular, la evalúan como una esposa potencial. No se avergüence de evaluar como esposos potenciales a todos los hombres con los que salga.

Quizás le inquiete que un proceso de evaluación como el que propongo sea demasiado frío y racional. Sin embargo, esto es necesario ya que casi siempre se lleva a cabo de una manera irracional, inconsciente e incompleta. Afine su capacidad para evaluar a los hombres y utilícela para elegir a aquel con el que quisiera casarse.

Es arriesgado invertir las emociones en un extraño. No dudo de que usted haría una serie de averiguaciones antes de entregarle una gruesa suma de dinero a un inversionista desconocido. ¿No merecen lo mismo sus emociones? Investigue antes de invertir.

No desperdicie sus emociones en un hombre mientras no sepa si él la merece. Y nunca se involucre con un hombre por lástima o porque piensa que lo puede cambiar.

Absténgase de actuar como si fuera una heterosexual que no ha salido del clóset. Si quiere conocer al hombre de sus sueños y casarse con él, no puede permanecer encerrada. Deje que el mundo se entere de que le gustan los hombres. Su búsqueda tiene que ser activa, no pasiva.

Los riesgos de casarse con un extraño

Hoy en día, casarse es mucho más difícil que antes. Nosotros enfrentamos problemas y situaciones muy distintos de los de nuestros antepasados. Ellos no se casaban con extraños pues, por lo regular, vivían en pequeñas aldeas o en comunidades donde todos se conocían. Además, tenían la misma historia y compartían los valores, el lenguaje, la religión y la cultura. Las familias solían vivir en la misma zona generación tras generación. Aunque el novio y la novia no se trataran, las familias se conocían bastante bien y podían predecir si la pareja era compatible.

Pocas mujeres se unirían en matrimonio con un completo extraño. Sin embargo, algunas lo hacen pues no solo no comparten con sus cónyuges aspectos fundamentales para que el matrimonio funcione, sino que desconocen sus valores familiares y religiosos, sus escrúpulos, su sentido del patriotismo, sus metas, sus relaciones interpersonales, su ética de trabajo y su aspecto emocional.

Nuestros antepasados tenían muchas menos opciones que nosotros a la hora de escoger pareja, y menos probabilidades de equivocarse. En cambio, la gran cantidad de oportunidades que nosotros tenemos hace que sea mucho más fácil tomar decisiones erróneas. Por este motivo, debemos preocuparnos por averiguar más acerca de nuestros posibles cónyuges de lo que necesitaban averiguar nuestros antepasados.

Los avances en materia de transporte y comunicaciones —por ejemplo, el teléfono, el automóvil y el internet— han facilitado de modo extraordinario el contacto con personas extrañas. Como sus horizontes son actualmente más amplios que nunca, es importante que usted conozca a su posible esposo mejor que nunca. Esto le permitirá hacer una elección sensata y correcta.

El mito del universo infinito

Algunas mujeres actúan como si los hombres elegibles constituyeran un universo infinito. Ellas tienen exigencias detalladas y concretas para sus parejas ideales, como si de construir una casa desde los cimientos se tratara, y contaran con un presupuesto y una paciencia ilimitados.

El mito del universo infinito lleva a muchas mujeres a actuar a la ligera e irreflexivamente. Ellas despachan sin rodeos a los hombres que conocen, creyendo que les esperan más y mejores pretendientes. A muchos hombres no les prestan más atención de la que le prestarían a un granito de arena en la playa, como si hubiera infinidad de parejas potenciales.

Más allá de los cuentos de hadas

Si usted tiene la edad suficiente para pensar en el matrimonio, sin duda también tiene la madurez suficiente para dejar atrás las fantasías y los cuentos de hadas. ¿De verdad cree que las cosas buenas llegarán a su vida con solo desearlas o esperar un tiempo prudencial? Los cuentos de hadas de la niñez son perjudiciales porque les enseñan a las mujeres a ser pasivas. Esos cuentos con frecuencia permanecen en la mente, en especial cuando tienen que ver con el matrimonio.

Algunas mujeres piensan que los hombres son sapos en espera de convertirse en príncipes, y se consideran Bellas Durmientes en espera de que un príncipe las bese y las despierte. Cuánto les convendría percatarse de que el hombre con la zapatilla de cristal no es más que un vendedor de zapatos, y de que el cristal es un material peligrosísimo para hacerse un par de zapatillas.

TOME LAS RIENDAS DE SU VIDA

Tome las riendas de su vida y sea lo que quiere ser; por ejemplo, una mujer felizmente casada con el hombre de sus sueños.

Su mente es su posesión más valiosa, pues mejora con el uso. Todo lo demás se encorva, se arruga o se vuelve gris. Las estrategias esenciales para el matrimonio son mentales, no físicas. No tome decisiones concernientes al matrimonio solo con una parte de su cuerpo, como la que queda entre sus piernas o la que palpita detrás de sus costillas. Utilice su cabeza.

Para comenzar, reconozca que usted es un ser valioso. Su valor como persona no depende ni de un hombre ni de una institución. No acepte que la traten de convencer de lo contrario.

Pero su valor no es algo evidente a simple vista. No espere que el mundo y, sobre todo, los hombres, reconozcan lo maravillosa que es sin un poco de esfuerzo de su parte. Ya le llegó la hora de tomar la iniciativa.

Usted no necesita casarse para sentir que es una mujer valiosa. Entonces, podría preguntarse, ¿por qué pensar en casarme? Porque el matrimonio puede proporcionarle grandes alegrías y enriquecer su vida. Usted quizás es de esas mujeres que tienen todo lo que desean, excepto un marido.

¿Para qué esforzarme tanto? ¿No debería ser yo misma?

A medida que lea este libro, quizás se preguntará: *¿Qué razón hay para esforzarme tanto? ¿Acaso los hombres no tienen que hacer nada? ¿No deberían ellos, más bien, hacer el esfuerzo de buscarme a mí?* Responderé estas preguntas sin demora.

Hay un número significativamente más alto de mujeres casaderas que de hombres casaderos. Si el matrimonio es prioritario para usted y ya superó la edad en que todo estaba a su favor para casarse, necesita aprender técnicas actualizadas. Las probabilidades estaban definitivamente a su favor durante los últimos años de su adolescencia y los primeros de la veintena, pero se han vuelto en contra suya a medida que han pasado los años. Así que no debe quedarse quieta, como una ballena encallada, esperando a que las olas le traigan el sustento. Si actúa así, solo obtendrá algas marinas y peces muertos.

Pero, ¿no debería ser yo misma y actuar con naturalidad? Claro que debe ser usted misma y actuar con naturalidad. Pero, por excepcional que sea, un poco más de confianza en sí misma no le haría daño. No le estoy pidiendo que cambie de personalidad, sino que mejore sus habilidades para tratar a los hombres.

Algunas objeciones a este libro

A través de los años, *Cómo casarse con el hombre de sus sueños* ha sido bien recibido en todo el mundo y me ha dado la oportunidad de conocer mujeres de muchísimos países. Aunque se han vendido más de un millón de copias, unas cuantas mujeres han objetado ciertos principios del libro. Siempre he tomado con seriedad los comentarios negativos que de vez en cuando he escuchado y nunca he dejado de responder a ellos.

Objeción 1: «Sus técnicas matrimoniales exigen demasiado trabajo y no estoy dispuesta a esforzarme tanto para poderme casar ni para nada. ¿Es posible simplificar este proceso?».

Mi respuesta: El matrimonio exige mucho esfuerzo; desde lograr que el hombre que le gusta quiera casarse con usted hasta tener una relación satisfactoria a largo plazo. No existen atajos ni soluciones fáciles para que un matrimonio funcione. Descarte la idea de casarse si siente que el esfuerzo que tendría que hacer no vale la pena.

Objeción 2: «Sus técnicas para casarse implican que debo cambiar. Pero yo no necesito hacerlo; de hecho, soy casi perfecta. Lo que necesito es que los hombres cambien para que puedan satisfacer mis necesidades».

Mi respuesta: Yo le enseñaré las estrategias necesarias para lograr que su hombre modifique su comportamiento y usted salga beneficiada. Para encontrar marido, usted no tiene que modificar sus valores ni dejar de ser quien es.

Objeción 3: «Yo salgo para divertirme; me encantan el teatro y el cine. No salgo con otras personas para oírlas hablar de su vida y de sus cosas. Su libro hace que salir con hombres sea aburrido».

Mi respuesta: Si no le interesa conocer a fondo a su hombre, o si considera que el teatro y el cine son más importantes, entonces no está lista para el matrimonio. Usted está, sencillamente, jugando a tener una relación, y le sucede lo mismo que a algunos hombres: sus motivos para salir no tienen nada que ver con el matrimonio.

Objeción 4: «Usted me pide que escuche a los hombres y que los aliente a hablar. Pero este tipo me aburre demasiado».

Mi respuesta: Si se aburre con él ahora, imagínese cómo se aburrirá más adelante. Sálgase de esa relación lo más pronto que pueda.

Objeción 5: «¿Habrá alguna poción o pastilla mágica? ¡Me quiero casar *ya*!».

Mi respuesta: No se apresure. Aquí no hay pastillas ni pociones mágicas. Si toma la decisión equivocada, lo lamentará. Obtener buenos resultados siempre requiere esfuerzo, sea perder peso, graduarse o salir adelante profesionalmente. Y lo mismo sucede con el matrimonio.

Objeción 6: «Lo que quiero es que el hombre me dé gusto, como se acostumbraba antes. En otra época ellos perseguían a las muchachas, les llevaban flores, en fin, las atendían de muchas maneras. ¿Qué les pasa a los hombres de hoy?».

Mi respuesta: Quizás sus padres le hicieron creer que usted era una diosa; sin embargo, tendrá que aterrizar antes de poder emprender el vuelo con su hombre. La relación hombre-mujer cambia tras la pubertad. Lamentablemente, los mimos terminan con el comienzo de la edad adulta.

Objeción 7: «¿Por qué necesito su ayuda para casarme? Yo puedo hacerlo en cualquier momento, en cualquier lugar ¡y con quien yo quiera!».

Mi respuesta: Yo estoy colaborándole para que haga las cosas mejor, perfeccione sus habilidades y las aplique al arte de casarse con el hombre de sus sueños. Si realmente hiciera bien todo y el matrimonio figurara entre sus planes, se habría casado hace mucho tiempo.

Objeción 8: «¡Míreme! ¡Soy absolutamente fabulosa! A mí no me basta con que me lleven a los mejores restaurantes y me den regalos costosos. Yo merezco mucho más. Su libro no me sirve para encontrar los acompañantes espléndidos que estoy buscando».

Mi respuesta: Pretender convertirse en una «esposa trofeo» es arriesgado porque la podrían reemplazar fácilmente por una mujer más joven y atractiva. Yo ayudo a mujeres reales que buscan un matrimonio real.

Unos cuantos hombres han objetado la premisa fundamental de este libro, a saber, que las mujeres tienen la opción de casarse o no casarse y de escoger con quién hacerlo. Esos hombres les niegan a las mujeres el derecho a elegir y las tratan como si fueran esclavas. Lo mejor es olvidarse de salir con esa clase de personajes.

¿Qué le ofrece usted a los hombres?

Pregúntele a cualquier mujer cómo quiere que sea su hombre y lo más seguro es que obtenga una respuesta clara y precisa. Podría querer que sea alto, bien parecido, atlético, inteligente, rico, respetuoso y destacado en algún campo particular. Pero si le pregunta a la misma mujer qué ofrece ella a cambio, lo más probable es que responda: «A mí».

Esta respuesta tan inespecífica no dice nada. La mujer tiene que evaluarse frente a sus competidoras. Para tener éxito con su hombre, ella debe saber qué le ofrece y debe poder comunicárselo.

Si todavía está diciéndose: «*Lo único que quiero es ser yo misma*», lamento tener que decirle que ser usted misma, y no preocuparse de más, no le traerá nada en la vida, especialmente el hombre que desea.

Unas palabras sobre la manipulación

Este libro versa sobre técnicas de manipulación. Usted aprenderá a manipular a los demás y a evitar que otras personas la manipulen sin su conocimiento. No me parecería raro que esté empezando a preguntarse: *¿Acaso la manipulación no es mala?*

La manipulación nos rodea por todas partes. Nuestros padres, novios, maestros, iglesias, publicistas, jefes, gobiernos, etc., nos manipulan. A veces lo hacen por nuestro bien, como cuando nos motivan a usar el cinturón de seguridad. En este caso, la manipulación es múltiple: *cinturón del asiento* pasó a ser *cinturón de seguridad*, la ley impone multas a quienes no lo usan e incontables anuncios nos instan a utilizarlo. Las técnicas de este libro implican una manipulación inocua, algo así como los incentivos para utilizar el cinturón de seguridad, o la estrellita que la maestra colocaba en su trabajo escolar para estimularla a seguir esforzándose.

Muchas veces le pediré que permanezca en silencio y aliente a su hombre a hablar. Esto no es sumisión ni timidez, sino un importante principio de manipulación. La persona que escucha antes de hablar lleva una gran ventaja porque sabe qué dijo su interlocutor y puede responder en consecuencia. No importa que algunos lo llamen manipulación. Si la palabra le molesta, entonces cámbiela por sentido común.

Estrategias con cabeza y emociones

Las estrategias que aprenderá son racionales y analíticas. No le enseñaré, por ejemplo, cómo hacer para que su corazón palpite desenfrenadamente por alguien. Aunque esta emoción es una parte importante de las relaciones, supongo que ya existe en su repertorio emocional y que la reconoce cuando la experimenta.

Mi intención no es que suprima sus emociones ni que las deje de lado. Así como la razón y la lógica no son suficiente motivación para casarse, las emociones tampoco bastan.

Utilice tanto su cabeza como su corazón para aceptar o rechazar una propuesta matrimonial. Antes de ir al altar, la razón y la emoción deben dar el sí.

Estas estrategias matrimoniales no son frías y calculadoras; son emotivas y calculadoras. La pasión y la lógica son esenciales. *Ambas.*

¿Qué tan importante es la popularidad?

¿Se está usted esforzando por ser popular con los hombres? ¿Piensa que la popularidad aumentará su probabilidad de encontrar marido? Si su respuesta es positiva, haga una pausa y revalúe su estrategia.

Si trata de complacer a todo el mundo terminará no complaciendo a nadie. Usted no se está postulando como candidata a ningún cargo, sino buscando un hombre especial con el cual entablar una relación amorosa a largo plazo.

Tome la iniciativa

Cómo casarse con el hombre de sus sueños está destinado solamente a las mujeres que quieren responsabilizarse de su futuro, incluido el matrimonio. Responda el siguiente cuestionario:

1. Si quisiera convertirse en una actriz famosa:
   a. Esperaría a que la descubrieran.
   b. Tomaría clases de actuación.
2. Si tuviera dinero para invertir:
   a. Compraría la lotería.
   b. Invertiría en acciones, bonos o finca raíz.
3. Si quisiera hacerse rica:
   a. Esperaría a que le cayera el dinero del cielo.
   b. Trabajaría para hacer realidad sus proyectos.
4. Si quisiera ser presidenta de su país:
   a. Esperaría a que le ofrecieran ese cargo.
   b. Se dedicaría a la política.
5. Si quisiera casarse:
   a. Esperaría encontrar un marido en la puerta de su casa.
   b. Buscaría un hombre con el cual casarse.

Examine sus respuestas. Si marcó la letra b en lugar de la a, habría tomado clases de actuación si hubiera querido triunfar como actriz; habría puesto en práctica sus ideas si hubiera querido volverse rica; se habría dedicado a la política si hubiera querido llegar a ser presidenta de su país, y habría buscado a su futuro esposo si hubiera querido casarse.

Si marcó más que todo la letra a, hágase un favor y hágame un favor a mí: no compre este libro. Hay una alta probabilidad de que termine sola en su casa los sábados por la noche, esperando que ocurra algo mágico, mientras que mujeres con menos cualidades que usted están buscando pareja o saliendo seriamente con hombres interesantes.

Olvide el viejo mito de que el amor no se encuentra si se busca. La clave es saber dónde y cómo buscar. Muchas mujeres han llegado a creer eso después de haberse vestido como reinas para asistir a eventos sociales y no haber encontrado a nadie, para luego toparse con el hombre de su vida cuando no llevaban más que un par de jeans y una camiseta. Sí, esto ocurre, pero *no* quiere decir que el amor no se deba buscar. Solo significa que hay que aprender a buscarlo de otra manera. Usted *puede* buscar el amor... y encontrarlo. El amor es demasiado importante para dejarlo al azar.

¿Por qué no hacer que su vida sea lo más placentera posible? Su meta debe ser buscar lo que le produce gozo y alejarse de lo que le resulta doloroso. La medida de su éxito será la cantidad de placer que experimente. Si cree que disfrutaría teniendo marido, no permita que nadie la prive de ese gusto.

SAQUE PROVECHO DE ESTE MATERIAL

Usted atraerá a muchos hombres implementando las estrategias que brinda *Cómo casarse con el hombre de sus sueños*; no obstante, solo debe perseverar en ellas con el hombre que le interesa. Este libro no pretende convertirla en una rompecorazones, sino minimizar el riesgo de que alguien le rompa el corazón a usted.

Estas técnicas son sumamente eficaces. Asegúrese de que el hombre realmente le interese antes de conducirlo por la senda del matrimonio. Aplicar las técnicas en un hombre que no le interesa podría causarle serios problemas.

Estos métodos son útiles para mujeres de todas las edades (dieciocho años en adelante) que puedan utilizarlos sistemáticamente. Para aplicarlos, usted no tiene que ser físicamente perfecta, pero sí tiene que ser psicológicamente sana. Desde luego, debe asegurarse de que el hombre que elija también lo sea.

Evalúe las estrategias que esté implementando actualmente con los hombres. A medida que aprenda las técnicas de este libro y que alcance su potencial para el matrimonio, advertirá que empieza a modificar su comportamiento con ellos. Tome nota de esos cambios, pues le serán útiles a largo plazo.

Para obtener el máximo beneficio, lea con mente abierta *Cómo casarse con el hombre de sus sueños*. Absorba las ideas sin objetarlas, por lo menos mientras no haya terminado su aprendizaje. Si duda de la validez y la eficacia de las ideas que le propongo, no las rechace; más bien, ¡póngalas a prueba! Pero hágalo bien. Como suele haber una gran diferencia entre lo que los hombres hacen y lo que dicen que hacen, no se fíe de los resultados de las encuestas sobre actitudes masculinas. Guíese por la conducta.

Usted debe reconocer cuándo están surtiendo efecto las estrategias, en especial si la conducta del hombre es fluctuante. También debe saber qué razón hay para elogiar o criticar a los hombres. Y necesita valor y orientación para hablar sobre su propia autoestima y lo que usted significa para esa persona especial.

Si revisa con frecuencia este material y practica lo que lee, cada vez les gustará más a los hombres. Cuando un concepto no le dé resultado, vuelva a repasar el material. Quizás descubrirá un concepto secundario que pasó por alto o al cual no dedicó suficiente atención. No deje de implementar estos conceptos con los hombres. Y no baje la guardia ni siquiera cuando las cosas estén marchando a la perfección.

Emplee su tiempo con sensatez

Elegir un hombre con el cual casarse exige mucho esfuerzo. Para casarse bien, deberá utilizar su tiempo y sus habilidades con sensatez. Como no es posible seleccionar a los hombres pasándolos por un colador gigante, tendrá que hacerlo conociéndolos y examinándolos cuidadosamente. Entonces, podrá optar por el mejor. Todo es cuestión de elegir. Esta es la esencia de la libertad.

No es práctico, además de que es imposible y perjudicial para su salud y sus finanzas, entretener a todos los hombres que conozca con la rutina tradicional de comida, bebida y sexo. Además, esta es la manera más segura de no encontrar con quien casarse.

No corra a casarse omitiendo el proceso de selección. Si bien una búsqueda desenfrenada de marido puede conducir a un matrimonio más rápido, cuando la emoción pasa, la persona casi siempre se da cuenta de que habría podido elegir mejor si hubiera tenido un poco de paciencia. Si usted es seria con respecto al matrimonio y aplica sistemáticamente las técnicas de este libro, le tomará menos de dos años conocer al hombre de sus sueños y casarse con él.

Su estrategia para encontrar marido

Aplique los capítulos en orden. El capítulo 1 da a conocer aspectos interesantes de los hombres y el capítulo 2 muestra cómo atraerlos. El capítulo 3 dice cómo y dónde conocer hombres y el capítulo 4 le ayudará a sacar mayor provecho de sus salidas. El capítulo 5 explica cómo entrevistar a un hombre para el trabajo de marido antes de que usted haga la audición para el trabajo de esposa. Luego, si motiva al hombre a seguir hablando sobre las experiencias que lo han marcado emocionalmente, él se enamorará de usted. El capítulo 6 explica los detalles.

Usted no le ha contado las intimidades de su vida a todos los extraños que ha conocido, pero ¿qué le dice al hombre que de verdad le gusta? En el capítulo 7 encontrará consejos para fortalecer su autoestima y presentarse de una manera más positiva.

El elogio y la crítica forman parte de la vida y son esenciales para el hombre en el que está pensando como posible pareja. El capítulo 8 explora este tema y enseña importantes técnicas. El capítulo 9 explica cómo lidiar con los defectos y los desacuerdos que inevitablemente surgen mientras se crea el lazo afectivo.

Debido a que el matrimonio es una relación sexual, usted debe aprender a utilizar ventajosamente el sexo, en otras palabras, hacer que la conduzca al matrimonio. El capítulo 10 explica cómo lograrlo. El capítulo 11 le ayudará a evitar errores que llevan a los hombres a romper el compromiso justo antes de la boda. Por último, el capítulo 12 le enseñará estrategias para el compromiso y el matrimonio.

El plan de acción

Mientras lee este libro, piense cómo podría aplicar cada una de las estrategias a su situación personal. Usted es un ser único y ninguna mujer tiene sus mismos deseos, necesidades, intereses o gustos en lo que se refiere a hombres. Por lo tanto, es crucial que se conozca, que sepa qué busca en una pareja y qué tiene para ofrecer. Después podrá desarrollar su plan de acción para personalizar su estrategia matrimonial.

Cómo casarse con el hombre de sus sueños le proporciona consejos y estrategias a las mujeres que aspiran a casarse. ¡El éxito depende de su esfuerzo! ¡Feliz búsqueda de marido!

1

Acerca de los hombres

Cuantos más detalles conozca sobre los hombres, en general, tanto más fácil le será conocer detalles de hombres individuales. Y cuanto más sepa sobre la manera como ellos piensan y se comportan, tanto más éxito tendrá con los que conozca. Hay tres factores clave para comprender el comportamiento masculino:

1. Durante los años formativos del hombre típico, las mujeres ejercen en él una influencia decisiva. Como resultado, es posible predecir las reacciones de los hombres ante las mujeres.
2. Las experiencias de la adolescencia determinan el valor que los hombres se atribuyen como seres sexuales, y esa percepción de aceptación o rechazo los acompaña hasta la tumba.
3. El ego de los hombres es enorme, pero frágil como cáscara de huevo. Aprenda acerca del ego masculino. Este conocimiento se convertirá en una de sus principales herramientas para lograr una relación duradera con el hombre que elija.

Lo que usted debe saber

¿Considera que el comportamiento de los hombres es todo un misterio? Hay tres pasos para develarlo y salir favorecida:

1. Aprender sobre la conducta masculina típica.
2. Utilizar ese conocimiento para predecir la conducta de los hombres con los que salga.
3. Convertir el comportamiento del hombre en instrumento para establecer con él una relación a largo plazo.

¿Por qué actúan los hombres así?

Desde el comienzo de su vida, los hombres están sometidos a la autoridad y la guía de diversas mujeres. Nacen de una mujer y son completamente indefensos desde su nacimiento hasta varios años más tarde. A partir de esos primeros momentos, el niño se ve forzado a desarrollar una conducta que agrade a su madre, a sus parientas y a sus maestras. Todas ellas le exigen actuar y pensar de acuerdo con lo que consideran aceptable. Durante la infancia, tanto la comodidad como la supervivencia del pequeño dependen de su madre y otras mujeres de su familia. Pero eso no es todo; para su comodidad y supervivencia, el hombre depende de las mujeres a lo largo de toda su vida.

La escuela suele ser una experiencia dura para los varones. Las maestras los avergüenzan con su autoridad, su sometimiento a ellas y sus limitaciones mentales. Sus compañeras de escuela los impresionan con su madurez y, muchas veces, con la facilidad con que aprenden. Si el niño se rebela, el director ordena que sus maestros —en su mayoría mujeres— lo controlen aún más.

Debido a que el desarrollo físico de los niños es más lento que el de las niñas, estas los ridiculizan hasta que entran a la pubertad. Lo hacen sin consideración alguna, pues a esa edad ellas no los necesitan sexualmente. Aunque el chico madure, ese prolongado e intenso condicionamiento no es fácil de superar.

La pubertad

La relación hombre-mujer cambia en la pubertad. Las niñas adolescentes comienzan a experimentar curiosidad y deseo sexual, y empiezan a competir con las demás por la atención y el afecto de los niños más deseables.

Por otra parte, se supone que los adolescentes varones superan de manera natural el condicionamiento que, durante años, hizo de ellos seres sumisos. Se espera que el jovencito sea el que inicie los avances sexuales. Los chicos mayores o más maduros de su clase lo inducen a liberarse del control de las mujeres y llaman «mariquitas» a los niños menos maduros cuando las mujeres siguen dominando su vida. Y esas mismas mujeres los desprecian si, ya de adultos, los siguen dominando.

La adolescencia

La adolescencia se considera una etapa de formación. La mayoría de los niños se sienten extraños y poco atractivos durante los primeros años de esta etapa. Si bien su estatura aumenta rápidamente, los chicos suelen tener una apariencia desgarbada. Adicionalmente, su rostro se llena de granos y sus dientes se cubren de frenillos. Y como las niñas rechazan sus avances, su autoimagen suele ser baja. Infortunadamente, justo en este período se desarrolla la autoimagen del hombre. Su aceptación de sí mismo, al igual que su aceptación por parte de las mujeres, está en su punto más bajo. Sin embargo, esta es la época en que más necesita la compañía femenina, pues la sexualidad empieza y llega al punto más alto. Esta disparidad entre sus necesidades y sus relaciones hace que la autoimagen del hombre sea negativa.

Como mecanismo de supervivencia, el hombre se muestra como un ser duro, invencible y único. La rapidez con que aumentan su estatura y su fuerza contribuye al desarrollo de su ego. Pero su ego es, en parte, una fachada. Es frágil como la cáscara de un huevo porque es generado por él mismo.

Las citas con mujeres

Salir con personas del sexo opuesto es una experiencia cruel tanto para los hombres como para las mujeres. Piense en lo siguiente.

Los hombres que tienen un impulso sexual muy fuerte a menudo no logran satisfacer sus necesidades. Esto hace que su autoimagen sufra un tremendo menoscabo. A esos hombres los hiere profundamente el desprecio de las mujeres. Su sensibilidad al rechazo los pone en un terrible aprieto. No pueden ocultar su impulso, pero tampoco pueden perder el tiempo saliendo con mujeres con las que no pueden obtener satisfacción sexual. El hombre las desea, pero ellas lo menosprecian por considerar que esos avances sexuales constituyen una afrenta a su dignidad.

Las mujeres casi siempre son más receptivas a los hombres de buenos modales, a los que van por la vida sin hacer ostentación de su efervescencia hormonal y se ajustan a las normas de la sociedad. Pero el impulso sexual de esos hombres suele ser bajo; por eso, no experimentan mayor interés sexual en las mujeres y tienen menos necesidades insatisfechas. Esos hombres sufren menos durante la adolescencia y, de adultos, son más caballerosos y pacientes para iniciar encuentros sexuales. A las mujeres les pueden llamar la atención estos hombres, pero no demoran en sentir curiosidad ante su falta de interés sexual en ellas.

Cuando la suerte se invierte

Tres razones explican por qué, en la adolescencia, a las mujeres les va mejor que a los hombres:

1. La tasa de nacimientos de varones es más alta, lo que aumenta la demanda de mujeres para formar pareja.
2. El mayor impulso sexual de los hombres durante ese período.
3. El hecho, socialmente aceptado, de que las mujeres jóvenes salgan con hombres un poco mayores que ellas.

Estos factores contribuyen a que el hombre desarrolle una mala autoimagen y la mujer, una buena autoimagen. Pero a medida que maduran, esa autoimagen se vuelva cada vez más inadecuada. Tanto es así que entorpece sus relaciones futuras si no la corrigen. Hay tres razones por las cuales la situación se invierte con el paso del tiempo:

1. La expectativa de vida de las mujeres es mayor que la de los hombres.
2. El impulso sexual de las mujeres aumenta más tarde que el de los hombres.
3. Las mujeres enfrentan la competencia de mujeres más jóvenes.

Es importante que las mujeres comprendan estos hechos. Su adolescencia ha quedado atrás y, con ella, la atención que les prestaban los hombres jóvenes.

La transición a la edad adulta

¿Cuándo comienza la edad adulta? Generalmente cuando el joven —o la joven— recibe las llaves del automóvil familiar, gracias a la libertad que proporciona. El automóvil es el primer reino del joven, pues puede ejercer control del sitio a donde desea ir, con quién desea salir y el grado de privacidad. Su automóvil puede ser para él —o ella— tan importante como la casa familiar para sus padres. Es un símbolo de estatus que representa poder, dinero, prestigio e independencia, y que refuerza la autoestima del muchacho. El jovencito que no tiene auto durante sus años de formación se convierte en un individuo muy distinto del que sí lo tuvo. Lo más probable es que el joven que no tiene acceso a un automóvil sufra la carga adicional de una autoestima más baja.

Por regla general, el hombre busca durante el resto de su vida aquello de lo que careció —o de lo que pensaba que carecía— durante sus años de formación. Si de muchacho no podía vestirse tan bien como sus amigos, de adulto se desvivirá por tener ropa costosa. Pero si su ropa era fina y más que suficiente, como adulto la ropa no le preocupará en lo más mínimo.

Lo conocido no siempre es lo más atractivo

Por lo regular, para las mujeres es difícil dejar de menospreciar a los hombres que conocieron en los primeros años de su adolescencia y no es usual que se casen con ellos. Y, cuando lo hacen, lo más seguro es que hayan estado alejados durante sus años de formación.

En un kibbutz israelí, los padres hacen todo lo posible para que sus hijos e hijas crezcan juntos y se conozcan desde la infancia. Ellos fomentan esa cercanía esperando que, en el futuro, elijan sensatamente a sus parejas. No obstante, se sorprenden de que jóvenes que tuvieron una amistad tan estrecha durante la infancia raras veces terminen casándose. A esos jóvenes no les impresiona la fachada de las personas con las que han compartido su vida desde niños, pues conocen sus defectos y debilidades. Debemos casarnos con extraños, ya que solo ellos están a la altura de nuestras ilusiones.

¿QUÉ ES UN HOMBRE?

Por lo general, el comportamiento y las actitudes de los hombres son similares. Más abajo encontrará una lista de algunas de esas características. Cuanto más típico es el individuo, tantas más aplican a él. Después de todo, el hombre convencional ha sido condicionado para emitir ciertas conductas. De adulto, su autoimagen y sus patrones de pensamiento ya están firmemente arraigados, lo que permite predecir su conducta. Su autoimagen es producto de lo que otros le han dicho a lo largo de los años, de la manera como ha sido tratado y de la libertad —mucha o poca— que haya alcanzado.

Dependiendo de cuánto se ajuste su hombre al patrón masculino, usted puede esperar que:

- Siga siendo un niño en el fondo de su corazón.
- Su fachada pública difiera de su conducta natural.
- Prefiera un buen matrimonio a la soltería.
- Haya sido condicionado para obedecer a las mujeres, comenzando por su madre.
- Le guste la idea de ser conducido al matrimonio, siempre y cuando no se sienta obligado a hacerlo.
- Sea polígamo por naturaleza, pero monógamo por condicionamiento.
- Sea posesivo con su pareja y se esfuerce mucho para conservarla.
- Haga lo posible para vivir de acuerdo con las costumbres y las leyes de la sociedad a la que pertenece.

- Observe las costumbres sociales de su comunidad.
- Crea en un poder superior.
- Se crea inferior a otros hombres en algunos aspectos.
- Trabaje para ganarse la vida.
- Sus puntos de vista se ajusten a las nociones populares.
- Le gusten los deportes —participar, observar o ambas cosas.
- No crea en la astrología ni en la adivinación.
- Desee que lo consideren un buen amante.
- Cuando esté enfermo, lo cuide una mujer que lo ame.
- Se crea mejor que sus colegas o compañeros, aunque sus logros sean iguales o inferiores.
- Sea un poco más valiente que su pareja y la defienda contra cualquier ataque físico.
- Quiera tener hijos, tarde o temprano.
- Se crea especial o único.
- Se case con una mujer solo si ella reconoce que él es especial o único.
- Espere recibir más elogios que críticas, aunque sepa que recibirá ambos.
- Le guste hablar de sí mismo.
- Espere tener una buena vida sexual en el matrimonio; de hecho, esa puede ser la principal razón para casarse.

Conocer estas características generales del comportamiento masculino ayuda a prever lo que un hombre hará. Si dice algo que contradiga estas afirmaciones, por ejemplo, que nunca se casará, es aconsejable hacer caso omiso de sus palabras. Si la mayoría de las afirmaciones anteriores aplican a cierto hombre, lo más probable es que esté disponible para el matrimonio, a menos, por supuesto, que ya esté casado.

Es difícil que todos los puntos anteriores se cumplan en un mismo hombre. Si no tiene pruebas convincentes de lo contrario, confíe en que su hombre es normal. Lo más probable es que sea tan parecido a los demás y, a la vez, tan distinto, como parecida es usted a las demás mujeres como grupo y, a la vez, diferente.

Cada hombre es un ser único

Usted tal vez no sabe qué conducta esperar de cierto hombre en una situación específica. Si le molesta que la manera de actuar de él sea muy diferente de la del hombre típico, él no lo tomará a mal y comprenderá que su reacción es normal. Si usted expresa ideas que él no comparte, seguramente reaccionará tratando de convencerla de sus creencias a fin de que lo acepte o lo comprenda.

Determine cuánto se desvía el comportamiento de su hombre de la conducta «típica» observando su comportamiento y prestando atención a sus actitudes y a sus amigos. Por ejemplo, si es nudista, obviamente habrá desdeñado los tabúes sociales sobre la desnudez. Lo que entonces usted tendrá que pensar es si podría vivir con esa característica, o si podría convertirse en nudista. Si es ateo, ¿podría criar a sus hijos sin valores religiosos? ¿Qué tanto lo afecta la opinión que los demás tienen de él? ¿Podría amarlo si nunca se abstiene de expresar lo que piensa, aunque esa actitud derive en peleas familiares o escándalos públicos? ¿Le gustaría estar casada con un hombre así?

LA PAREJA IDEAL

Las normas de nuestra sociedad son contrarias a la naturaleza. El hombre ideal con que sueñan muchas mujeres por lo general no tiene nada que ver con la realidad. Ellas quieren que su hombre sea una combinación de la imagen de su padre, su ídolo cinematográfico y algún personaje extraído de una novela.

En muchos casos, y no solo en la búsqueda de pareja, la gente no sabe exactamente qué quiere. Conocí a una mujer que había vivido en muchas casas porque su marido era arquitecto. En cierto momento, le pidió a su esposo que le construyera la casa de sus sueños: una que incluyera los elementos que más le habían gustado de sus casas anteriores. Aunque ella había escogido los detalles de su nueva casa, el resultado fue horrendo incluso para su gusto, pues no había armonía en medio de esa mezcolanza de ideas.

Si encuentra a su hombre ideal, o a uno mejor de lo que imaginaba que podía encontrar, es muy probable que no quiera casarse con él. Por eso, le recomiendo que se tome su tiempo para enumerar las características que busca en un hombre. Luego, haga una lista de los efectos positivos y negativos que cada característica tendría en usted. Piense detenidamente sobre lo que quiere o necesita para que su lista se ciña a la realidad.

Usted quizás está buscando en un solo hombre el encanto de Tony como anfitrión, el increíble impulso sexual de David y la dedicación de Chuck a la mujer con la que sale. Pero tal vez a Tony, que tanto disfruta atendiendo a sus amigos, no le atrae la idea de pasar ratos tranquilos charlando sobre su vida privada mientras disfruta una taza de café. Por otra parte, el gran impulso sexual de David podría significar que se siente atraído a muchas mujeres, y no solo a una. Y la dedicación de Chuck a la mujer con la que sale podría implicar que su impulso sexual es bajo.

Evalúe las características que le parecen más importantes en un hombre, luego analice las desventajas de cada una y piense cuánto le molestarían en la vida real. Antes de lanzarse a la búsqueda, asegúrese de que eso es lo que quiere en un hombre.

2

La importancia de la apariencia

Cuando va a conocer a un hombre, ¿sale de su casa tal como está? ¿O toma una ducha, se arregla el cabello, se maquilla y se viste de un modo que realce su atractivo? Si hace esto, entonces usted manipula a los hombres con su apariencia. Este capítulo le dará a conocer el poder de la ropa.

No subestime la eficacia de la ropa. Este puede ser su principal ventaja al competir con otras mujeres. Si teme seguir leyendo porque su capacidad económica es limitada o su figura no es la más adecuada para la ropa de moda, despreocúpese. Como verá, no es necesario tener piernas delgadas para casarse con el hombre de sus sueños. Vestirse para atraer a los hombres no tiene que ver con la moda o la talla. Solo significa utilizar prendas que despierten la curiosidad y la imaginación del hombre en torno a su cuerpo.

La sexualidad es, ante todo, un estado mental. Si ha visitado un campo nudista, se habrá dado cuenta de que el cuerpo vestido es más sensual que el desnudo. Incluso hay un chiste sobre un hombre nudista que, antes de salir de su oficina una tarde, llama a su esposa y le dice: «Querida, ¡prepárate para la noche que nos espera! Así que ¡vístete!». La desnudez total no deja campo a la imaginación.

No se sienta culpable por usar su apariencia para atraer a los hombres. Cuidar su aspecto hará que los hombres se fijen en usted, le ayudará a entablar nuevas relaciones y aumentará su probabilidad de encontrar el amor. No se preocupe; la intención no es forjar relaciones basadas en falsas expectativas.

¿PARA QUIÉN SE VISTE USTED?

Responda esta pregunta honestamente. ¿Para quién se viste usted? Si su respuesta es «para otras mujeres», entonces su manera de vestir no llama la atención de los hombres y en lugar de ser su aliada es su enemiga a la hora de buscar su pareja ideal. Las demás mujeres podrían quedar impresionadas ante la sofisticación y la creatividad del diseñador o ante el dinero que invirtió en la compra de su atuendo, pero esa clase de detalles no impresionan a la mayoría de los hombres.

La moda puede mejorar su apariencia, pero pocas mujeres saben qué estilos ejercen un efecto positivo en los hombres. Lo más probable es que usted acostumbre salir de compras con su madre y que una mujer la atienda. Si nunca pide la opinión de un hombre, lo más seguro es que no sepa qué tipo de ropa les llama la atención a ellos.

Si usted escoge la ropa pensando en sus clientes o en el negocio, sus vestimentas serán, sin duda, un poco masculinas. La principal diferencia entre los trajes sastre de las mujeres y los ternos de los hombres es que los primeros se usan con falda, mientras que los segundos se usan con pantalón. Si este es su caso, deberá hacerse a un guardarropa adicional para su vida social.

Vístase de una manera atractiva, pero descomplicada

Muchos hombres encuentran atractiva la vestimenta de las mujeres cuando ellas no le prestan demasiada atención a este tema. Cuando no están preocupadas por la ropa, se visten con camisetas de algodón de un solo color y unos jeans o una falda recta. Los hombres encuentran sexy a estas mujeres. En cambio, cuando se visten para salir con hombres, no es raro que se vean disfrazadas o como maniquíes envueltas en encajes.

Elija cuidadosamente su ropa, ya que este puede ser un punto a su favor para atraer hombres. Su meta es cautivar a un hombre para una relación duradera. Estimúlele la imaginación sexual. Una blusa transparente o una camiseta exageradamente ajustada no le dejarán campo a la imaginación del hombre en torno a su cuerpo. La imaginación del hombre se estimula mostrando discretamente algunas partes sensuales del cuerpo que, más adelante, usted posiblemente le permitirá tocar. La clave es vestirse de una manera *atractiva, pero descomplicada*.

Permítale elegir

Si su hombre quiere escoger algunas prendas que la hagan ver más atractiva, ¡déjelo! Permítale hacerlo, por ejemplo, para una ocasión especial. Y usted puede hacer lo mismo con el guardarropa de él.

CÓMO VESTIRSE PARA ATRAER A LOS HOMBRES

Si desea vestirse para atraer a los hombres y entablar una relación a largo plazo, a continuación encontrará algunos consejos sobre veinte cuestiones diferentes.

1. La pulcritud
La pulcritud es fundamental. Si tiene el aspecto limpio y fresco que proporciona una ducha reciente, podrá vestirse con un saco de patatas y, aun así, se verá deseable.

2. La línea de su cuerpo

¿Qué pensaría de un hombre vestido con una chaqueta a cuadros, una camisa a rayas de color rojo, corbata de puntos verdes y medias blancas? Estoy segura de que le parecería un payaso y lo rechazaría. Pero ese hombre podría estar haciendo grandes esfuerzos para conocer mujeres. De hecho, podría estar vestido así para atraer su atención. Le sorprenderá saber que las mujeres cometen este mismo error con su guardarropa. Ellas también pueden parecer payasas.

A continuación encontrará algunos consejos para que los hombres no crean que está disfrazada. Use prendas que se ajusten a la forma natural de su cuerpo. Recuerde tres puntos básicos:

1. La cintura queda, exactamente, en la cintura. La pretina no debe quedar ni debajo del busto ni en la cadera.
2. Hay que evitar las mangas abombadas porque hacen que los brazos se vean enormes.
3. Conviene evitar los volantes, los pliegues y los fruncidos pues distorsionan el cuello, el busto, los brazos y las piernas.

Es preferible envolverse con una sábana y sujetársela en la cintura, que usar esos estilos ridículos.

La historia de la moda muestra un permanente conflicto entre la modestia y el exhibicionismo. Evite esos dos extremos. Hay modas que mejoran el contorno del cuerpo. Elija prendas que acentúen sus formas naturales, como los jeans de cintura un poco baja.

3. Los colores

Al escoger prendas de vestir, su objetivo es parecerle más atractiva a los hombres. No oculte sus atributos femeninos utilizando materiales con estampados demasiado grandes y coloridos, pues el hombre no sentirá curiosidad por su cuerpo. Si hay demasiadas distracciones, a él le quedará difícil «descubrir» sus contornos corporales y supondrá que usted desea pasar inadvertida. Por lo tanto, le prestará atención a otras mujeres.

Prefiera los colores básicos. Pero evite el rosado, a menos que el estilo sea muy sofisticado. Este color se asocia con las niñas pequeñas y no con las mujeres. Use más que todo ropa de un solo tono, o con estampados pequeños o líneas verticales que no eclipsen los contornos de su cuerpo.

4. Las telas

Elija telas suaves al tacto y que transmitan un poco de calor corporal. Esto se logra con casi todos los materiales naturales y con algunos artificiales. Pero, sobre todo, evite los materiales ásperos y los que rasguñan la piel.

5. La ropa interior

Utilice ropa interior cómoda y que siga las líneas de su cuerpo, incluyendo tangas y juegos de pantis y sostenes. La ropa interior apretada, como los corsés y las fajas, son un lamentable recuerdo del pasado. Si tiene algún instrumento de tortura de este tipo, ¡deshágase de él! No importa si está pasada de kilos; su cuerpo se verá más atractivo al natural y libre de ataduras. Si está constreñida por una faja, se verá como si estuviera enyesada. Incluso si aparenta pesar cinco kilos menos, esas prendas no son eficaces para atraer a los hombres.

6. Las blusas y las camisetas

Estas prendas deben atraer la atención hacia su busto y su escote, pero sin revelar nada. Los suéteres y las blusas estilo camisero sugieren fácil acceso al busto, aun cuando no revelen absolutamente nada. Esta clase de blusas también es muy femenina y permite lucir el cuello. Las camisetas de manga corta son ideales. El hombre no necesita demasiada imaginación para saber que se pueden retirar ¡en menos de cinco segundos! Déjele campo a la fantasía masculina.

7. Las faldas

Use faldas más cortas que largas, pero siempre dentro de lo que se acostumbre en su comunidad. Si es suficientemente delgada, piense en usar faldas que definan sensualmente el contorno de su cuerpo. Si tiene algo de sobrepeso, utilice modelos que caigan holgadamente y den la sensación de que se pueden levantar con facilidad. Hay detalles que le restan atractivo y sensualidad al cuerpo, como los pliegues, los materiales rígidos y los bordes irregulares. Las faldas de abotonar adelante despiertan la curiosidad masculina.

8. Los pantalones

Por lo regular, los hombres prefieren ver a las mujeres con falda o vestido que con pantalones. Si decide usarlos, asegúrese de que sean de un solo color. Los pantalones deben ser del largo de sus piernas. Evite los pliegues y los cuadros. A ellos les gusta que las mujeres se vistan con jeans porque son ceñidos y, por lo tanto, definen las líneas del cuerpo y sugieren comodidad e informalidad.

9. Los *shorts*

A los hombres les gusta que las mujeres usen pantalones cortos. Los muy cortos son sumamente atractivos; sin embargo, antes de usarlos en público, esté segura de que no sean mal vistos en su comunidad.

Aunque los *shorts* deben ser un poco ceñidos, no deben impedirle sentirse cómoda para realizar las tareas de la vida diaria. Evite los pliegues, aunque estén de moda, porque distorsionan la figura. Como siempre, prefiera los *shorts* de un solo tono.

10. Los trajes de baño

Para atraer a los hombres no es preciso usar bikini ni tener la figura perfecta para lucir estos trajes de baño de dos piezas. Pero si decide usar uno, opte por los de un solo color. Las dos piezas deben coordinar bien y su bikini no debe ser excesivamente pequeño. Déjele campo a la imaginación del hombre. Los vestidos de baño de una sola pieza también son atractivos. Pero no se vaya al extremo opuesto, eligiendo un traje de baño con falda o volantes que oculten su figura.

11. Los zapatos

Los hombres consideran más atractivas las piernas femeninas cuando la mujer lleva zapatos de tacón. Una pequeña elevación acentúa las pantorrillas y hace ver más elegantes las piernas. Para estimular la imaginación masculina, use zapatos que se puedan retirar con facilidad. Evite usar tacones tan altos que la hagan ver torpe al caminar. Esto no es muy sensual.

12. Las medias

Los ligueros son ayudas sexuales, no prendas de vestir. Cuando use medias veladas, asegúrese de que lleguen hasta bien arriba del muslo. Sería muy desagradable que una banda elástica distrajera la imaginación del hombre mientras echa una ojeada a sus piernas. Elija tonos parecidos a su piel, aunque las medias negras de malla son muy sensuales para las ocasiones especiales.

13. El cabello

La parte más sexy de una mujer es su rostro, especialmente si está enmarcado por un cabello atractivo. El estilo de su peinado debe invitar al hombre a tocar su cabello, aunque todavía no le haya dado permiso de hacerlo. Lo más atrayente para los hombres es la posibilidad de llegar a tocar a la mujer.

A pesar de lo anterior, su cabello no tiene que ser hermoso ni usted tiene que dedicarle mucho tiempo para tener éxito con los hombres. A muchas mujeres les iría mejor con ellos si se preocuparan menos por las pequeñeces. La clave es la limpieza y la suavidad. Algunas recomendaciones son:

- Evite los estilos extremos, a menos, desde luego, que esté buscando un hombre extremista.
- Evite el cabello demasiado corto. Si desea tenerlo corto, no debe medir menos que su dedo pulgar.
- Si usa productos para el cabello, evite la laca, los geles y las espumas con demasiado aroma, pegajosos o que dejan tieso el cabello.
- Asegúrese de que su cabello sea suave el tacto, no áspero.
- Si está empezando a llenarse de canas, aplíquese un color que realce su belleza. Por lo general, a los hombres jóvenes no les gusta el cabello gris porque hace que las mujeres se vean mayores de lo que son. Si decide cambiar el color de su cabello, tintúrelo periódicamente y no deje que se vean las raíces.
- A los hombres les encanta ver el cabello femenino. A menos que el clima lo exija, nunca utilice sombrero.
- Jamás utilice rulos cuando esté con su hombre.
- Evite las permanentes que dejan el cabello demasiado ensortijado.
- Córtese las puntas si tienen horquilla.
- Hágase un peinado que despierte en el hombre el deseo de acariciar su cabello. Manténgalo suave y desenredado. Evite los peinados extravagantes.

14. Las joyas

Los hombres se imaginan deslizando las manos y los labios por el cuello, los brazos y las manos de la mujer que les gusta.

Para ellos, los objetos puntiagudos son obstáculos, sean de oro, plata o nácar. ¿Busca usted conocer nuevos hombres o fortalecer la relación que tiene actualmente? De su respuesta depende cómo debe utilizar las joyas e, incluso, el tipo de joyas que debe usar.

Los hombres ven las joyas —o su ausencia— como una señal de disponibilidad. Ellos miran más que todo las manos de la mujer y si ven algún anillo, casi siempre deducen que no está disponible.

Todavía se usa que el hombre le dé a la mujer una argolla de compromiso y un anillo de matrimonio. El propósito de entregarle esos anillos es intimidar a los demás hombres. El error que cometen con más frecuencia las viudas que desean volver a salir con hombres es no quitarse su anillo de matrimonio.

No use anillos mientras el hombre de sus sueños no haya aparecido. Para los hombres, cualquier anillo en las manos de una mujer significa que ella está comprometida y que se lo dio un hombre con el que tiene una relación seria. Usted quizás compró ese anillo, o tal vez lo heredó de su abuela; sin embargo, el hombre que usted quiere conocer no tiene por qué saberlo. Mantenga sus reliquias de familia en la caja fuerte, no en sus dedos.

Si está buscando pareja, las únicas joyas que debe usar en sus brazos o en sus manos son un reloj y una pulsera. Pero a los hombres generalmente les disgusta el ruido que hacen las pulseras. Evite las que tienen bordes puntiagudos o las que podrían rasguñar a un hombre que la esté acariciando.

Hay ocasiones en que es apropiado llevar joyas. Si la invitan a una gala donde todo lo que brilla es oro, se sentiría fuera de lugar si llevara como único adorno el reloj de pulsera que usa todos los días.

En cuanto a los collares, lo ideal es que resalten uno de los puntos más sensuales de su cuerpo. Use collares largos cuyas piedras más grandes descansen en la línea del escote. Es preferible usar uno solo que diferentes collares, pues podrían desviar la atención de su hombre de sus formas femeninas. No use collares muy ajustados al cuello. Los hombres no los encuentran atractivos y suelen ser incómodos.

Otra cosa que le conviene evitar son los dijes y los relicarios en forma de corazón, pues los hombres los tomarán como señal de que ya tiene una relación afectiva.

Tampoco utilice símbolos religiosos, a menos que quiera atraer a un hombre que sea tan religioso como usted.

Evite los aretes con bordes cortantes. Si el hombre está pensando en susurrarle palabras de amor al oído o en abrazarla, esos aretes podrían disuadirlo.

Las joyas disuenan en los planes informales, como ir a la playa, asistir a un partido de fútbol o salir de picnic. Si usa joyas en ocasiones como esas, los hombres la considerarán demasiado materialista. Reserve sus joyas para eventos más formales.

Los diamantes no son los mejores amigos de las mujeres que quieren encontrar pareja. Incluso, pueden ser sus peores enemigos debido a que hacen pensar a los hombres que ya están comprometidas. Por eso, lo recomendable es usar otras piedras.

Las baratijas no son más que eso: baratijas. Esta clase de adornos son simpáticos en las muchachas muy jóvenes, pero si usted quiere usar joyas, deben ser reales. De lo contrario, es mejor que no use ninguna.

15. Las uñas

Olvídese de las uñas largas. Estas les pueden llamar la atención a las demás mujeres, pero a los hombres no les gustan, pues las perciben como una especie de «garras». Las uñas largas indican que la mujer no está dispuesta a realizar tareas domésticas ni actividades recreativas. Mantenga las uñas cortas y con los bordes bien pulidos. Las uñas largas son incompatibles con la imagen que tiene el hombre de usted acariciándole sus partes más sensuales.

16. El maquillaje

Dos errores que las mujeres cometen con frecuencia son aplicarse demasiado maquillaje o usarlo incorrectamente. Es preferible salir con la cara lavada que incurrir en esos errores.

La parte más sexy de la mujer es su rostro. Si su objetivo es atraer a los hombres, su rostro debe despertar deseos de besarlo. Esto no quiere decir que les permita a los extraños hacerlo; lo que se busca es que piensen en esa posibilidad. A menos que se elija con muchísimo cuidado, el maquillaje le resta atractivo a la mujer en lugar de realzar su belleza natural.

No rodee sus ojos con círculos de color. Si el maquillaje de sus ojos le resulta obvio al hombre, usted está usando demasiado.

Aplíquese menos polvo facial. A los hombres no les atrae la idea de rozar una mejilla que parece un pastel cubierto de crema.

El uso cuidadoso del maquillaje evita que la mujer se vea demasiado joven y asexuada, o demasiado mayor. Las mujeres mayores casi siempre necesitan más maquillaje y color que las más jóvenes, lo que implica que su estrategia de maquillaje tendrá que actualizarse periódicamente.

17. El perfume

Demasiado perfume hace menos deseable a la mujer. Es preferible no usar perfume que usar demasiado. Si le gusta despedir un aroma agradable, no use perfume sino agua de colonia. Advertirá que, después de varias horas, su efecto es más agradable.

No espere que el hombre comparta su interés en los perfumes. Es muy poco probable que sepa de marcas o que le llame la atención este tema.

18. La dentadura

Desde luego que usted besa con los labios, pero también con los dientes. Por eso, no sobran algunas recomendaciones:

- Lávese los dientes después de cada comida. Si es necesario, utilice hilo dental o un palillo para retirar las partículas que queden entre ellos. Haga esto en privado, ¡jamás en público!
- Es esencial que cuide bien su dentadura. A menos que su hombre sea odontólogo, no hable nunca con él sobre los trabajos dentales que le han hecho. A él no le interesan sus problemas de caries ni de encías. Sus dientes deben verse naturales y no deben parecer una mina que ha sido excavada en busca de oro y plata.
- Si le falta algún diente, hágase poner uno falso. La falta de uno o más dientes desanima a cualquier hombre.
- El mal aliento es otro de los factores que pueden ahuyentar a los hombres. Refresque su aliento varias veces al día.

19. El sobrepeso

¿Le preocupa su peso? Le tengo buenas noticias. Para casarse con el hombre de sus sueños, sus muslos no tienen que ser delgados. Unos cuantos kilos por encima del peso ideal casi nunca cuestan una relación. En cambio, es mucho más probable que pierda al hombre de su vida si vive obsesionada con su peso y con su dieta. Esto podría hacer que él también empezara a preocuparse.

No posponga la búsqueda de pareja con la excusa de que tiene que bajar de peso. Usted no tiene que elegir entre el amor y la comida. Y no ganará nada tratando de morirse de hambre.

Si pesa un veinte por ciento más del peso estándar para su estatura, perderá a unos pocos hombres. Si pesa un cincuenta por ciento más, perderá a muchísimos hombres. Y si pesa el doble del peso estándar para su estatura, indudablemente le será difícil encontrar con quien salir. Por supuesto, si está realmente obesa, bajar de peso debe ser su prioridad. En este caso, hay en juego mucho más que encontrar un hombre con el cual salir.

20. Los anteojos

¿Usa usted anteojos para ver o para que la vean? Si no ve bien, estará en desventaja. Pero un par de gafas bien elegidas no solo le ayudarán a mejorar su visión, sino que la harán ver mucho más atractiva. A nadie le gusta salir con una persona que se tropieza a cada paso.

Los lentes de contacto no siempre son preferibles a los anteojos. Permítame hacerle algunas recomendaciones que le pueden ser útiles en caso de que tenga que utilizar anteojos:

- Escoja el lente más delgado que se ajuste a la corrección óptica que requiere.
- Evite las monturas demasiado modernas o sofisticadas.
- Como el hombre debe poder hacer contacto visual con usted, evite los vidrios reflectivos, los de prisma y cualquier otro tipo de vidrio que oculte sus ojos.

3

Cómo conocer hombres

Ahora que usted se está vistiendo de una manera más atractiva y descomplicada, ha llegado el momento de empezar a conocer hombres. Tenga en cuenta que pocos se ajustan a su ideal, de modo que tendrá que conocer muchos para encontrar, finalmente, aquel con el que sueña. Usted ya está lista para iniciar la búsqueda.

TOME LA INICIATIVA

Usted puede encontrar a su pareja ideal, pero solo si toma la iniciativa. A menos que suela encontrar diamantes en la calle y perlas entre la sopa, no espere que el hombre de sus sueños aparezca en la puerta de su casa sin hacer ningún esfuerzo.

Supongamos por un momento que está pensando en convertirse en buscadora de oro. Si eso fuera cierto, sin duda pensaría en todos los detalles que necesitaría para llevar a cabo ese trabajo: equipo básico, energía y esfuerzo personal y, desde luego, un sitio donde haya una alta probabilidad de encontrar oro. No importa cuán ignorante sea en este tema, usted no esperaría encontrar pepitas de oro en el patio de su casa, ni que alguien toque a la puerta y le diga: «Me enteré de que está buscando oro y aquí le traigo un poco». Encontrar pareja se parece a cribar oro: ambas actividades requieren esfuerzo.

Quizás la sociedad le ha vendido la idea de que llegará un momento en que mágicamente encontrará a su príncipe azul y se casará con él. Tal vez usted cree que lo único que debe hacer es tener paciencia, sentarse y esperar. Con esta filosofía, lo único que le llegará es la menopausia y la vejez. ¡Despierte! Ningún hombre va a golpear a su puerta para preguntarle: «¿Vive una hermosa niña en esta casa? Quisiera casarme con ella».

Los hombres son poco valientes cuando se trata de conquistar mujeres. Esto explica por qué esa amiga suya que fue capaz de tomar la iniciativa ya está casada, mientras que usted sigue soñando despierta.

Todo comienza con el contacto visual

Uno de los primeros pasos para llegar a conocer a un hombre es hacer contacto visual con él. El contacto visual es decisivo para hacerle saber que piensa que valdría la pena conocerlo. Pero, por apuesto que sea el hombre, no se quede mirándolo boquiabierta.

No deje de sonreír

Otro de los primeros pasos para conocer a un hombre es sonreír. Su sonrisa es uno de sus más bellos atributos. Sonreír es algo especial, forma parte del saludo, es divertido y fácil. Además, las sonrisas no se gastan. Así que no deje de sonreír.

Compórtese como si estuviera de viaje

¿Ha notado que es más fácil conocer gente cuando está de viaje que cuando está en su propia ciudad? Actuar como si fuera turista le ayudará a superar la timidez y a conocer hombres más interesantes. Una de mis amigas es una viajera infatigable. Cuando está lejos de su hogar, no tiene problema en iniciar conversaciones con hombres ni en pedir ayuda para orientarse. Por ejemplo, pide que le expliquen ciertas costumbres o aspectos de la cultura del país donde se encuentra. Cuando no está en su país, ella se libera de los tabúes ilógicos de su cultura.

Como mi amiga no está en busca de marido durante sus viajes, esas conversaciones no le producen incomodidad. Trata a cada hombre como si fuera un libro del que pudiera extraer una historia singular. Esta técnica funciona tan bien que ella conoce sin dificultad hombres disponibles e increíblemente deseables; hombres difíciles de conocer para las mujeres de esos países.

En su país, no obstante, mi amiga parece muda. Esto la llevó a pensar cuán fácilmente inicia conversaciones cuando está de viaje, y decidió que si su «personalidad de turista» le suelta la lengua, debería comportarse en su propio país como si estuviera de viaje. Ahora, ella lleva consigo una cámara y procura parecer una turista más, lo que le da libertad de acercarse a la gente con cualquier excusa. Los hombres han respondido muy positivamente a esa iniciativa.

El saludo

Lo primero que debe hacer es saludar a todos los hombres del lugar donde vive, de la empresa donde trabaja, de los sitios donde hace sus compras y realiza sus negocios, y de los establecimientos adonde suele ir para divertirse. Salude a todos los hombres que considere que no representan un peligro para usted.

Para la mayoría de las mujeres es muy difícil acercarse a un hombre y decirle: «Usted parece una persona interesante y me encantaría que conversáramos». La sociedad nos ha enseñado que no debemos acercarnos a los hombres que nos podrían gustar. Como hay una presión constante para que respetemos los límites sociales y recurramos a los canales «apropiados» para conocer hombres, no salimos de nuestro círculo social, lo que reduce enormemente nuestras posibilidades de conocer nuevos hombres.

Para algunas mujeres, la fase más difícil de una relación es el comienzo, es decir, despertar el interés de un hombre. Indudablemente, se necesita algo de coraje para despertar interés e iniciar el contacto. No tenga miedo; ¡usted puede! La mayoría de los hombres responderá favorablemente a esa actitud cordial e iniciará la conversación o le dará a usted la oportunidad de hacerlo. No se requiere más que una sonrisa y la palabra *hola*. Esa es la clave.

La primera impresión

La primera impresión es la más fuerte, y casi siempre es irreversible. Lo más probable es que «ese» hombre la siga viendo en su imaginación como la vio por primera vez.

Actúe siempre como si creyera en sí misma. No se comporte como una perdedora ni deje traslucir sentimientos de inseguridad. Preséntese como una ganadora y no demorará en convertirse en una. Usted no sabe qué hombre está esperando a la vuelta de la esquina para conocerla, o la está observando a la distancia. Actúe como si estuviera conociendo al hombre de sus sueños.

Después del saludo

Entre el saludo y la conversación inicial con un hombre deben transcurrir de diez a quince minutos. Hágale preguntas sobre su vida. Por ejemplo, si llegó recientemente a la ciudad, podría preguntarle:

- ¿Por qué te radicaste en esta ciudad?
- Hasta ahora, ¿qué te ha gustado más de vivir aquí?
- ¿Es muy distinta esta ciudad de la tuya?
- ¿Cuánto tiempo piensas permanecer aquí?

- ¿Ha sido fácil para ti hacer nuevos amigos?
- ¿Qué lugares de esta ciudad te han parecido interesantes?
- ¿Qué te gusta hacer en tu tiempo libre?
- ¿Con qué frecuencia viajas para visitar a tu familia?
- ¿Con qué frecuencia vienen a visitarte tus amigos?
- ¿Es esta ciudad lo que esperabas?

Haga preguntas cuyas respuestas no se limiten, simplemente, a un «sí» o un «no». Ayúdele al hombre a hablar de sí mismo. En esa primera conversación, es probable que le deje saber cuán excepcional o diferente cree que es en comparación con los demás hombres. Lo más seguro es que, en el transcurso de esa breve charla, le revele entre diez y veinte datos acerca de sí mismo. Si ese hombre le interesa, esfuércese por recordarlos.

Preste atención a cualquier dato, o conjunto de datos, que considere que lo diferencian de los demás hombres. Si le parece que es interesante, dígaselo y explíquele por qué lo cree. Luego, indíquele cómo podrían volverse a ver. Diga, por ejemplo: «Yo almuerzo aquí los martes y los viernes. Quizás podríamos volver a conversar el viernes de la semana entrante». Si no lo encuentra interesante, dígale adiós. Aun cuando usted tiene que ampliar sus horizontes y conocer el mayor número posible de hombres, también tiene que iniciar el proceso de selección lo más pronto posible.

El intercambio de números telefónicos
Cuando un hombre le pida su número telefónico, pídale usted también el suyo. Nunca le dé su número a un hombre que no esté dispuesto a darle el de él. Y, como medida adicional de precaución, dé únicamente el número de su teléfono móvil o el de su trabajo. No revele el de su hogar mientras no se sienta segura de esa persona. Una vez tenga el número telefónico del

hombre, y antes de aceptar salir con él, llame y compruebe que realmente le pertenezca.

Si no se siente cómoda llamándolo, piense que solo es un «gesto amable» para manifestarle que para usted también fue agradable conocerlo. Hay muchos hombres que tienen la desagradable experiencia de llamar a números falsos que las mujeres les han dado para que no las puedan encontrar. Cuanto más le guste usted a un hombre que acaba de conocer, tanto más seguro tiene él que estar de que:

1. Usted es quien dice ser.
2. La encontrará en el número telefónico que usted le dio.
3. A usted le agradará que él la llame.

Una llamada de dos minutos para decirle que le agradó conocerlo y que, como lo encuentra interesante, le gustaría que se tomaran un café, le facilita al hombre el siguiente paso: invitarla a salir. ¡Ya pasó la época en que las mujeres tenían que esperar a que los hombres tomaran la iniciativa!

Procure que sus primeros encuentros sean durante el día y en lugares públicos. Posponga las citas más íntimas para cuando se sienta más segura de él y de la relación.

Establezca una red de contactos

Establecer una red de contactos aumentará sus probabilidades de conocer al hombre correcto. Piense en las mujeres solteras que conozca, especialmente en aquellas a las que no les llamen la atención los hombres que a usted le gustan, y así no habrá competencia entre ustedes. Sus amigas pueden ser grandes aliadas en su búsqueda de pareja. Fortalecer su amistad con ellas puede acarrearle varios beneficios:

1. *Mejorar su ego.* El mundo externo pudo haber golpeado su moral y su autoestima, pero las amigas que brindan verdadero apoyo le ayudarán a recuperar la confianza en sí misma.

2. *Desarrollar estrategias.* Converse con sus amigas sobre estrategias y técnicas. Muchas de las habilidades que aprenderá más adelante en este libro requieren pensar y practicar. Sus amigas pueden ser una valiosa ayuda.

3. *Intercambiar información.* Cuando conozca a un hombre y decida que no es el que está buscando, conserve de todos modos su número telefónico y escriba una o dos líneas acerca de él en su tarjeta. Así estará preparada para intercambiar números con su red de mujeres solteras.

También es positivo establecer una red de contactos con hombres solteros, a pesar de que no cumplan los requisitos para convertirse en su pareja. A ellos les podría interesar conocer a sus amigas o, más importante aún, podrían querer presentarle a sus amigos.

SEA ACCESIBLE

Si usted es accesible, conocerá hombres en todas partes. Los hombres son, en realidad, niños grandes que buscan con quien conversar. Si una linda sonrisa ilumina su rostro, lo más probable es que el hombre a quien ha dedicado esa sonrisa inicie una conversación dondequiera que se encuentren. Hay hombres que regresan al lugar donde conocieron a una mujer que les gustó, con la esperanza de volverla a ver.

Para algunas mujeres es fácil conocer hombres; para otras, difícil. Hay mujeres que van a fiestas, clubes y toda clase de actividades sociales y, sin embargo, no logran conocer hombres. Pero otras no pueden ir al supermercado sin que las miren coquetamente o sin que algún hombre las aborde. La diferencia está en que unas son accesibles y las otras no.

Es posible que usted esté rodeada de hombres en su vida diaria, pero que ni siquiera sepa que existen. Algunos quizás están esperando la ocasión de conocerla, pero temen iniciar una conversación, a menos que su actitud sea abierta y amistosa. Cuanto más accesible sea, tantos más hombres conocerá.

El temor de los hombres al rechazo

Los hombres son poco valerosos a la hora de establecer contacto con las mujeres que les gustan. De hecho, se muestran más dispuestos a acercarse a una mujer que les parece poco atractiva que a una que les parece cautivadora. La razón es que tienen menos que perder si la primera los rechaza. Por eso, las mujeres corrientes están casadas, mientras que Maravillosa Usted sigue soltera y soñando con encontrar al hombre de su vida.

Los hombres pueden ser valientes en el campo de batalla y ambiciosos en los negocios, pero temen el rechazo femenino. Sí, podrían estar evitándola por miedo a que los rechace. La imagen de sí mismo que tiene el hombre como ser sexual, incluido su atractivo para las mujeres, se forma poco después de llegar a la pubertad y casi nunca cambia. Incluso veinte años más tarde y tras una carrera profesional destacada, esa autoimagen sigue siendo la misma. Además, la mayoría de los hombres se sienten inseguros en cuanto a su capacidad para establecer contacto con las mujeres. Ese hombre alto y bien parecido que usted ve, en su interior es un tímido muchachito de catorce años, preocupado por las imperfecciones de su piel, su voz quebrada y la posibilidad de que usted lo rechace.

Si alguna vez asistió a un baile escolar cuando era adolescente y ningún chico la sacó a bailar, seguramente se sintió marginada. Pero imagínese lo que sentiría un muchachito inseguro de solo pensar en sacar a bailar a una niña delante de cientos de personas. Si ella no aceptaba, él no solo se habría sentido marginado, sino también rechazado. Y eso habría sido devastador para él porque habría equivalido a una humillación pública.

¿Qué hacía el jovencito, entonces, para evitar la vergüenza de ser rechazado? Sacar a bailar solo a las niñas que gustosamente le devolvían sus miradas y que tenían una actitud amistosa. Al conocer mujeres, los hombres se siguen comportando como cuando eran muchachos. Solo abordan a las que, según creen, no los rechazarán.

Una actitud amistosa abre puertas
Para minimizar el temor que sienten los hombres al rechazo, trátelos amigablemente. Saludarlos a todos —desde el que reparte el diario hasta su abogado— con amabilidad y una sonrisa le dará la reputación de ser una persona afable, y los hombres se sentirán más dispuestos a acercarse a usted e iniciar una conversación.

No le estoy sugiriendo que se comporte de una manera provocativa y sensual. La accesibilidad se logra, sencillamente, sonriendo, intercambiando las palabras de cortesía usuales y unas pocas palabras de reconocimiento, como: «Me alegra mucho verte y saludarte».

Compórtese así con todos los hombres. Eso hará que ellos se alegren de verla y que usted se sienta más cómoda ante sus muestras de cordialidad. El resultado es que hombres que cumplen los requisitos para llegar a convertirse en su pareja se acercarán a hablarle, incluidos aquellos que, según pensaba, no estaban disponibles o no existían.

Probablemente usted teme que su reputación de persona amistosa o su gran accesibilidad atraiga hombres, pero ahuyente a aquel con que sueña. No se preocupe; eso no ocurrirá. Debido a que su hombre ideal se considera a sí mismo superior a los demás, solo se arriesgará a buscarla cuando tenga la seguridad de que no lo rechazará. Al fin y al cabo, teme que, si eso sucede, los demás se den cuenta y él sufra una humillación pública. Pero si advierte que usted es amable con todos, no dudará en abordarla, creyendo que podrá impresionarla favorablemente.

Supongamos que está en una fiesta y que, en cierto momento, ve a un extraño sumamente apuesto llamado Carl, con quien le encantaría bailar. Ahora supongamos que Al y Bill le piden que baile con ellos, pero usted no acepta pues quiere estar libre para cuando Carl la saque a bailar. ¿Cree sinceramente que Carl, que la ha visto rechazar a dos hombres, se arriesgará a correr la misma suerte? Por supuesto que *no*. Pero si hubiera aceptado la invitación a bailar que le hicieron Al y Bill, Carl habría hecho acopio de valor y también la habría sacado a bailar.

¿ES USTED DEMASIADO SELECTIVA?

¿Y si usted es demasiado selectiva? Supongamos que ha decidido que su hombre debe tener cierta profesión, determinadas aficiones, y un origen étnico o una fe religiosa particulares. Primero, hay que reconocer que esas condiciones limitarían seriamente el número de hombres que podría conocer. Como, indudablemente, usted también buscará algunas características emocionales y físicas, encontrar su pareja ideal será aún más difícil.

Si no la he disuadido, entonces vaya a sitios donde los hombres cumplan todos sus requisitos; por ejemplo, asociaciones profesionales o centros deportivos. Cuando se halle en ese sitio, trate cortésmente a todo el mundo. No importa por cuál grupo haya decidido iniciar su búsqueda de pareja, nunca tenga una actitud esnob. Sonría y salude a todos los hombres... y a todas las mujeres.

DÓNDE CONOCER HOMBRES

Los hombres suelen tener una idea del tipo de lugares que esperan que sus esposas frecuenten y de la clase de actividades a las que esperan que ellas se dediquen. En consecuencia, tienen expectativas sobre los sitios donde podrían conocer a sus futuras esposas. Vaya a los lugares donde hay hombres, pero descarte los que podrían hacerle daño a su imagen.

Los bares
Los bares no son el sitio más indicado para conocer hombres. En esos establecimientos, la mayoría de la gente transmite una imagen falsa de sí misma. Además, el alcohol acentúa esa tendencia (los bares donde sirven comida son diferentes). A los hombres no les llama la atención la idea de casarse con mujeres que conocen en los bares. Si no tiene más alternativas, conozca hombres en bares de alta categoría y para personas solteras, pero evite los demás. Obviamente, lo crucial es su código moral, y el del hombre, en torno al consumo de alcohol.

Si piensa ir a bares para conocer hombres, hágalo tan pronto como salga del trabajo y no tarde en la noche. Si va en la noche, es probable que pase muchas horas con alguien que ni siquiera se acordará de usted al día siguiente.

La iglesia
La iglesia es un buen lugar de encuentro, pero solo si usted es muy religiosa y desea casarse con alguien que también tenga

esa característica. No deje de contarle al sacerdote o al pastor sus intenciones de encontrar a un hombre para casarse.

Los veinte mejores lugares para conocer a alguien
Los bares y la iglesia se cuentan entre los lugares donde es más fácil que la gente se conozca. Pero como no son los sitios más apropiados para encontrar a su futuro esposo, ¿dónde debería buscar? Se sorprenderá:

1. *En su trabajo.* Empiece por sus compañeros de trabajo, pero no se limite a ellos. Conozca hombres relacionados con su ocupación, por ejemplo, clientes y proveedores. La clave para conocer hombres es tener acceso a ellos y tomar la iniciativa.

2. *En las librerías.* Es mucho más fácil descubrir los intereses de los hombres si los conoce en una librería. Muchas tienen cafetería donde es permitido sentarse a leer. Allí es más probable encontrar personas con intereses intelectuales. Pero no permanezca inmóvil y en silencio; una librería no es una biblioteca. Pida que le recomienden libros y ofrezca consejo. Además, los hombres que buscan mujeres interesantes saben que las librerías son un buen lugar.

3. *En los supermercados.* Deténgase en el supermercado en las primeras horas de la noche, cuando la mayoría de los solteros hace sus compras. Pida ayuda cuando no logre tomar algún artículo de un estante alto, pero sin dar la sensación de que es tonta. Mejor aún; dele *al hombre* la oportunidad de pedirle ayuda *a usted* para elegir algún producto.

4. *En las lavanderías.* Lo mejor es ir por la noche o en fin de semana. Lleve jabón y blanqueador extra; le sorprenderá enterarse de lo que los hombres olvidan cuando lavan la ropa. Lleve también refrescos, pues las lavanderías casi siempre son lugares húmedos y sin aire acondicionado. Si algún hombre le parece interesante, pídale que le descambie un billete para poder utilizar las máquinas y, después de recibir el cambio, ofrézcale un refresco.

5. *En las bibliotecas.* Si en su vecindad no hay librería, vaya a una biblioteca. En las más grandes es posible elegir entre una gran variedad de secciones —y de hombres—. Pruebe a conocer hombres en la sección de revistas; es la menos formal y la que más se presta para conversar. Pero si quiere conocer un hombre al que le interese un tema particular, visite una librería especializada.

6. *En las boleras.* El juego de bolos tiene muchas ventajas sobre otros deportes: se juega todo el año, en todos los climas y no es costoso. A diferencia de la mayoría de las instalaciones deportivas, las boleras se prestan para socializar, ya que los jugadores se acomodan junto a personas extrañas y todos los niveles se mezclan.

7. *En el gimnasio.* Adquiera flexibilidad y fuerza —y un hombre— en el gimnasio. «Tienes muy buen estado físico. ¿Cuánto tiempo hace que vienes a este gimnasio?» es una frase que sirve para romper el hielo.

8. *En los viajes.* Haga turismo y conozca hombres en todas partes. Usted se destacará más en los sitios con pocos turistas.

9. *En las salas de espera.* Es fácil conocer hombres en las salas de espera de los hospitales y los consultorios médicos. «¿Hace cuánto tiempo eres paciente del doctor?» o «¿Hace mucho que esperas para ser atendido?» son buenas frases para iniciar una conversación. ¡Pero olvídese de esta técnica si va a consultar con una ginecóloga!

10. *En las reuniones cívicas o políticas.* Participar en asociaciones cívicas o políticas exige un gran compromiso en tiempo y esfuerzo, pero puede ayudarle a conocer muchos hombres interesantes.

11. *En las escuelas.* La escuela es un buen sitio para conocer hombres, aunque ya no sea una niña. Inscríbase en algún curso nocturno para adultos. Si tiene la capacitación necesaria, dirija un curso en lugar de tomarlo. Elija temas que no solo le interesen a usted, sino también a los hombres.

12. *En las fiestas.* No es usual que las fiestas sean animadas y, al mismo tiempo, relativamente calmadas. Sin embargo, estas son las mejores para conocer hombres. Evite la música estridente, limite el alcohol y habrá empezado bien.

13. *En los clubes temáticos.* Aproveche su actividad o su pasatiempo favorito para conocer hombres. Si colecciona estampillas, monedas, discos o cualquier otra cosa, podrá conocer hombres que compartan su interés. Y si usted es realmente sofisticada, piense en un club de yates, de golf o de aviación.

14. *En las cafeterías.* En estos establecimientos no solo se consigue una buena taza de café...

15. *En los grupos deportivos.* En estos grupos suele haber más hombres que mujeres. Si le gusta el tenis, el *softball* o el golf, tiene buenas probabilidades de conocer hombres.

16. *En los centros comerciales.* Vaya a tiendas que atraigan a los hombres, como las que se especializan en equipos electrónicos, artículos deportivos o herramientas.

17. *En las instituciones de beneficencia.* Usted conocerá hombres buenos y generosos promoviendo alguna obra social con la que esté comprometida, y motivando a la gente a colaborar. Ofrézcase a ayudar durante las actividades destinadas a recaudar fondos.

18. *En actos públicos.* Asista a debates políticos, a ceremonias en la alcaldía o a audiencias sobre temas controversiales. Si puede, participe activamente y haga preguntas.

19. *En los restaurantes.* Usted tiene que comer, ¿verdad? Pues vaya a restaurantes. Pídale a un cliente su opinión sobre algún plato que figure en el menú. El desayuno es un buen momento para conocer hombres. Tanto usted como ellos estarán de afán, pero tendrán la posibilidad de volverse a encontrar al día siguiente o de intercambiar números telefónicos. Y recuerde que la barra brinda proximidad.

20. *En los vehículos de transporte público.* No ignore a sus compañeros de viaje, especialmente si los ve todos los días.

Mejor sola que acompañada
Muchas mujeres salen a buscar marido con una o más amigas. Esta estrategia es equivocada, pues los hombres generalmente no abordan a las mujeres a menos que estén solas. Ellos se

sienten intimidados cuando hay dos mujeres juntas, aunque estén muy interesados en conocer a una de ellas. Si está con una amiga y un hombre se le acerca, corre el riesgo de que se interese en su amiga y no en usted. Si decide salir con alguien a conocer hombres, sepárense tan pronto como lleguen a su destino.

EL AMOR EN EL TRABAJO

Como dije antes, el sitio de trabajo se cuenta entre los veinte mejores lugares para conocer hombres. Sin embargo, ellos casi nunca prestan atención a las mujeres con las que trabajan. Más aún, no consideran a sus compañeras, colegas y otras mujeres relacionadas con su trabajo como posibles parejas. ¿Por qué pierden buenas oportunidades de conocer mujeres valiosas y deseables? Veamos las razones personales y profesionales.

Razones personales. El temor al rechazo

Los hombres le tienen terror a ser rechazados por las mujeres. Cuanto más elevada es la posición del hombre en la empresa, tanto más cierta es esta afirmación. Por eso, necesitan privacidad cuando invitan a salir a una mujer. Ellos necesitan tener la seguridad de que si los rechazan, nadie se enterará. Si usted les cuenta a sus compañeras de trabajo que un colega la invitó y que no aceptó, otros hombres podrían enterarse. El resultado es que los demás se abstendrán de invitarla a salir.

Los hombres muchas veces sienten que es casi imposible entablar relación con las mujeres que conocen en el medio laboral. No es inusual que se cohíban de abordarlas e invitarlas a salir, especialmente cuando trabajan en un departamento distinto. Supongamos que un hombre está conversando con una mujer de otro departamento y alguien se acerca y le dice:

«¿Qué estás haciendo aquí, en Contabilidad?». Él se sentirá demasiado avergonzado para responder, pero no porque se avergüence de la mujer que le gusta, sino porque teme que todos se enteren si ella lo rechaza.

Si un hombre está reacio a entablar contacto con usted en su trabajo, tal vez tratará de llamarla a su casa o a su teléfono móvil. Pero si no logra encontrar su número, nunca sabrá que él estaba interesado en usted.

El problema es más grave si usted es una ejecutiva. A muchos hombres les gustaría conocerla, e incluso a algunos les podría interesar casarse con usted, pero ¿cuántos son capaces de superar la barrera de su secretaria? Como los hombres son torpes cuando se trata de abordar a las mujeres que les gustan y, adicionalmente, se intimidan con facilidad, es posible que se hayan dado por vencidos ante la barrera interpuesta por su eficiente secretaria.

El hombre podría intentar evadir un golpe a su ego utilizando una reunión de trabajo como justificación para verla. Ahora bien, si usted se excusa de asistir, el golpe no será tan fuerte para él. Tal vez la llame para pedirle que definan varios detalles adicionales de un contrato. Y lo recuerda, ¿verdad?, es el tipo al que usted le pidió que revisara el asunto con el departamento legal, o al que le dijo que quería su opinión sobre un nuevo producto, pero usted estaba demasiado ocupada como para dedicarle tiempo a eso. Esté atenta a los colegas que la buscan sin tener necesariamente un motivo relacionado con el trabajo. ¡Podrían estar interesados en *usted*!

Razones profesionales. La chaperona

Las empresas imponen grandes presiones que hacen aún más difícil que los hombres aborden a las mujeres en el trabajo. Hay cuatro problemas que ellos afrontan:

1. Una extensión del tabú asociado al incesto. Salir con una compañera de trabajo es, en cierto sentido, como salir con una hermana.
2. Las normas de las compañías contra las relaciones afectivas entre compañeros de trabajo.
3. Las leyes contra el acoso sexual. El hombre puede temer que sus insinuaciones le ocasionen problemas legales.
4. La creencia de que el hombre que tiene tiempo para conquistar mujeres en el trabajo no cumple sus responsabilidades.

Las empresas se han convertido en chaperonas que separan a la gente. ¿Qué debe hacer la mujer? ¿Puede usted encontrar el amor en el trabajo? No espere que los hombres le manifiesten abiertamente sus deseos, pues a ellos los intimidan las mujeres y le temen a la «chaperona». Observe las maniobras a las que recurren para establecer contacto con las mujeres que les gustan. Usted *puede* conocer a un hombre en el trabajo —o a través del trabajo—, pero tomar la iniciativa es un proceso lleno de obstáculos para él. Por eso, a usted le corresponde hacerlo y facilitar la conversación. Hágalo durante el descanso para tomar café.

Su ocupación puede ayudar

Hay ocupaciones que se prestan más que otras para conocer gente y, eventualmente, encontrar pareja, aunque espero que no elija la suya solo con ese propósito. Usualmente no se requiere cambiar de trabajo para conocer más y mejores hombres; lo que sí vale la pena es buscar un cambio de jefe o de departamento. Le tengo varias sugerencias:

• Cree oportunidades de saludar a los hombres, hablar con ellos y conocer detalles de su vida.

- Intercambie información que les interese a ambos.
- Tenga una actitud amistosa y accesible.
- Preocúpese por la comodidad del hombre.

A continuación me referiré a veinte ocupaciones que seguramente usted nunca ha tomado en consideración, pero que podrían aumentar sus probabilidades de conocer hombres deseables.

1. *Asesora de inversiones.* Aunque no conocerá demasiados hombres en este trabajo, los que conozca serán realmente exitosos. Como ellos le pedirán consejo, usted se enterará de sus metas y sueños, así como también de sus finanzas.

2. *Vendedora de zapatos de hombre.* Como los hombres solo pueden comprar sus zapatos personalmente, conocerá muchísimos como vendedora. Y cuando conozca a un hombre que le llame la atención, podrá iniciar con él una charla sobre su forma de vida haciéndole preguntas sobre sus zapatos. Pregúntele, por ejemplo, dónde han estado sus zapatos viejos y adónde irán los nuevos. O venda la clase de ropa de hombre que es preciso probarse. De no ser así, sus clientes serán mujeres.

3. *Contadora.* Si usted es tímida y busca un hombre de ese mismo estilo, esta es una excelente opción. O piense en convertirse en auditora de impuestos. Tendría acceso a todo tipo de hombres, incluso a los más difíciles de conocer. Y, no menos importante, acaparará la atención de esos individuos, que la escucharán sin pestañear.

4. *Vendedora de automóviles.* La mayoría de los hombres disfruta comprando automóviles, y si usted es una buena vendedora hará que la experiencia de elegir un auto sea aún más agradable para ellos. El hecho de conocerse con sus clientes en un ambiente tan positivo es un importante punto a su favor.

5. *Abogada.* Protegiendo al hombre del mundo exterior, usted ganará su corazón.

6. *Vendedora de equipos médicos o representante de una compañía farmacéutica.* Estas ocupaciones le permitirían entrar en contacto con la comunidad médica, a la que no es fácil acceder cuando se trabaja en otros campos. Conocerá muchísimos médicos y profesionales de la salud, y podrá impresionarlos favorablemente con sus conocimientos, en lugar de demostrarles temor reverencial.

7. *Peluquera.* Conocerá incontables hombres. La cercanía física que propicia esta ocupación brinda oportunidades de conversar.

8. *Política.* Conocerá a muchos de los hombres más interesantes de su comunidad. Como trabajará en una gran cantidad de temas, no le será difícil conocer prácticamente a todo el mundo.

9. *Guardia de seguridad.* Este trabajo otorga poder y acceso a muchos hombres. ¡Y podrá detener a quien quiera y hacerle preguntas!

10. *Funcionaria bancaria.* Si usted es la encargada de manejar el dinero de algún hombre o de ayudarle con un préstamo en una crisis financiera, él se sentirá agra-

decido y cercano a usted. Esta ocupación le permitirá conocer mucha información sobre ese hombre que las demás mujeres desconocen, lo que representa una gran ventaja.

11. *Periodista deportiva.* Conocerá a muchísimos hombres de excelente físico y ellos tendrán la excusa perfecta para hablar de sí mismos con usted. Para que la tomen en serio, no sea una admiradora más. Conviértase en periodista.

12. *Vendedora y técnica en equipo pesado.* A los hombres les apasiona el equipo pesado; por ejemplo, los montacargas, las retroexcavadoras y las grúas. Este trabajo le dará información valiosa sobre ellos

13. *Bombera/rescatadora.* A algunos hombres les fascina que los rescaten. Al fin y al cabo, cuando están heridos se sienten indefensos, como cuando eran niños.

14. *Inspectora de zona.* Este trabajo le permitirá conocer propietarios de empresas, observar sus operaciones y hacer muchas preguntas.

15. *Investigadora.* Usted estará en una posición privilegiada para conocer a los hombres como son en realidad y, también, como aparentan ser.

16. *Vendedora de computadoras.* Incluso hoy en día, muchos más hombres que mujeres compran computadoras. Esta es una magnífica ocupación para una mujer como usted.

17. *Diseñadora de oficinas.* Este trabajo le dará la oportunidad de preguntarles a los hombres que le llamen la atención qué

planes tienen para el futuro. Luego, podrá averiguar qué les gusta y les disgusta y, por último, en qué proyectos están embarcados en el presente.

18. *Diseñadora de páginas web.* Esta sería su oportunidad para diseñar un sitio web excepcional para un hombre que le guste. Y, ¿por qué no?, hasta podría ser la primera en reconocer cuán único y especial es él.

19. *Despachadora.* Usted podrá decirle a su hombre a dónde ir, y qué tan lejos puede llegar...

20. *Chofer.* Usted lo llevará adonde necesite ir. Pregúntele por qué tiene que dirigirse a ese lugar y, durante el trayecto, háblele sobre restaurantes y actividades.

SITIOS WEB PARA ENCONTRAR PAREJA

Hay tres maneras de conocer hombres a través de sitios web:

1. Registrando su perfil en la base de datos para que los hombres la puedan elegir.
2. Revisando los datos de hombres disponibles y seleccionando a los que le interesa conocer.
3. Haciendo ambas cosas.

Los sitios web para conocer personas del sexo opuesto hacen hincapié en que los nombres y las direcciones son confidenciales. Las personas solo se conocen cuando ambas deciden hacerlo y la prudencia está a la orden del día.

Este es un ejemplo de la información que los sitios web proporcionan sobre las personas que se registran:

Fotografía del rostro

Datos objetivos
- Sexo
- Fecha de nacimiento
- Estatura
- Peso
- Color del cabello
- Color de los ojos
- Grupo étnico
- Religión
- Ciudad de residencia
- Lugar donde creció
- Estado civil
- Hijos
- Educación
- Ocupación

Datos evaluativos
- Contextura física
- Nivel de ingresos
- Tabaquismo
- Hábitos de bebida
- Tendencias políticas
- Más detalles

Actitudes y preferencias
- Rasgos de personalidad
- Actividades favoritas
- Cocina favorita
- Música preferida
- Temas de lectura favoritos
- Actividades recreativas preferidas
- Deportes o actividades físicas preferidos

Acerca de usted
+ Sus metas
+ Descripción de una primera cita ideal

Cuando buscan pareja, muchas personas tratan de no omitir ningún detalle sobre sus actitudes y preferencias. Tal vez alguien disfruta el patinaje sobre hielo, el polo acuático y catorce deportes más. Y quizás también es espiritual, no conoce los prejuicios y tiene otros diecisiete rasgos dinámicos de personalidad. O quizás esa persona está tratando de deslumbrar a alguien. En todo caso, la credibilidad es decisiva en este punto.

Algunas pautas para conocer a su pareja de internet son:

+ Véanse las primeras veces únicamente en sitios públicos.
+ Pídale detalles sobre su vida que sea posible verificar.
+ Compruebe la historia que le cuente con personas que conozca o en las que confíe.

Citas rápidas para entablar relaciones

Speed dating es una modalidad para conocer gente y entablar relaciones con suma rapidez. Se trata de una reunión inicial durante la cual se lleva a cabo una entrevista cruzada entre todos los participantes. Se parece a una feria laboral, donde personas que buscan empleo conocen a muchos empleadores, o a una feria universitaria, donde jóvenes que aspiran a estudiar una carrera profesional se reúnen con representantes de muchas universidades. Esté pendiente de los anuncios que, de vez en cuando, publican los organizadores de esas actividades en sus sitios web.

Los organizadores de esos eventos, que no incluyen música ni baile, hacen publicidad para atraer gente de ambos sexos y cobran la entrada. Los participantes proporcionan sus datos básicos a los organizadores, pagan una cuota que les da derecho a asistir y, por supuesto, entran a formar parte de la base de datos, lo que garantiza que sean tenidos en cuenta para futuras actividades.

Por lo regular, se programan varios eventos de este tipo teniendo en cuenta los rangos de edad, las zonas geográficas y los grupos de interés, sea por profesión, religión o, incluso, tendencias fetichistas. A esos eventos asiste el mismo número de hombres que de mujeres y no suelen ser demasiado concurridos; por lo general, veinticuatro mujeres y veinticuatro hombres que posteriormente se reúnen en un ambiente estructurado.

Las reuniones de *speed dating* casi siempre se llevan a cabo en un restaurante, pero sin servicio de comida ni bebida. Los miembros de un grupo (hombres o mujeres) permanecen sentados, mientras los miembros del otro grupo circulan de mesa en mesa. En las dos horas que duran estos eventos, cada mujer habla cinco minutos con cada hombre.

Mientras que las reuniones sociales de antes se centraban en la habilidad para el baile, estas se enfocan en la apariencia física, la agilidad en la comunicación verbal, la buena memoria y las cualidades para ser recordado. En este contexto, las conversaciones suelen ser elocuentes pero poco sinceras. Usted dispondrá de muy pocos minutos para dejar huella y tendrá mucha competencia. Tal vez lo único que los hombres recordarán de usted serán sus atributos físicos.

Cuando vaya a asistir a una actividad de *speed dating*, pregúntese: ¿Es mi objetivo conocer el mayor número de hombres para divertirme, o conocer a alguien especial para entablar una relación que conduzca al matrimonio? Podría descubrir que a muchos hombres no les interesa el matrimonio, sino conseguir una mujer con la cual divertirse y juguetear.

La modalidad de *speed dating* tiene una falla evidente. Pregúntese: ¿Qué prefiero: rechazar a un hombre o darle a él la oportunidad de que me rechace? La mayoría de los hombres y las mujeres deja de lado demasiado rápido a una pareja potencial cuando piensan que los podría rechazar. En resumen, esta modalidad lleva a que las mujeres y los hombres se descarten casi instantáneamente. Cinco minutos con una persona a la que creemos que no le gustamos puede vivirse como una de las peores experiencias de nuestra vida.

4

Las citas con hombres

Cuando salga con hombres, no pierda de vista el matrimonio. En esta etapa de búsqueda de pareja, la palabra clave es *conversación*. Vaya a cine, conciertos, encuentros deportivos o teatro con sus compañeros de trabajo o sus familiares, pero no con el hombre con el que quisiera entablar una relación a largo plazo.

Las diversiones no se prestan para conocer a fondo a la persona que nos interesa. Esas actividades pueden esperar hasta cuando la relación esté más consolidada.

En esta etapa es importante que usted dedique tiempo a conversar con el hombre que le gusta. Hable con él en la cafetería, mientras almuerzan en un restaurante sencillo o durante un picnic en el parque. Las primeras citas son excelentes oportunidades para evaluarlo y decidir si le conviene entablar una relación con él.

Invente maneras de compartir ratos agradables sin que el hombre tenga que gastar una fortuna. Incluso muchos planes interesantes no cuestan nada. Al principio, él invertirá su dinero o sus emociones en usted, pero no ambas cosas. Y lo que usted busca es que invierta su parte emocional. Si le permite hablar con toda libertad de sí mismo, esté segura de que disfrutará inmensamente su compañía y querrá volver a verla.

En este momento, usted ya debe de estar empezando a conocer a distintos hombres. Sus posibilidades de salir aumentarán a medida que avance en su proceso de búsqueda.

PLANEE SUS CITAS

Sus salidas serán más exitosas si *usted* programa diversas actividades. No espere que los hombres sean creativos; si alguno lo es, tómelo como un valor agregado.

Curiosamente, pocas mujeres se toman el trabajo de planear sus citas. Proponga distintas actividades para que su hombre tenga nuevas experiencias y cambie de rutina. Incluso si al principio se muestra reacio a hacer programas diferentes, llegará el momento en que lo disfrutará y se irá acostumbrando a pasar su tiempo libre con usted. Si en algún momento se aleja porque siente atracción por otra mujer, echará de menos la variedad que usted le ofrecía. Y no demorará en regresar con entusiasmo.

No es preciso inventar actividades exóticas. Revise el diario y tenga el valor de sugerir qué hacer y a dónde ir. Asegúrese de que él pueda sufragar el costo, o pague usted la cuenta. Asegúrese, también, de que él tenga la ropa o el equipo necesarios para realizar esa actividad. ¡No querrá verlo jugando bolos vestido como un ejecutivo!

Esfuércese por obtener información que haga más interesantes sus citas. Elija planes que se adapten a ese hombre en particular. Como sus rivales no hacen lo mismo, él disfrutará mucho más las salidas con usted.

Posibles actividades para sus citas

Si usted vive en una ciudad grande o en un lugar turístico, encontrará muchas y diversas actividades. Entre las que podría tomar en consideración —dependiendo, desde luego, de su lugar de residencia y del clima— están las siguientes:

- Pasear en bote.
- Visitar sitios de interés histórico.
- Visitar librerías.
- Ir al zoológico.
- Visitar la alcaldía.
- Participar en actividades organizadas por la iglesia.
- Ir a museos.
- Hacer recorridos a pie planeados por usted.
- Tomar un curso que les interese a ambos.

Aunque viva en una ciudad pequeña, podrá descubrir actividades divertidas y que cuestan poco, siempre y cuando el tiempo lo permita:

- Hacer picnics.
- Pasear en bicicleta.
- Ir de pesca.
- Tomar baños de sol.
- Tomar fotografías.
- Caminar en el parque.

Algunas cosas interesantes para hacer juntos son:

- Visitar la edificación más antigua de la ciudad.
- Cenar en un restaurante étnico, donde la comida sea novedosa para ambos.
- Contemplar su ciudad desde el punto más alto.
- Hacer un recorrido guiado por su ciudad.
- Visitar la planta de un diario para conocer cómo funciona.
- Asistir a una conferencia sobre un tema de mutuo interés.
- Formar parte de la audiencia de un programa televisivo.

- Buscar gangas en tiendas de antigüedades o en ventas de garaje.
- Visitar alguna fábrica que ofrezca tours guiados.
- Visitar un museo de automóviles o trenes, o una estación ferroviaria antigua.

Cuando salga con hombres, recuerde que la clave es la conversación. Asegúrese, pues, de que las actividades que compartan les proporcionen diversos temas.

Los modales

Se percate o no, su hombre la juzga permanentemente basándose en sus modales. Es posible que él no lo haga conscientemente, pero recuerda y evalúa la manera como usted actúa con él y con los demás.

Así como es necesario que descubra el verdadero código moral del hombre con el que está saliendo, usted también debe conocer sus modales y el decoro con que se comporta. Su cultura y su experiencia son buenos indicadores.

Muchos hombres, pero especialmente los de más edad, consideran que deben comportarse con caballerosidad. Ellos esperan que atiendan primero a la mujer (perdón, a la dama), aunque su propia cena se enfríe. Si para el hombre con el que quisiera casarse es importante la caballerosidad, hágale saber que espera que se porte como un caballero. Usted quizás tendrá que adaptarse a una serie de formalidades que pueden parecer exageradas, como esperar a que él le retire el asiento en la mesa del comedor, pero el «sacrificio» vale la pena si es el hombre correcto. Sin embargo, esté atenta para que no la trate como si fuera una mojigata, y no una mujer con necesidades sexuales.

Pese a que los buenos modales al salir con personas del sexo opuesto nunca pasan de moda, ya no hay tantas diferencias por cuestión de género como en el pasado. Su acompañante debe tratarla con amabilidad y esperar lo mismo de usted. A continuación encontrará varias pautas para que sus modales le ayuden a tener éxito con los hombres.

En el teléfono

- Llámelo. Ya pasó la época en que las mujeres no podían llamar a los hombres.
- Llámelo a horas convenientes. No lo interrumpa cuando esté trabajando.
- Manténgalo en la línea solo si la conversación es interesante o si él se muestra emotivo. Diga algo inteligente o haga que la llamada sea breve y cordial.
- Si alguien la llama mientras está conversando con su hombre, pida que la llamen más tarde. Si la relación va en serio, hágale saber quién la está llamando mencionando el nombre de esa persona. Esta clase de acciones harán que se sienta especial.
- Cada vez que la llame, salúdelo calurosamente por su nombre. Hágale saber que se alegra de oírlo.
- Si está en casa de él, no responda el teléfono, a menos que él se lo pida.

Con los padres de él

- No se dirija a ellos por su nombre. Mientras no le pidan que lo haga, dígales Señor o Señora. Y no utilice expresiones familiares, como «Papi», cuando hable con el padre de su hombre.
- Independientemente de lo que digan o hagan, ellos *siempre* estarán del lado de su hijo. Por lo tanto, *nunca* les dé quejas de él.

- Con seguridad, los padres de su pretendiente son mucho mayores que usted. No espere que la atiendan cuando los visite; más bien, ofrézcase a ayudarles.
- No dé por sentado que ellos tienen los mismos valores que usted. Evite hacer comentarios que les puedan molestar.
- Escúchelos con atención cuando hablen sobre sus intereses y recuerden episodios de sus vidas. Aliéntelos a hablar de sí mismos.
- No se retire los zapatos, a menos que ellos lo hagan.
- No deambule por su casa sin su autorización, ni se entrometa en sus asuntos.
- No utilice palabras soeces delante de ellos.
- Si de verdad lo piensa, dígales que educaron maravillosamente a su hijo.
- Si lo siente, dígales que espera volverlos a ver pronto.

Durante las citas y en relación con el aspecto económico

- Cuando salga con un hombre, muestre consideración por sus finanzas, como haría con una amiga o un familiar.
- Si él olvidó llevar la billetera, ofrézcase a pagar la cuenta o a prestarle el dinero.
- Cuando él vaya a pagar la cuenta en un restaurante, ordene el plato menos costoso entre los que le llamen la atención.
- Dispóngase a pagar una buena parte de sus salidas.
- Invítelo a cenar en restaurantes u ofrézcase a cocinar para él.
- Nunca actúe como si fuera una mujer indefensa. Aunque al comienzo de la relación esa actitud a él le podría parecer tierna —a la mayoría de los hombres no le gusta—, más adelante podría convertirse en un obstáculo para casarse con usted.

- Cuando esté con su hombre y se encuentre con alguna persona conocida, preséntelo con orgullo.
- Evite que en su conversación salgan a relucir prejuicios étnicos o religiosos. Evite, también, las diatribas políticas.
- Cuando esté con su hombre, no utilice un lenguaje vulgar, especialmente si él no lo ha hecho.
- No lo provoque sexualmente, a no ser que esté buscando tener relaciones sexuales con él.

En casa de él

- Respete su privacidad. Excepto si él se lo pide, nunca abra cajones, gabinetes ni closets.
- Cuando use su cocina o su baño, déjelos en perfecto estado.
- Si tiene hambre, no asalte su refrigerador sin permiso; más bien, espere a que él le ofrezca algo de comer.
- Ayúdele a ordenar un poco su casa. Esto indica que para usted es importante crear un ambiente agradable en el hogar.
- Nunca le pida prestado el cepillo del pelo u otros artículos de tocador.
- No descuide su limpieza personal. Esto es lo más sexy que puede hacer por sí misma.
- Demuestre interés por los trofeos o premios que tenga exhibidos.
- Si utiliza algún artículo de su casa, vuélvalo a colocar en el sitio donde lo encontró.
- Elogie los detalles que revelen que él se ha esforzado para crear un buen ambiente en su hogar.
- No le haga sugerencias sobre decoración mientras no lo conozca muy bien.
- Nunca toque su correspondencia, esté abierta o cerrada.

En su propio hogar

* Cuéntele a su hombre dónde queda el baño. Muchos hombres terminan las citas más temprano de lo que las mujeres quisieran porque se avergüenzan de usar el baño.
* Sirva refrigerios apetitosos.
* Disponga un lugar acogedor para conversar.
* Ponga música de fondo. La música es importante porque influye en el estado de ánimo.
* Cuando la relación esté más avanzada, dígale que le gustaría que se sintiera como en su propia casa y que puede acudir al refrigerador cuantas veces quiera.
* Considere su hogar como una fortaleza que la protege del mundo exterior. Cuando esté con su hombre, haga que él sienta lo mismo.
* Si cocina para él, prepárele lo que le gusta. No trate de impresionarlo con platos complicados que quizás no disfrutará.
* Cuando hayan definido que su relación es de exclusividad, entréguele la llave de su hogar para que pueda entrar cuando desee.
* Comparta con él todas sus cosas. Permítale usar el teléfono, el equipo de sonido, el televisor, etc.
* Defina lugares especiales para él; por ejemplo, un lugar en la mesa, un sillón y un gabinete.
* Si él quiere ayudarle con alguna tarea de la casa, déjelo. Cuanto más haga por su «nido», tanto más se comprometerá emocionalmente con usted.

EL CONTACTO FÍSICO

Los seres humanos necesitamos el contacto físico con los demás. Parte del proceso de establecer un vínculo afectivo implica tocar al hombre que nos gusta y aceptar que nos toque. Este proceso se inicia poco después de conocerlo y antes de elegirlo como el compañero a largo plazo. Quiero ser clara: no estoy hablando de caricias eróticas ni de ningún tipo de actividad sexual. La relación sexual tiene lugar mucho más tarde.

Hay muchas maneras de tocar y ser tocado; por ejemplo, un apretón de manos, un abrazo, una palmadita en la espalda, pasar un brazo sobre el hombro de la otra persona. ¿Recuerda que cuando era más joven sus familiares y sus amigos le demostraban cariño con este tipo de gestos? Ahora piense en los muchachos que conoció cuando era jovencita. ¿Acaso ellos no recibían el mismo tipo de demostraciones de sus familiares? Entonces, haga lo mismo con el hombre de su vida.

Por lo regular, la manera en que los hombres se tocan es muy distinta a como lo hacen con las mujeres. Esas diferencias son evidentes, aun cuando no haya ninguna connotación sexual. Mientras que los hombres jóvenes se empujan y se dan manotadas como forma de contacto físico, las mujeres prácticamente nunca lo hacemos así. Nosotras acostumbramos tocar los brazos de los hombres que nos gustan, algo que ellos no hacen. Al hombre con el que usted sale le gustaría recibir una palmadita en la espalda o que le pasara un brazo sobre los hombros. Gestos tan sencillos como estos satisfarán la necesidad que él tiene de ser tocado. Siempre y cuando la relación progrese, llegará el momento de tomarse de las manos y abrazarse.

Los besos

Cuando esté empezando a salir con un hombre, despídase de beso después de cada cita. Besar es un arte. Temprano en la relación, sus besos no deben ser apasionados, pero tampoco insípidos besitos en la mejilla. Reserve su pasión para cuando se haya creado un vínculo afectivo y usted lo considere una pareja potencial.

Cómo vestirse

Cuando la relación se haya consolidado, seguramente querrá que su hombre se vista como a usted le gusta. Haga lo mismo por él. Como algún día usted elegirá la ropa de su hombre, deje que él participe en la elección de la suya. Algunas prendas le gustarán a él; otras le disgustarán. Cuando se vayan a ver, arréglese como a él le gusta.

Vístanse como una pareja. En lo posible, el atuendo de él y el suyo no deben disonar sino, más bien, coordinar. No use una blusa de puntitos si él está usando una camisa de rayas. Mejor aún, usen colores de la misma gama, especialmente cuando tengan un plan informal. Usted debe ser más flexible que él, puesto que su vestuario ofrece muchísimas más opciones.

No descuide su aspecto cuando empiece a salir regularmente con un hombre. La apariencia física nunca deja de ser importante.

Cocinar, una actividad divertida

Si pasa la noche con un hombre, en su hogar o en el de él, participe en la preparación del desayuno del día siguiente. Si no le inspira siquiera el deseo de hacerle el desayuno, no ha debido pasar la noche con él.

Comer juntos debe ser un evento especial para los dos. Si a él le gusta cocinar, preparen juntos algún plato; ¡este es un programa realmente divertido! Si sabe qué le agrada a él, actúe de chef de vez en cuando. Y, definitivamente, si esto es algo que a él le gusta, déjelo cocinar aunque todo termine hecho un desastre. Cuando cocine sin ayuda de su hombre, procure no dejarlo solo mucho tiempo.

PLANEE LA SIGUIENTE CITA

Si quiere ver nuevamente a esa persona, no olvide planear la siguiente cita antes de despedirse. Si no lo hace, «buenas noches» podría significar «adiós».

5

Cómo elegir al hombre correcto

Cuando usted empieza a salir con un hombre, ¿cómo sabe si él es su pareja ideal? ¿Cómo puede enterarse de lo que necesita saber acerca de él? ¿Cómo puede prever si se enamorará de usted? Para averiguar todo sobre ese hombre, aplique el siguiente principio: Antes de hacer una «audición» para el papel de esposa, «entrevístelo» para el trabajo de marido.

Defina lo que busca en un hombre

Cuando usted sale de compras, se toma el tiempo necesario para escoger los alimentos, la ropa y muchas otras cosas. Pero, ¿hace lo mismo cuando de elegir a un hombre se trata? Supongamos que le hicieron una invitación muy especial y que está pensando en comprar un nuevo atuendo para lucir ese día. Desde luego, cuando llegue a la tienda sabrá cuál es la talla de su ropa y de sus zapatos, qué colores y estilos le sientan mejor y cuánto está dispuesta a pagar. Además, evaluará su apariencia mirándose en un gran espejo. Incluso podría pedir la opinión de algunas amigas sobre las prendas que eligió. Ahora, pregúntese si elegir al hombre que podría llegar a ser su esposo merece o no la misma dedicación.

¿Se imagina lo difícil que sería el proceso de comprar si las tallas no fueran estandarizadas? Piense en lo que sería tener que probarse todos los vestidos que ofrece una tienda solo para encontrar uno que le quede bien. Pues entrar al mundo de la búsqueda de pareja sin saber exactamente qué queremos puede ser tan caótico como tratar de comprar ropa sin conocer nuestra talla, necesidades, presupuesto o estilo preferido. La «talla única» es un mito, por lo menos a la hora de elegir pareja.

No estoy sugiriendo que existe un mercado donde se pueden encontrar hombres, ni que ellos están para la venta. Infortunadamente, ellos no están reunidos y convenientemente etiquetados en áreas específicas de una tienda. Pero se encuentran prácticamente en todas partes. Su «lista de compras» le ayudará a reconocer sin demora al hombre que le podría interesar.

Prepárese para la búsqueda

A menos que usted sea demasiado exigente, cuanto más específica sea su definición de su pareja ideal, tanto más exitosa será su búsqueda. Es posible que nunca haya definido concretamente lo que busca en un hombre; incluso es posible que nunca haya hablado francamente sobre este tema. Sea audaz acerca de lo que quiere.

Supongamos que solamente uno de cada cien hombres cumple los requisitos para ser su pareja ideal. Si tuviera que salir durante seis meses con la persona incorrecta, tardaría cincuenta años en hallar a la pareja con la que sueña. Por eso, me gustaría ayudarle a buscar marido de una manera más eficiente.

¿Cómo iniciar este proceso? Elaborando una lista de los aspectos que considera fundamentales en un hombre. Reconozca lo que quiere —y lo que no quiere— en un hombre y, a continuación, invierta su energía únicamente en aquellos que cumplan esos requisitos. Haga su propia lista. No pida prestada la de su mejor amiga, a menos que también pretenda pedirle prestado el marido.

Usted es la compradora

¿Verdad que no le diría a una vendedora: «Tome mi dinero y deme cualquier traje?». Como clienta, usted tiene algo valioso para intercambiar por bienes que sean de su gusto. De igual modo, en su búsqueda de marido, usted no es la vendedora, sino la compradora. Y es mucho lo que tiene para ofrecerle a una pareja potencial. Elija; no espere a que la elijan.

¿Es usted demasiado exigente?

Supongamos que usted sueña con encontrar un hombre que se interese en la gente; por ejemplo, un trabajador social, un maestro o un profesional de la salud. Supongamos, también, que aspira a que su hombre tenga un buen futuro económico. Pero un hombre que se interese en la gente y que, además, esté en camino de alcanzar el éxito económico, es una combinación poco realista. Es como si una mujer gorda quisiera caber en un traje talla ocho.

Sus exigencias deben ser realistas. Seguramente hay hombres que satisfacen sus requisitos; entre ellos, deberá encontrar uno al que pueda amar y que la ame. Concéntrese únicamente en los factores esenciales para su bienestar, en lo que verdaderamente desea y necesita. Si nunca ha encontrado un hombre que llene todas sus expectativas, entonces ha estado pidiendo lo imposible. Ha llegado el momento de pensar a fondo en lo que es esencial para usted. Si nadie ha estado nunca a la altura de sus estándares, le convendría modificarlos.

CÓMO ENTREVISTAR A SU HOMBRE PARA EL TRABAJO DE MARIDO

Elegir a un hombre para casarse es una tarea ardua. No es posible seleccionar a los hombres pasándolos por una coladera gigante, pero sí es posible filtrarlos haciendo todo lo posible para conocerlos. Luego, estará en capacidad de elegir entre los mejores.

Antes de proceder a entrevistar al hombre, comience charlando informalmente con él. Pero empiece a entrevistarlo tan pronto como le sea posible. Al fin y al cabo, una de sus prioridades es utilizar bien su tiempo.

En este punto es preciso ser cautelosa. ¡No convierta sus salidas en un tribunal de la Inquisición! Mejor, aproveche bien el tiempo para descubrir cómo es realmente ese hombre. Si le hace preguntas sobre su vida, la conversación discurrirá con facilidad y usted no se sentirá presionada a decir cosas que la hagan parecer inteligente. Y él disfrutará dándole a conocer lo que piensa.

Conozca al hombre antes de enamorarse de él. El amor duradero se basa en el conocimiento y no en suposiciones o deseos. Si se enamora de él después de conocerlo, su amor será real.

Los beneficios de la entrevista

Hay mujeres que creen que deben besar a muchos sapos para encontrar finalmente a su príncipe encantado. No es divertido besar a un sapo, para no hablar de la pérdida de tiempo y de los riesgos que implica para la salud. Una estrategia mejor es hacer que los hombres hablen de sí mismos. Acorte camino entrevistando a los hombres que conozca. Pero hágalo de tal manera que se den a conocer por completo. Esto le permitirá eliminar rápidamente de su lista a los que no le convengan. Luego, cuando haya elegido al hombre de sus sueños, aliéntelo a seguir hablando hasta que se enamore de usted (esta es una técnica sobre la que hablaré en el próximo capítulo).

Cuando se convierta en una hábil entrevistadora, los hombres no se darán cuenta de que están siendo entrevistados. Pero incluso si se dan cuenta, le hablarán de su vida y de sí mismos, pues esto les produce un gran placer. Muchos buscarán su compañía si piensan que usted los sabe escuchar. ¿Qué es saber escuchar? Es prestar atención a lo que la persona nos está diciendo, recordar los puntos principales de su conversación y hacerle preguntas que le demuestren que la estamos escuchando atentamente y que nos interesa saber más de ella. No estar dispuesta a esforzarse tanto por un hombre determinado es señal de que no es la persona correcta para usted. En ese caso, siga adelante en su búsqueda.

Las técnicas de entrevista que presenta este capítulo tienen por objeto ayudarle a descubrir las virtudes y los defectos de los hombres. Ellos estarán ansiosos de hablar sobre sus virtudes, pero reacios a dar a conocer sus defectos. Con un poquito de maña, usted logrará enterarse tanto de unas como de otros. Más adelante, cuando haya elegido tentativamente a su futuro esposo, no deje de escucharlo. Así, obtendrá información que le servirá para elogiarlo y criticarlo adecuadamente, ganar su amor y su respeto y demostrarle que es la mujer correcta para él. Usted aprenderá todas estas técnicas más adelante en este libro.

El proceso de selección

La etapa dedicada a entrevistar a su hombre debe comenzar con tres puntos básicos:

1. Determinar si tiene algo especial o único. ¿Vale la pena conversar con él más de diez minutos? Si su respuesta es negativa, suprímalo de su lista inmediatamente.

2. Definir si los valores y las metas de ese hombre son compatibles con los suyos. ¿Podría vivir con él durante un tiempo largo? Si su respuesta es no, deje de perder el tiempo.
3. Determinar si la manera como él se relaciona con los demás coincide con sus expectativas y satisface sus necesidades emocionales.

Examinemos estos tres aspectos del proceso de selección.

1. Determinar si tiene algo especial o único

Cuando vaya a entrevistar a un hombre, el primer paso consiste en establecer si, desde su punto de vista, él tiene algo especial, diferente, único o emocionante. Este paso constituye el filtrado inicial de sus posibles parejas. La mayoría de los hombres son lo suficientemente interesantes como para superarlo con éxito. La clave es poner al hombre a hablar de sí mismo. Todavía no se centre en usted; ya tendrá tiempo de hablarle sobre su vida más adelante, cuando haya decidido si él merece toda su confianza o no.

2. Conocer sus valores y metas

Para saber si ese hombre es una pareja potencial para usted, entérese de sus valores y metas temprano en la relación. Pero antes de aplicar los criterios de selección sobre los que hablaremos un poco más adelante, identifique sus propios valores y metas respondiendo las siguientes preguntas. Reflexione seriamente sobre sus respuestas para que pueda compararlas con las del hombre con el que está saliendo.

Esta comparación le revelará si son compatibles en áreas importantes. Sus respuestas no tienen que ser idénticas a las de él; sin embargo, deben ser compatibles. Por ejemplo, si él desea tener dos hijos, pero usted desea cuatro, se puede llegar a un término medio. Lo que no funcionaría es que uno de ustedes no quiera tener hijos y el otro sí. Fíjese si lo que ambos piensan sobre temas esenciales para usted concuerda perfectamente, y si existe algún grado de acuerdo en temas que no son esenciales. En cuanto a los valores y las metas sobre los cuales usted no puede transigir, analice si hay total compatibilidad.

A continuación encontrará una serie de preguntas para empezar a allegar información relacionada con los valores y los objetivos del hombre que le gusta:

- ¿Crees en el cielo y en el infierno?
- ¿Crees que, después de esta vida, regresarás convertido en otro ser? Si crees eso, ¿qué te gustaría ser?
- ¿Con qué frecuencia te gustaría tener vacaciones?
- ¿Qué fiestas acostumbras celebrar y con quién las celebras?
- ¿Te gusta más vivir en el campo o en la ciudad? ¿Por qué?
- ¿Te gustaría viajar a otros países? ¿A cuáles?
- ¿Renunciarías a tu ciudadanía? ¿Bajo qué circunstancias?
- ¿Qué piensas sobre el aborto?
- ¿Cómo sería tu casa ideal?
- ¿Cuáles son tus mandamientos personales?
- ¿Cuál es tu actitud hacia las minorías?
- ¿Qué piensas acerca de la pena capital?

3. Sus relaciones interpersonales

Hágale preguntas que tengan que ver con la manera como trata a los demás y como la gente lo trata a él. Lo más probable es que, en el futuro, se comporte con usted del mismo modo y espere recibir un trato parecido. Luego, fíjese si la manera como él interactúa con la gente corresponde a la forma como le gustaría que se relacionara con sus familiares y amigos. Las siguientes preguntas son útiles para allegar información:

* ¿Consideras que has disfrutado la vida más que tus amigos?
* ¿En qué época de tu vida fuiste más popular?
* ¿Cómo conociste a tu mejor amigo?
* ¿Normalmente confías en tus compañeros de trabajo?
* ¿Alguna vez te postulaste para un cargo público? ¿Ganaste?
* ¿Cuál es la suma de dinero más alta que has pedido prestada? ¿Y la más alta que has prestado?
* ¿En qué época de tu vida te sentiste más solo? ¿Más respaldado?
* ¿Cuántos hijos te gustaría tener? ¿Por qué?
* ¿Qué te causa enojo? ¿Qué cosas de las mujeres te enfadan?
* ¿Qué episodios de tu vida son más agradables en retrospectiva que cuando los viviste?

LAS PROFESIONES QUE IMPLICAN ESCUCHAR

Las destrezas que le recomiendo poner en práctica al entrevistar a sus posibles parejas se inspiran en la habilidad para escuchar que hace de los abogados, los periodistas, los miembros del clero y los psiquiatras verdaderos oyentes profesionales. Para acrecentar su éxito con los hombres, usted debe llegar a dominar esas habilidades y utilizarlas en su propio beneficio. Examinemos las que se requieren para las dos primeras profesiones (en el siguiente capítulo examinaremos las otras dos) y veamos cómo pueden serle de ayuda para conocer a su hombre.

El derecho

Los abogados obtienen información de sus clientes e interrogan a los testigos en las audiencias y en los juicios. Por eso, una de las destrezas legales más importantes es obtener la máxima información de los testigos. El abogado los controla formulándoles preguntas específicas y haciendo que las respondan. Luego, les hace nuevas preguntas para evaluar la coherencia de las respuestas anteriores. Hágale preguntas a su hombre y, si quiere estar segura de que sus respuestas son coherentes, formúlele nuevas preguntas.

El periodismo

Para obtener información, el periodista investigativo hace preguntas exploratorias. Por lo general, cada respuesta da lugar a otra pregunta. Para los periodistas es crucial que las historias tengan una secuencia lógica y no se detienen hasta que lo consiguen. Cuando un hombre le cuente una historia, asegúrese de que se la cuente *completa*, incluida su motivación.

El temor a hablar con sinceridad

Los hombres cuyas profesiones implican escuchar a menudo evitan hablar con sinceridad porque están conscientes de las consecuencias. El periodista sabe que si habla, se arriesga a decir algo que no le gustaría ver al día siguiente publicado en los diarios. El abogado sabe que si habla con total libertad, la contraparte podría utilizar esa información en contra suya o de su cliente. Los miembros del clero saben que si «confiesan» inadvertidamente algo, perderían parte de su imagen. El psicólogo y el psiquiatra podrían enamorarse de la persona a la que escuchan.

Si la profesión del hombre con el que está saliendo es alguna de las que acabo de mencionar, o si se muestra reacio a hablar con franqueza, para usted será un poco más difícil acostumbrarlo a expresarse abiertamente. Explíquele cuantas veces sea necesario que la razón por la que le hace preguntas es que le parece un hombre muy interesante, y que no pretende divulgar sus secretos ni hacerle daño. No se dé por vencida y hágale preguntas acerca de épocas y episodios que no lo hagan sentir amenazado. Pregúntele sobre sus vacaciones y su adolescencia. Pídale su opinión sobre temas de actualidad o sobre asuntos que se refieran al futuro; por ejemplo, cómo se imagina que será el transporte masivo dentro de cien años. Cuando empiece a sentirse cómodo hablando —y así será—, usted sabrá que se ha ganado su confianza.

Pautas para entrevistar a su hombre

La clave de la buena comunicación no es hablar, sino escuchar. Todos somos bastante inclinados a hablar, pero poco dados a escuchar. Aquellos cuyas profesiones exigen escuchar ganan mucho dinero y acceden a posiciones influyentes gracias a que son buenos oyentes.

El proceso de entrevistar a su hombre incluye hacerle preguntas exploratorias, escucharlo activamente y analizar sus respuestas. Clasifique y procese la información para que la pueda utilizar más adelante. Estas estrategias no tienen relación alguna con la pasividad. Más bien, gracias a ellas, usted dejará de ser una oyente casual y se convertirá en una oyente profesional.

Aunque entrevistar es más difícil de lo que se piensa, usted *puede* adquirir esta habilidad. Hay cinco normas básicas que le ayudarán a obtener buenos resultados cuando entreviste a su hombre:

1. Dirigir la entrevista hacia temas clave.
2. Dejarlo hablar.

3. Demostrarle interés y recordar lo que dijo.
4. No censurar sus comentarios.
5. No criticarlo ni ridiculizarlo.

Analicemos estas cinco reglas básicas.

1. Dirigir la entrevista hacia temas clave

Encauce la conversación de su hombre hacia los temas que le interesen a usted. Descubra qué clase de persona es haciéndole preguntas sobre sus actitudes, valores y experiencias. Si le preocupa parecer demasiado entrometida por abordar ciertos temas, dígale que leyó un artículo en el diario, que tuvo un sueño, que alguien le preguntó su opinión sobre ese asunto o que tocaron el tema en un programa de televisión. Hable con él de temas delicados como el aborto y los contratos prematrimoniales. Asimismo, pregúntele qué piensa acerca de las profesiones del hombre y la mujer y cuál, en su opinión, es prioritaria en el matrimonio. Y, cuando la ocasión sea propicia, pregúntele cuál considera la mejor manera de manejar e invertir el dinero.

2. Dejarlo hablar

A usted le irá mejor si escucha las confidencias de su hombre, pero se abstiene de contarle sus intimidades y secretos mientras no lo conozca muy bien. No lo interrumpa y pídale que profundice en algunos detalles. Preguntas como «¿Y qué más pasó?» arrojan información valiosa.

3. Demostrarle interés y recordar lo que dijo

Tanto con su lenguaje verbal como corporal, demuéstrele que le interesa saber acerca de él y su vida. Cuando él esté hablando, mantenga el contacto visual. Mírelo como si le pagaran por hacerlo. Escúchelo atentamente para alentarlo a seguir hablando, y no se entretenga en otras cosas. Centre la conversación en él. Cuando crea que ha terminado de hablar sobre algún tema, pregúntele por otro aspecto de su vida.

No olvide lo que él le revele acerca de sí mismo. Toda la información que obtenga le dará elementos para decidir si es una pareja potencial o no, y le ayudará a desarrollar su estrategia personal.

4. No censurar sus comentarios
No censure la conversación rehusándose a escuchar algún tema (más adelante en este capítulo veremos algunas excepciones a esta regla).

5. No criticarlo ni ridiculizarlo
Durante esta fase de la relación, no critique al hombre con el que está saliendo. Si lo critica por revelar sus pensamientos, sentimientos o experiencias, se llenará de ansiedad. En este caso, podría o bien recurrir al silencio, o bien hacer comentarios que no reflejan lo que piensa y solo buscan evitar ofenderla. Para conocerlo como realmente es, en este punto de la relación usted debe guardarse sus opiniones e ideas. Si después de mostrarse tal como es aún quiere seguir saliendo con él, habrá muchísimas oportunidades de manifestarle lo que piensa.

CÓMO FORMULAR LAS PREGUNTAS

Usted obtendrá mucha más información si sabe cómo hacerle las preguntas a su hombre y qué cosas preguntarle. Trate de que él no le pueda responder, simplemente, con un sí o un no. Para eso, empiece con *por qué*.

Formúlele las preguntas con un lenguaje totalmente neutral para evitar revelarle lo que piensa acerca de los distintos temas. Si él sabe qué piensa usted, podría adaptar sus respuestas para hacerle creer que comparte sus opiniones. Si usted revela sus puntos de vista demasiado pronto, perderá control de la relación. «¿Te gustan los gatos?» es una pregunta neutral. «Te gustan los gatos, ¿verdad?» no es neutral, pues la última palabra indica lo que usted quiere que él responda.

Enmarque sus preguntas en un contexto específico. Los diarios, las revistas, los programas de televisión y los libros le proporcionarán el contexto, pues incluyen mucha información sobre acontecimientos de actualidad relacionados con política, religión, sexo, dinero y muchos otros temas importantes. Válgase de esa información para conocer a su hombre. Todo lo que él le cuente le dará claves para saber cómo se percibe a sí mismo, qué aspiraciones tiene, cómo lo ven los demás y quién es realmente. Descúbralo como persona pública, como persona privada y como posible pareja.

Escuchar a un hombre hablar sobre sus valores y sus relaciones interpersonales ayuda a formarse una idea general de su personalidad. Imagínese cómo sería vivir con él. Piense en el aspecto económico, en el sexual, en sus valores, en lo que busca en su pareja, y analice si le gusta el cuadro que pintan sus palabras.

EL PROCESO DE ESCUCHAR

Escuchar es un proceso abierto y activo. Estos dos aspectos son esenciales si aspira a lograr su objetivo.

Escuchar abiertamente significa dejar hablar al hombre con toda libertad sobre sí mismo. ¡Sin reglas! Deje que exponga por completo sus ideas y que hable sobre cualquier tema. Mientras lo escucha hablar, no permanezca totalmente silenciosa. Motívelo a continuar hablando.

Escuchar activamente implica hacer comentarios como, por ejemplo: «¡Qué interesante! ¿Qué más pasó?» o «Me gusta mucho que me cuentes sobre tu vida». Estimúlelo delicadamente a seguir hablando haciendo algún comentario relacionado con lo último que le haya revelado.

Escuchar es un proceso más activo que pasivo, debido a que implica evaluar, clasificar y recordar lo que hemos oído. Luego, prestando mucha atención a lo que nos están diciendo, utilizamos ese material para obtener nueva información y verificar lo que nos han dicho. Escuche activamente a su hombre. Si no desea hacerlo, no invierta en él ni un minuto más y siga adelante con su búsqueda.

Como oyente, usted debe ser empática. *Empatía* no es lo mismo que compasión. Decir, por ejemplo, «Te entiendo», le transmite el mensaje de que comprende la profundidad de sus sentimientos. Pero no le demuestre compasión —es decir, que siente pena por él—, a menos que se esté refiriendo a un acontecimiento que le produjo tristeza.

Es importante que usted sienta interés por lo que él le cuenta; en otras palabras, que no se aburra. Si se aburre fácilmente, olvide a ese hombre.

CRONOLOGÍA DE LA ENTREVISTA: PASADO, FUTURO Y PRESENTE

Para descubrir por qué ese hombre es como es, ante todo hágale preguntas sobre su pasado; después, sobre sus planes y expectativas para el futuro y, por último, sobre el presente. A muchas personas no les gusta hablar sobre sus actividades y actitudes presentes, pues temen que esa información pueda ser utilizada en su contra.

La gente se muestra más dispuesta a conversar sobre su pasado y su futuro porque esa información poco o nada tiene que ver con su vida actual. Por ejemplo, muy temprano en la relación, a él le podría parecer sumamente inapropiado que usted le pregunte cuánto gana, pero no tendría inconveniente en contarle cuánto ganaba en su primer empleo y cuánto aspira a ganar diez años después.

Comience la entrevista pidiéndole a su hombre que le cuente cómo fue su infancia. En lo posible, estimúlelo a continuar hablando. Si usted es una buena entrevistadora, él empezará a revivir esos primeros años y se convertirá momentáneamente en el niño que fue.

A continuación, pídale que le cuente sobre su juventud, particularmente sobre los años que pasó en la escuela. Hágale preguntas exploratorias de una manera sutil. Pregúntele a qué edad tuvo su primer automóvil, cuándo empezó a salir con chicas, quiénes eran sus amigos y sus amigas, qué características de las niñas le atraían más, a qué deportes era aficionado y qué le gustaba y disgustaba de la escuela, el trabajo y la vida en familia.

Deje que su hombre le comunique lo que quiera. Espere tranquila y pacientemente a que empiece a contarle todo. Cuando la conversación se enfoque en el presente, habrá depositado su confianza en usted. Entonces, hágale preguntas sobre su vida actual.

Cuando él esté hablando sobre su pasado, obviamente algunas cosas no serán tan interesantes para usted como para él, puesto que él está dando rienda suelta a sus emociones, como si esos hechos estuvieran ocurriendo en el presente. Sin embargo, cuanto más tiempo pase reviviendo su pasado, tanto más cercano se sentirá a usted. Ínstelo a contarle más. Hágale saber que comparte sus alegrías y sus tristezas.

Cuanto más hable él sobre su pasado, más probable es que llegue a hablar sobre su futuro. Pregúntele qué cambios importantes ha habido en su vida y cuáles fueron sus causas. Pregúntele también si sus prioridades han cambiado (en caso de que la respuesta sea afirmativa, averigüe la razón y cuándo ocurrió el cambio), qué metas ha alcanzado y qué nuevos objetivos se ha trazado. Pídale que le cuente cómo aspira a que sea su vida y qué le gustaría hacer más adelante.

Plantéele temas controversiales. Es más; no evite esta clase de temas. Seguramente cuando era jovencita le dijeron que no había que hablar de política, sexo, religión ni dinero. Desde luego, ese consejo es acertado si se trata de pasar un rato con un simple conocido. Pero cuando está de por medio la elección del futuro esposo, esos cuatro temas —política, sexo, religión y dinero— son fundamentales. Haga preguntas sobre cualquier tema que sea importante para usted. Luego, escuche atentamente y evalúe las respuestas.

Los recuerdos dolorosos traen resultados positivos

Recuerdo el día en que cumplí doce años y lo feliz que me sentí. Mi padre, que era empleado del gobierno, había ahorrado para regalarme ese día una bicicleta muy especial. Era del tamaño perfecto para mí y la disfruté inmensamente. Pero tres días después, alguien se la robó. Ese recuerdo me produce dolor incluso hoy en día.

Una de las técnicas que promuevo es escuchar activamente y hacer preguntas exploratorias, pero sin revelar lo que uno piensa. Durante mi ejercicio profesional como abogada, he tenido la oportunidad de emplear esta técnica con más de mil personas. Cuando uno escucha activamente, es bastante difícil dejar de lado las propias opiniones y he enfrentado situaciones en las que, al igual que usted, hubiera querido revelar sin cortapisas todos mis pensamientos.

Al motivar a la gente a hablar de sí misma, hubo un par de ocasiones (con años de diferencia) en que dos personas me confesaron que habían robado una bicicleta. Aunque me sentí tentada a reprobar su comportamiento, puse en práctica la técnica de escuchar activamente.

Hice algunas preguntas: «¿Qué clase de bicicleta era?», «¿Qué hizo con esa bicicleta?» y, por último, «¿Cómo se sintió habiendo robado una bicicleta?». Como hice preguntas neutrales, obtuve respuestas completas. Uno de los hombres dijo que robar la primera bicicleta despertó en él un «apetito» que lo llevó a robar automóviles para ganarse la vida. El otro se arrepintió de sus malas obras y se volvió muy religioso. Si yo no los hubiera escuchado activamente, habría tratado a ambos exactamente del mismo modo.

LO QUE DESCUBRIRÁ DE SU HOMBRE

Cuando esté pensando en la posibilidad de casarse con un hombre particular, evalúelo como marido potencial. No se avergüence; él también la estudiará a usted como esposa potencial.

Aun cuando ese proceso de evaluación con frecuencia se lleva a cabo de manera inconsciente, irracional e incompleta, debe ser consciente y racional, en otras palabras, debe basarse en hechos y emociones reales. Si aspira a casarse con el hombre de sus sueños, tendrá que aprender a evaluar a los hombres de un modo absolutamente realista.

Al entrevistar a fondo a un hombre, descubrirá varias cosas:

1. Su autoimagen.
2. Los rasgos de su personalidad.
3. Cuán aceptado se siente por los demás.
4. Cómo lo afectan el elogio y la crítica.
5. Cuán orgulloso se siente de sus logros.
6. Su filosofía de la vida.

Toda esa información es vital. Para poder conducir a ese hombre adonde usted quiere, debe entender de dónde viene.

1. Su autoimagen

Descubra cómo es la imagen que el hombre tiene de sí mismo con base en lo deseable que se considera para las mujeres. Lo más probable es que su autoimagen se haya formado durante su adolescencia. Si fue un chico popular, quizás esperará que usted lo admire como hacían sus amigas cuando era jovencito, aunque hayan transcurrido muchos años. Si no fue popular, seguramente carecerá de la suficiente confianza en sí mismo para hacerse valer, y esperará que lo rechace.

2. Los rasgos de su personalidad

Descubra los principales rasgos de la personalidad del hombre con el que está saliendo, incluidas sus actitudes hacia el mundo, en general, y hacia las mujeres, en particular. Para conocer sus actitudes con respecto al sexo, el dinero, la religión, la vida familiar y la profesión que ejerce, preste más atención a sus acciones pasadas que a sus palabras.

- ¿Trata a los demás con consideración o, por el contrario, es desconsiderado y maleducado?
- ¿Es sociable o, por el contrario, prefiere la soledad?
- ¿Tiene sus propios criterios o se acomoda a los de la mayoría de la gente aunque no esté de acuerdo con ellos?
- ¿Tiene buenas habilidades sociales o, por el contrario, su conversación y su conducta dejan mucho que desear?
- ¿Espera muy poco de los demás o, por el contrario, espera demasiado?
- ¿Le gusta atender a sus amigos o espera que ellos lo atiendan a él?

- ¿La elogia a menudo o, por el contrario, le hace más críticas que elogios?

3. Cuán aceptado se siente por los demás

Esté alerta a las áreas en las que su hombre sienta la necesidad de sobresalir para compensar las deficiencias que alguna vez percibió en sí mismo. Escúchelo cuidadosamente para saber qué cree que los demás piensan de él. Esto le servirá para conocer la percepción que él tiene sobre su reputación y determinar si es merecida. Comience a obtener información importante preguntándole:

- ¿Qué personas te gustan y cuáles te disgustan? ¿Por qué?
- ¿Qué opinión quisieras que el mundo tuviera de ti? ¿Por qué?
- ¿Cómo te describirían tus familiares y amigos?

4. Cómo lo afectan el elogio y la crítica

Procure descubrir cuán tolerante es su hombre a la crítica, o sea, cuánta crítica desencadena en él una reacción de ira. Usted también debe descubrir cuánto elogio necesita él para sentirse bien consigo mismo y en qué momento empieza a desconfiar de su autenticidad. El elogio y la crítica son tan importantes que todo el capítulo 8 trata sobre este tema.

5. Cuán orgulloso se siente de sus logros

Los hombres se sienten orgullosos de sus éxitos, pese a que el mundo exterior los subestime. Para ellos es importante poder hablar con alguien sobre sus luchas y sus triunfos, sean deslumbrantes o modestos. Si quiere que su relación con un hombre tenga futuro, conviértase en su confidente y comparta sus alegrías y sus penas. Si menosprecia sus logros o no quiere ser su confidente, entonces él no es su pareja ideal. Deje de salir con él y ¡siga su camino!

6. Su filosofía de la vida

Para conocer la filosofía de la vida del hombre con el que está saliendo, hable con él sobre el futuro y sobre situaciones hipotéticas:

- Si tuvieras un millón de dólares, ¿qué harías con él?
- Si tuvieras la posibilidad de salir con cualquier mujer, ¿a cuál escogerías y por qué?
- Si pudieras viajar a cualquier parte del mundo, ¿a dónde irías?
- Si fueras el presidente de tu país, ¿qué harías?
- Si de ti dependiera, ¿qué te gustaría que enseñaran en las escuelas?

Así como ni a usted ni a él les gustaría leer la misma novela una y otra vez, esfuércese por variar los temas de conversación. Eso evitará que él se aburra en su compañía. Considere la mente de su hombre un lienzo en blanco y pinte en él lo que quiera por medio de palabras. Llévelo a viajes imaginarios. Las respuestas que le dé le mostrarán cuáles son sus motivaciones y le ayudarán a valorarlo.

EL DINERO

Debido a que el dinero tiene que ver con todos los aspectos de la vida, la actitud hacia él es uno de los factores que revisten más importancia en el matrimonio. Cuando los miembros de la pareja tienen actitudes muy disímiles frente al dinero, el matrimonio suele ser conflictivo.

Escuche a su hombre con atención cuando le cuente lo que piensa sobre los ingresos, los gastos, el ahorro y las responsabilidades financieras. Lo más probable es que espere que usted maneje su propio dinero como él maneja el suyo. Para conocer la actitud de un hombre con respecto al dinero, concéntrese en las siguientes áreas.

Ansiedad de supervivencia

¿Cuánto dinero necesita él para sentirse cómodo desde el punto de vista financiero? Algunos individuos se sienten satisfechos con un trabajo estable y un ingreso modesto. Otros necesitan tener en el banco sumas muy altas de dinero para no sentir «ansiedad de supervivencia», esto es, para no sentir que son vulnerables frente a los desastres económicos.

Gastar versus ahorrar

Es importante saber qué sacrificios haría el hombre para conservar su dinero. Algunas de las cosas que usted debe saber son las siguientes:

- ¿Preferiría vivir en un palacio o en una casa sencilla y guardar la diferencia en el banco?
- ¿Se viste con sencillez y sin lujos, en lugar de comprar ropa fina?
- ¿Se abstiene de comprar sus alimentos favoritos porque son muy costosos?
- ¿Conduce un automóvil viejo porque los nuevos cuestan mucho dinero?
- ¿Se niega a comprar cosas que no tengan descuento?
- ¿Sacrifica su comodidad con tal de ahorrar un poco de dinero?
- ¿Es el precio lo que lo motiva a comprar todo, desde la gasolina más barata hasta el vino que toma?

* ¿Solo ve cine en sesión matinal porque cuesta menos y, además, lleva sus propias golosinas?
* ¿Con tal de no tener que pagar cuentas más altas por concepto de calefacción, prefiere sentir frío durante el invierno?
* ¿Se empeña en matricular a sus hijos en escuelas públicas, y no privadas, porque las primeras son gratuitas?
* ¿Resiente el hecho de tener que pagar para que otras personas hagan el aseo de su casa o corten el césped?

Si al hombre le duele pagar por sus propios lujos, no dude de que también le dolerá pagar por los suyos. Incluso podría llegar al extremo de resentir que usted se haga cargo de esos gastos.

O quizás las cosas son al revés. Tal vez usted es ahorrativa y le moleste que un hombre gaste dinero en artículos que brindan comodidad o que son para mostrar, especialmente si el dinero es de usted o si comparten la cuenta bancaria. Defina qué tan compatibles son en este campo.

La prioridad en los gastos

Pregúntele a su hombre qué haría si heredara inesperadamente una buena cantidad de dinero (ajuste la suma a las circunstancias particulares). No acepte una respuesta por salir del paso. Pídale que reflexione seriamente antes de responderle. Así, usted sabrá cuáles son sus prioridades financieras.

* ¿Se haría a un guardarropa elegante?
* ¿Dejaría de trabajar varios años para dedicarse a algún deporte, asistir a la universidad o sacar adelante un proyecto especial?
* ¿Invertiría o ahorraría todo el dinero? ¿Parte de él?
* ¿Compraría regalos para sus seres queridos?
* ¿Crearía su propia empresa?

- ¿Donaría parte del dinero a obras de caridad?
- ¿Le parecería que esa suma de dinero es demasiado pequeña como para tomarse el trabajo de pensar qué hacer con ella?

Familia versus dinero

Entérese de la manera como él distribuiría el tiempo entre su familia y la actividad con la que se gana la vida:

- ¿Qué preferiría: pasar tiempo con la familia o ganar más dinero?
- ¿Qué planes tiene en cuanto a su profesión? ¿En cuanto a tener hijos?
- ¿Trabajaría catorce horas diarias, viajaría todo el tiempo y la dejaría a usted sola para criar a los hijos?
- ¿Preferiría él que usted trabajara o que se dedicara al cuidado de los hijos en los primeros años? ¿O le gustaría que se dedicara a ambas cosas?
- ¿Piensa trabajar hasta el último día de su vida o espera jubilarse antes de tiempo?

La actitud ante las dificultades económicas

Para descubrir cómo se comportaría su hombre si llegaran épocas de vacas flacas, pregúntele cómo actuó en el pasado cuando el dinero escaseó. Si su familia fue pobre o pasó muchas privaciones durante su adolescencia, lo más probable es que conserve una mentalidad de «supervivencia» y sea muy conservador con su dinero. Pero si sus padres fueron pudientes y él no aprendió a valorar el dinero por haberlo tenido en abundancia, seguramente gastará a manos llenas.

El impulso sexual

Puesto que el sexo es una necesidad básica y un aspecto crucial del matrimonio, es importante que descubra si el impulso sexual de su hombre es mayor o menor que el suyo. Si es mayor, probablemente él le dará gusto en otros campos para que usted lo complazca. Pero si su impulso sexual es mayor que el de su hombre, usted tendrá que darle gusto en otros terrenos para tener la actividad sexual que necesita. El hombre cuyo impulso sexual es mayor que el de la mujer tiende a ser más tolerante con sus defectos, más generoso y más atento que el hombre con bajo impulso sexual. La palabra clave es *necesidad*. La mujer con bajo impulso sexual puede exigir más, bien sea ayuda en el hogar, paciencia con sus caprichos o mayor poder decisorio. Si el hombre necesita más sexo, hará muchas cosas para lograrlo y sacrificará más con tal de obtenerlo.

Lo ideal es que las dos personas tengan las mismas necesidades sexuales; sin embargo, esto no es usual. La persona menos inclinada al sexo suele ser la que manda porque la otra debe ceder poder a cambio de sexo. Y la persona con más deseo sexual procurará tener una personalidad agradable o encargarse de actividades que representan una ayuda para su pareja, a fin de obtener favores sexuales.

Aspiraciones y aversiones

Hay aspiraciones tan importantes que no se pueden desconocer. Esas aspiraciones muchas veces constituyen objetivos que no son negociables, y entre ellas están tener dinero, poder, prestigio, fama y obtener éxitos. Cuando las aspiraciones de los miembros de la pareja son tan diferentes que chocan, la relación puede deteriorarse irremediablemente.

Si sus aspiraciones y las de su pareja son incompatibles, salga de la relación y busque otra persona. Si usted se convierte en un obstáculo para las aspiraciones de su hombre, o si él renuncia a ellas por usted, su matrimonio estará condenado al fracaso desde el comienzo. Ninguno de los dos debe abandonar sus aspiraciones ni hacer caso omiso de ellas.

Usted también deberá descubrir qué aversiones tiene su pareja, en otras palabras, qué cosas le desagradan intensamente. Para que su relación tenga éxito, no es necesario que las aversiones de los dos sean exactamente las mismas. Sin embargo, es fundamental que las aversiones de uno de ustedes no entren en conflicto con las aspiraciones del otro.

Entre las aspiraciones y las que deben compartir están la actitud hacia el dinero, las respectivas profesiones, el estilo de vida, el prestigio y la fama. Cuando la actitud de las dos personas hacia el dinero y el sexo es compatible, y cuando comparten aspiraciones y aversiones, la probabilidad de tener un buen matrimonio es alta.

La posición, el poder y el prestigio

Los hombres casi siempre desean ser iguales o, preferiblemente, superiores a los demás miembros de su familia en cuanto a la posición, el poder y el prestigio. Por ejemplo, si el padre de su hombre es el jefe de su propia empresa, seguramente el hijo espera ser el futuro jefe de esta. En esa familia quizás existe la tradición de que él siga la misma profesión de sus mayores; de hecho, hay familias en las que casi todos sus miembros son abogados, militares, políticos, médicos o músicos, entre muchas otras ocupaciones. Es importante que sepa si en la familia del hombre con el que está saliendo existe esa tradición, y debe tener claro si está o no de acuerdo con ella. Oponerse a que su hombre continúe esa costumbre podría tomarse como una ofensa contra la dignidad de su familia, lo que podría disuadirlo de casarse con usted.

Al comienzo de la relación, trate de descubrir los valores y las tradiciones de su pretendiente. Sería muy afortunada si pudiera tener contacto con la familia de él, ya que eso le daría la oportunidad de conocer las expectativas que tienen acerca del futuro de su hijo. Si la familia lo está preparando para que sea un político, esperarán que usted se convierta, precisamente, en la esposa de un político y la rechazarán si no acepta ese rol.

Si su hombre creció en un orfanato o en un hogar de acogida, o si sufrió privaciones en su infancia, necesitará una posición destacada para sentirse importante, hará lo que sea preciso para lograrlo y esperará que usted lo apoye.

La religión

Para algunos hombres, la religión es un área fundamental de su vida y no es negociable. Si un hombre cree que nació para ser salvado y que la vida presente es solo un paso para una vida futura, no se casará con una mujer que no tenga esas mismas creencias, a menos que considere que su misión es «salvarla». Si usted no comparte con él esas creencias y él llega a la conclusión de que es inútil seguir tratando de salvarla, ¡olvídese del matrimonio! Si la religión tuvo un lugar preponderante en la educación de su hombre, pero en la actualidad no profesa ninguna religión formal, lo más probable es que todavía conserve las costumbres de su infancia y que espere ciertos comportamientos de su esposa y de su futura familia. Antes de casarse con él, conozca sus expectativas a este respecto.

Los atributos físicos

La mayoría de los hombres tiene una idea de cómo quiere que sea físicamente su mujer, así como usted tal vez sabe qué tipo de hombre le gusta desde el punto de vista físico. Los estándares de algunos hombres son inflexibles. Esto es triste, pero real. Si a él le gustan los senos grandes y sueña con que su mujer esté dotada de este atributo, no se sentirá muy satisfecho con usted a nivel físico si su busto es pequeño. Cuando lo entreviste, procure enterarse de sus gustos sobre este tema. Luego, trate de descubrir si el hecho de que alguna mujer no hubiera reunido todos sus requisitos lo llevó a romper una relación amorosa. Si usted está lejos de ser su ideal, en algún momento saldrá a relucir su insatisfacción y buscará en otra mujer lo que echa de menos en usted.

Los conocimientos prácticos

Muchos hombres esperan que sus mujeres cuenten con habilidades prácticas para la vida familiar y, aunque no lo expresen claramente, que se parezcan a sus madres en ese sentido. Para evitar problemas en el futuro y tener una vida armoniosa, le convendría adquirir esos conocimientos. Hay algunas cosas que quizás su hombre espera de usted:

- Que sea una compradora prudente.
- Que sepa reemplazar la tapa del sanitario por una que no esté rota.
- Que sea capaz de pintar una habitación.
- Que sepa manejar los distintos electrodomésticos.
- Que se relacione adecuadamente con los maestros de sus hijos.
- Que tenga conocimientos de nutrición, calorías, etc.
- Que sepa qué talla de ropa usa él, le ayude a hacer sus compras y cuide su guardarropa.
- Que sea asertiva y reclame cuando ha hecho una compra y recibe un producto defectuoso.
- Que quiera y cuide a la mascota.

La educación

Muchos hombres prefieren a las mujeres instruidas, especialmente aquellos cuyas familias valoran la educación. Si su nivel educativo es inferior al de las mujeres de la familia de su hombre, estudie algo más en una institución, siga un curso estructurado en su hogar o tome conciencia de que las aspiraciones de ustedes dos son incompatibles.

El estilo de vida

Su hombre es una criatura de hábitos. Usted podrá cambiarle algunos, pero no todos. Entérese de los aspectos de la vida diaria que él no está dispuesto a modificar. Fíjese cuáles son sus preferencias a nivel de comida, actividades culturales, pasatiempos, amigos, posiciones políticas, animales y estilo de ropa, y averigüe cuáles no son susceptibles de ser modificadas.

LOS NIVELES DE ENERGÍA

La gente tiene distintos niveles de energía y esta diferencia es crucial. Usted estará mejor preparada para una relación si conoce los niveles de energía de su hombre y, desde luego, también los suyos. Lo ideal es que los niveles de energía de los dos miembros de la pareja sean parecidos. Cuando no lo son, la persona más energética puede llegar a considerar a la otra como una inútil. A su vez, la menos energética puede considerar hiperactiva a su pareja. La energía a la que me refiero es una especie de impulso que lleva a la persona a realizar actividades físicas diferentes de las sexuales; por ejemplo, ir a fiestas, lavar los platos, hacer ejercicio, cocinar y caminar.

Tener diferentes niveles de energía genera problemas. Mientras que uno de los miembros de la pareja quiere actividad, el otro quiere reposo. La persona que goza de más energía quizás requiere menos descanso o sueño y necesita estar activa constantemente. Esa persona por lo regular espera compartir con su pareja una serie de actividades, y puede interpretar las negativas como una muestra de rechazo personal y no como falta de energía. Esta situación ocasiona serias dificultades maritales, así como también sentimientos de frustración, rechazo, ira y aislamiento, sobre todo cuando no es transitoria sino permanente.

Estudie sus respectivos niveles de energía. Si no coinciden, piense en alternativas que le permitan invertir su exceso de energía al más activo de los dos; por ejemplo, inscribirse en un gimnasio o emprender proyectos caseros que requieran actividad física.

¿QUÉ BUSCAN LOS HOMBRES EN SU PAREJA?

Entre las principales razones por las que los hombres se casan están tener una buena compañía, disfrutar de una vida sexual plena y darles a sus hijos una madre adecuada. Pero hay que saber que cada hombre tiene su propio concepto de lo que significa «buena compañía» y «madre adecuada». Cuando sienta interés en un hombre, haga lo posible para averiguar con qué criterios juzga y selecciona a su futura esposa. Para él, «buena compañía» podría significar una compañera para hacer deporte, una cocinera experta o una colega profesional. Descubra lo que tiene en mente.

Le sorprenderá saber que lo que los hombres *dicen* que desean en una esposa no siempre es lo que realmente *desean*. Cuando conozca los verdaderos deseos de su hombre, aquello que lo motiva, podrá tratarlo en consecuencia.

¿Qué tan bien lo conoce?

Después de un tiempo, y cuando haya entrevistado a fondo al hombre con el que está saliendo, analice qué tan bien ha llegado a conocerlo. ¿Es capaz de predecir cómo será su comportamiento en la mayoría de las circunstancias? Plantéele situaciones hipotéticas y pregúntele cómo reaccionaría. Fíjese si sus suposiciones eran correctas. ¿Conoce todas sus aspiraciones? Usted tendrá que tomar las decisiones más importantes en torno a la relación basándose en el conocimiento que haya adquirido a través de las entrevistas. Tome decisiones acertadas poniendo sus predicciones ocasionalmente a prueba.

CONVERSACIONES QUE ES PREFERIBLE EVITAR

Hay cuatro clases de conversaciones que representan una pérdida de tiempo tanto para él como para usted: los rumores, los temas privados, las trivialidades y las exageraciones.

1. Los rumores

Es posible que su hombre le cuente historias sobre otras personas que alguien le contó a él. Esas historias son totalmente inútiles para sus propósitos, porque no dicen nada ni de los valores ni de las metas de su hombre. Tampoco hablan de sus relaciones interpersonales. Cuando eso ocurra, vuelva a dirigir la conversación hacia la vida *de él*. Los abogados llaman «rumores» a las historias que pertenecen a otras personas, y son tan poco dignas de crédito que no se permite hacer uso de ellas en los estrados judiciales. Ese tipo de historias tampoco tienen valor para usted.

2. Los temas privados

Evite las conversaciones sobre su vida privada, es decir, los aspectos de su vida que no comparte con su hombre. Si usted es maestra y él no lo es, no hable sobre sus alumnos. No le cuente sobre el nuevo peinado de su jefa ni sobre los problemas dentales de su tía. A él no le interesarán las conversaciones sobre gente que no conoce, a menos que se trate de figuras públicas. Pero si esas personas son importantes para usted y cree que seguirán siéndolo, lo mejor es que se las presente.

3. Las trivialidades

En lo posible, evite hablar de trivialidades. Considere trivial cualquier tema que no afecte su vida o la de su hombre. Una mala señal es que la persona toque con demasiada frecuencia ese tipo de temas; podría indicar que no piensa mucho en otras cosas, que no quiere darse a conocer o que oculta algo. Para que la conversación se vuelva a centrar en él, pregúntele: «¿Cómo te afecta esto?».

4. Las exageraciones

Cuando su hombre le esté contando algo tan estrambótico que usted capte que no es verdad, dé por terminado ese monólogo. Esto se hace diciéndole que no cree lo que le está contando, pero que, de todos modos, él le parece un hombre interesante. Si él exagera sus historias hasta el punto de no poder probar lo que dice, se sentirá demasiado avergonzado como para volverla a ver, ¡y eso no es lo que usted busca! Pero incluso si lo que le cuenta es falso o exagerado, se trata de información valiosa. Esas exageraciones y mentiras revelan mucho sobre lo que es importante para él.

UN EJEMPLO DE BUENA COMUNICACIÓN

La Unión Soviética era conocida, entre muchas otras razones, por sus ciudades secretas. A esas ciudades no entraba nadie, salvo ciudadanos rusos a los que el gobierno concedía permisos especiales. Para proteger sus secretos, la KGB y la policía tenían vedada la entrada hasta a funcionarios comunistas de Asia y Europa oriental. Había orden de disparar contra quien se acercara y la vigilancia era constante.

Yo nunca me habría imaginado que una de esas ciudades secretas llegaría a ser nuestra sede de *Cómo casarse con el hombre de sus sueños* en Rusia, pero así fue. La URSS dio paso a la Federación Rusa. Esa antigua ciudad levantó la orden de disparar a quien osara acercarse y me invitó. Yo fui la primera persona extranjera que visitó la ciudad. Di una conferencia a más de mil científicos, ingenieros y cosmonautas —casi todos hombres— sobre técnicas de lavado de cerebro (que ellos insistían en desconocer) y sobre un tema que, sorprendentemente, ellos eligieron: cómo tener un matrimonio feliz.

Pregunté a los participantes, un grupo indudablemente de élite, por qué querían oír hablar sobre estrategias matrimoniales. En nombre de todos, un ingeniero espacial respondió que ellos habían aprendido a ser camaradas, y agregó: «Pero usted es la primera persona que nos va a enseñar cómo amar».

Entre los asistentes a mi conferencia estaban un apuesto cosmonauta y su esposa, una mujer sencilla y tranquila que usaba gafas y prótesis auditivas. En cierto momento le pregunté al hombre qué lo había atraído de su mujer. «Nadie me había escuchado antes con tanto interés como ella», respondió. Luego, le pregunté a ella cómo había adquirido la habilidad de escuchar. Su respuesta aún me causa risa: «Yo uso gafas porque veo muy mal y, además, tengo sordera parcial. Cuando estábamos saliendo, la vanidad me impedía usar los anteojos, por lo que veía pésimamente, y la sordera no me dejaba oír lo que él me decía. Para poder seguir el hilo de la conversación, yo no podía quitar los ojos de sus labios ni por un segundo. Así que me tocaba acercarme bastante a él, estar pendiente de cada una de sus palabras y no quitarle los ojos de encima».

¿Y CUÁNDO PODRÉ HABLAR YO?

Cuando un hombre nos impresiona favorablemente, tendemos a contarle demasiado pronto nuestros pensamientos más íntimos. No obstante, hay cinco razones por las que conviene abstenerse de hacerlo:

1. Aún no sabe si él es una pareja apropiada para usted. Más adelante habrá tiempo de sobra para conversar sobre su vida y expresar lo que piensa... desde luego, si pasa la etapa de entrevista y la relación continúa. Lo más probable es que elimine, por lo menos, a nueve de cada diez hombres que conozca. Reserve, pues, sus temas íntimos para los pocos hombres que pasen su proceso de selección.

2. Usted podría ahuyentar al hombre antes de conocerla bien. Reserve algunos temas, entre ellos sus esperanzas y sueños, para cuando él haya invertido una cierta dosis de emociones en usted.

3. Esperar hasta terminar de entrevistar al hombre que le gusta le permitirá conocer sus necesidades. Una vez concluida esa etapa, contará con los elementos necesarios para resaltar los atributos que él considera más importantes en una esposa.

4. Revelar pensamientos íntimos demasiado temprano en la relación podría hacer que, sin intención, él se sienta criticado. Eso podría inducirlo a hacer una descripción falsa de sí mismo, y a hacerle creer a usted que tiene valores y objetivos que realmente no posee.

5. Dejar que el hombre sea el que hable, especialmente al comienzo de la relación, aumenta la probabilidad de que se enamore de usted. Hacer revelaciones demasiado personales muy temprano en la relación puede interrumpir el hilo de la conversación e impedir que él le

transfiera su afecto. En el próximo capítulo me referiré a esta técnica.

6. Aunque todavía no ha llegado el momento, debe prepararse para convencer a ese hombre de que usted es la mujer perfecta para él. Si decide que ese es el hombre con el que quiere casarse, tendrá que desarrollar una «campaña publicitaria» que se adapte exactamente a él (el capítulo 12 incluye más información sobre este tema).

6

Deje hablar a su hombre hasta que se enamore de usted

Una vez haya entrevistado y seleccionado a un hombre para el oficio de marido, el siguiente paso es hacer que se enamore de usted. Esto se logra mediante la técnica llamada «transferencia afectiva». Aliéntelo a revelarle, sin restricción alguna, sus pensamientos, sentimientos y metas. Cuanto más hable de sus sentimientos, tanto más profundo será el afecto que lo unirá a usted. Hablando de sí mismo terminará enamorándose de usted.

Cuando la relación llevaba menos tiempo, usted buscaba obtener la mayor cantidad de información sobre su hombre para saber si calificaba como posible pareja. Pero, en este momento, lo que busca es que él le transfiera sus sentimientos y su amor.

Ese hombre que tanto le gusta solo se enamorará de usted si lo escucha con empatía. Como esta técnica requiere una inversión mayor en tiempo y emociones, le recomiendo que no la ponga en práctica a menos que esté seriamente interesada en él.

La técnica de la transferencia afectiva

Cuando compartimos con otra persona nuestra historia, nuestros pensamientos, acciones o ideas, le transferimos los sentimientos que experimentamos por las personas y las situaciones que estamos describiendo. Esa transferencia se produce aunque las emociones correspondientes hayan estado dormidas dentro de nosotros durante mucho tiempo.

Los miembros del clero, los consejeros, los psiquiatras y los psicólogos utilizan a menudo la transferencia con el propósito de controlar la conducta y generar lealtad. Muchos maestros, adivinos, recaudadores de fondos, secretarias y vendedores, entre otros profesionales, aplican exitosamente esta técnica. Cuando la use, su hombre se enamorará de usted.

Nuestra sociedad utiliza la técnica de la transferencia de varias maneras. Veamos dos de ellas.

La religión

Los miembros del clero tienen la habilidad de despertar en sus feligreses el deseo de confesarse. Su facultad de brindar consuelo y perdón motiva a los creyentes a contar sus secretos más íntimos. Liberarse de esa carga produce en el feligrés un gran alivio emocional, lo que lo lleva a transferir su gratitud a la Iglesia.

El mejor ejemplo de transferencia afectiva es el confesionario de la Iglesia Católica Romana. Una vez dentro del confesionario, el feligrés le expone sus secretos, deseos y pensamientos más recónditos a un hombre que lo escucha con empatía. «Contar todo» hace que se sienta importante, amado, libre de culpa y, en consecuencia, agradecido.

La psicología

Los psiquiatras y los psicólogos suscitan reacciones emocionales valiéndose de su habilidad para escuchar. Ellos alientan a sus pacientes a hablar con total libertad sobre acontecimientos de sus vidas con un significado emocional, y los escuchan con empatía e interés, que demuestran con preguntas como: «¿Cómo lo hace sentir lo que me está contando?».

Sigmund Freud descubrió que cuando sus pacientes mujeres le contaban todo lo que pensaban sin temor a ser criticadas, tendían a enamorarse perdidamente de él. Freud no era un hombre apuesto; sin embargo, para evitar que eso ocurriera, procuraba que sus pacientes mujeres no lo vieran. Pero a pesar de que no lo veían y de que aparentemente hablaban para sí mismas, se enamoraban de él. Ese enamoramiento se debía al fenómeno de la transferencia afectiva.

Cómo funciona la transferencia

La técnica de la transferencia se parece a una entrevista, salvo por un detalle: usted hace que la conversación gire en torno a acontecimientos y experiencias que marcaron emocionalmente al hombre. Pídale que le hable sobre sus inhibiciones, sus ansiedades, sus culpas, sus motivos de hostilidad, de ira, de placer, de competencia. Pídale que le hable acerca de su autoestima, sus apetencias sexuales, sus penas, sus amores, celos y dependencias. Usted puede comenzar con preguntas relacionadas con estados de ánimo; por ejemplo: «Me da la impresión de que estás ansioso. ¿Qué te ocurre?» o «¿Eso te hizo sentir triste?».

Formúlele preguntas a su hombre y escuche sus respuestas. Escúchelo sin afán y permítale expresar todo lo que le produzca alivio. Como si se estuviera confesando. Al principio de la relación, no espere que él le conteste con total franqueza; eso vendrá más adelante. A medida que hable, él le irá dejando conocer sus verdaderos pensamientos y su esencia. Cuando usted inicie el proceso de transferencia, no impulse al hombre a hablar de temas demasiado privados o desagradables para él. No pasará mucho tiempo antes de que empiece a contarle cosas íntimas sin que usted se lo pida, incluyendo aspectos de su vida sexual.

Uno de sus objetivos es hacer que su hombre adquiera el hábito de confiar en usted. Estimúlelo a contarle sus experiencias como si estuviera hablando en voz alta consigo mismo. No se moleste con nada de lo que diga y deje que su mente divague. Si usted se escandaliza fácilmente, podría parecerle ingenua o mentalmente débil.

Hay varias técnicas para hacer que los hombres revelen sus secretos, problemas y peculiaridades. Una de las más sencillas es formularle preguntas como: «¿Esto qué te recuerda?». Este «monólogo inducido» es el principal método para sacar a flote motivaciones inconscientes. Pídale que le cuente absolutamente todo lo que pase por su mente. Una mujer inteligente puede explotar esos sentimientos positivos para obtener la lealtad, el afecto y la pasión de un hombre que, sin duda, ya se siente agradecido con ella.

Nunca olvide un punto de suma importancia: deje que el hombre comunique todo lo que quiera. Espere tranquila y pacientemente a que él empiece a contárselo. Lo mejor es comenzar por su primera infancia o su vida escolar. Si lo deja hablar sin traer a colación sus propias historias, es decir, dejando que él sea el centro de atención, su éxito no tendrá límites.

Cuando su hombre esté recordando episodios emocionales, usted posiblemente se aburrirá al principio. Pero para él la situación es muy diferente. De hecho, sentirá como si esos acontecimientos estuvieran sucediendo en ese momento y no fueran, sencillamente, recuerdos. Elógielo cuando sea apropiado, por ejemplo, cuando le cuente sobre algún logro particular. Demuéstrele empatía cuando comparta con usted sus temores y dudas. Él disfrutará de poder hablar con libertad y usted tendrá a su lado a un hombre feliz.

Deje que él inicie las conversaciones y, luego, oriéntelas usted. No lo interrumpa ni cambie de tema. Absténgase de expresar sus opiniones e ideas. El momento de hacerlo llegará cuando él le haya transferido su afecto y usted sepa que él es el hombre que buscaba. Sobre todo, no haga revelaciones importantes sobre sí misma. Si lo hace, él podría dejar de responderle honestamente en un esfuerzo por congraciarse con usted. Déjelo hablar sobre los temas que él elija y no lo interrumpa mientras no haya terminado.

PREGUNTAS QUE FACILITAN LA TRANSFERENCIA

Procure que la mayoría de las preguntas que le formule a su hombre tengan un sesgo positivo. Revise la siguiente lista de cincuenta preguntas y fíjese en la manera como están planteadas. Cuando él las responda, usted percibirá la calidez y la fuerza interior que emanan de su transferencia.

Hay muchas otras preguntas que usted puede hacer. Ponga a funcionar su imaginación. Cuando su hombre haya respondido algunas y haya visto que usted no se ha reído, no lo ha recriminado ni ha competido con él revelando sus historias o sus puntos de vista, empezará a hablar y no habrá quien lo detenga. ¡Magnífico! Luego, para saber si ya agotó el tema, pregúntele con delicadeza: «¿Quieres contarme algo más?».

1. ¿Cómo eras de niño?
2. ¿Qué experiencia de tu juventud recuerdas especialmente?
3. ¿Quiénes eran tus parientes preferidos?
4. ¿Qué juegos, clubes, pasatiempos, deportes y actividades te gustaban más y por qué? ¿Cuáles te disgustaban y por qué?
5. ¿Qué momentos de tu infancia te gustaría volver a vivir?
6. ¿Qué recuerdas de tu primer día de escuela?
7. ¿Te gustaba ir a la escuela? ¿Por qué sí o por qué no? ¿Cuál fue el curso que más te gustó y cuál fue tu profesor favorito?

8. ¿Cuál es el mejor recuerdo que tienes de tu vida familiar?

9. ¿Cuál es, en tu opinión, el factor más importante de la vida en familia?

10. ¿Qué aspecto consideras que influye más en la vida de los niños cuando están creciendo?

11. ¿A qué edad te empezaron a gustar las niñas?

12. ¿A qué edad empezó tu pubertad?

13. ¿Alguna vez quisiste ser niña?

14. ¿Te gustaba tener hermanos? ¿Hermanas? ¿Por qué?

15. ¿Tuviste suficiente dinero y ropa cuando eras jovencito? ¿Te sentías satisfecho con tu apariencia?

16. ¿Cómo te percibías en esa época? ¿Y ahora?

17. ¿Cuál fue la primera niña con la que saliste? ¿A dónde fueron?

18. ¿Con qué otras niñas saliste? ¿Cuáles fueron tus novias? ¿Qué te gustaba o disgustaba de cada una de ellas?

19. ¿Qué trabajos has tenido?

20. ¿Cuáles fueron tus estudios? ¿Qué experiencias laborales has tenido? ¿Qué reacciones emocionales te han producido tu trabajo, tus compañeros y tus jefes? ¿Qué ambiciones tenías cuando eras muy joven?

21. ¿Qué talentos naturales tienes?

22. ¿Cuáles son tus fortalezas? ¿Tus debilidades?

23. ¿Cómo es tu historia médica? ¿Tu historia odontológica?

24. ¿Cuál es tu pasatiempo favorito? ¿Disfrutas la música? ¿Qué programa de televisión prefieres?

25. ¿Has construido algo? ¿Qué?

26. Si tuvieras un millón de dólares, ¿qué harías?

27. Si pudieras actuar en una película, ¿qué papel te gustaría representar?

28. ¿Cómo es tu mujer ideal?

29. ¿Te gustan las mascotas?

30. ¿Qué importancia le das a la ropa?

31. Si pudieras ser cualquier cosa, ¿qué elegirías ser?

32. ¿Cuáles son las diez personas más importantes para ti?

33. ¿Odias a alguien?

34. ¿Quiénes son tus amigos y amigas?

35. ¿Qué características de la gente respetas? ¿Qué características detestas?

36. ¿Dónde te gustaría vivir? ¿En qué país? ¿Ciudad? ¿Casa? ¿Apartamento?

37. Si fuera posible intercambiar rasgos físicos con otras personas, ¿qué cambiarías y con quién lo harías?

38. ¿Qué piensas sobre el envejecimiento?

39. ¿Qué tan religiosa es tu familia?

40. Hasta ahora, ¿cuál ha sido el mejor año de tu vida? ¿Por qué?

41. ¿Quién te instruyó acerca del sexo? ¿Qué experiencias sexuales has tenido?

42. ¿Cuál es tu visión del sexo? ¿Quién debería instruir a los jóvenes en este tema?

43. ¿Cuál es tu posición política?

44. ¿Dónde te gustaría que te enterraran? ¿Estás en contra de la cremación?

45. Si encallaras en una isla desierta y solo hubiera una persona contigo, ¿quién te gustaría que fuera?

46. ¿Qué libro te gustaría tener en esa isla?

47. ¿Cuáles son tus prejuicios?

48. Completa la frase: «El hombre es _____».

49. ¿Crees que hay vida después de esta?

50. ¿Has engendrado algún hijo? ¿Quisieras tener hijos?

Hágale a su hombre estas preguntas para abrir canales de comunicación. Sus respuestas serán el punto de partida para formularle otras.

Obviamente, estas preguntas no se deben hacer en una sola sesión ni como si se tratara de un examen escolar. Por ningún motivo debe entregarle a su hombre esta lista de preguntas, como si fuera un cuestionario que él debe llenar. Aunque usted obtendría las respuestas, no se produciría la transferencia afectiva. Más bien, utilícelas para soltarle la lengua. Y recurra a ellas solamente cuando él se quede sin tema. Después, deje que continúe hablando sobre su vida.

Preguntas adicionales

Al interrogar a su hombre, una buena idea es hacer que se refiera a su pasado y a su época de estudiante. Muchas preguntas dependerán de su historia y de sus respuestas anteriores. Algunas preguntas de seguimiento podrían ser:

1. ¿Qué fue lo que más te gustó de tu computadora?
2. ¿Cuál ha sido el mejor jefe que has tenido?
3. ¿Cómo empezó tu interés en la ingeniería?
4. ¿Te gustaría estudiar algo más? ¿Qué?
5. ¿Te consideras un líder? ¿Por qué?

Contextualice sus preguntas

Vean juntos televisión. Muchos programas brindan elementos útiles para hacer preguntas.

No pregunte: ¿Cuándo viste por primera vez este programa? A menos que también pregunte: *¿Por qué* te gusta este programa?

No pregunte: ¿Cuál es tu personaje favorito?
A menos que también pregunte: *¿Por qué* te gusta ese personaje?

No pregunte: ¿Cuál es tu deporte preferido?
A menos que también pregunte: *¿Por qué* te gusta este deporte?

Usted y la competencia

¿Sabe ya todo sobre el primer romance de su hombre, el primer automóvil que tuvo, su primer trabajo y demás detalles de su vida que son importantes para él? Desconocer esos datos no solo indica que no lo está escuchando como es debido, sino que está dejando pasar oportunidades para que él se enamore de usted. Su hombre es, ha sido y será vulnerable a otra mujer que conozca la técnica de la transferencia afectiva. Si esa mujer obtiene ese monólogo y lo induce a hablar de usted, lo más probable es que la desbanque y su hombre transfiera su afecto a ella.

Como otras mujeres podrían utilizar contra usted la técnica de la transferencia afectiva, póngala en práctica regularmente para conservar el amor del hombre de sus sueños. Si lo que él siente por usted no es muy profundo, recurra a esta técnica. La transferencia es un mecanismo comprobado para ganarse el amor de un hombre y mantener vivo ese sentimiento.

Hay mujeres que creen sinceramente que nadie más puede usar la técnica de la transferencia del amor con sus hombres. Ellas apostarían cualquier cosa a que ellos no compartirían episodios importantes de sus vidas con otra persona. Pero perderían su apuesta. En lo más hondo de su corazón, todos los hombres siguen siendo niños. ¡Les encanta contar sus historias!

Cómo ganar el corazón de un hombre ajeno

Si usted no es la primera mujer de quien su hombre ha estado enamorado, anímelo a contarle sobre las mujeres que ha amado. Haga esto independientemente de que esas experiencias pertenezcan al pasado o al presente, y aunque su orgullo resulte un poco golpeado. Ya verá que él se acercará emocionalmente a usted. A causa de los celos, las mujeres a menudo cometen el error de no preguntarles a sus hombres acerca de sus experiencias con otras mujeres. Esto las priva de experimentar la transferencia afectiva. Si usted no escucha a su hombre abierta y completamente, y si no se da la oportunidad de conocerlo a fondo, su relación correrá peligro.

El mejor atajo al corazón de un hombre es apoderarse del amor que siente por otra mujer. Usted puede convertirse en la beneficiaria de todo ese amor haciendo que se lo transfiera. Cualquier hombre que haya amado puede volver a amar. Examine atentamente esta idea: *La mujer que entiende cómo funciona esta técnica puede lograr que un hombre le transfiera a ella los sentimientos que experimenta por otra mujer.*

OBJETIVOS Y ESTRATEGIAS

Si ha sido difícil conseguir que el hombre que le gusta hable sin reservas, usted tendrá que seguir intentando. Insista en que desea saber sobre su vida porque lo encuentra muy interesante. Con persistencia, él empezará a comunicarse con usted. Recuerde que hacerle preguntas a su hombre tiene dos objetivos:

1. Enterarse de los episodios que le dejaron secuelas emocionales, a fin de que le transfiera su afecto.
2. Planear su propio futuro. Para que él encuentre indispensable su compañía, escúchelo siempre con empatía y anímelo a hablar con usted como si lo estuviera haciendo en voz alta consigo mismo.

Déjelo hablar

Deje que su hombre hable abiertamente y sin limitaciones. No lo interrumpa ni trate de que su discurso sea perfectamente estructurado. Aun cuando sus respuestas carezcan de una secuencia lógica, tendrán una secuencia emocional, o sea, tendrán lógica para él. Si se detiene para que usted le deje saber qué piensa, hágalo, pero vuelva a centrar la conversación en él.

No lo critique todavía. Esto viene después de que se haya producido la transferencia afectiva. Su hombre no hablará con libertad si usted lo ridiculiza o lo critica por exponer sus pensamientos, sentimientos o experiencias.

La transferencia afectiva generará cambios profundos y duraderos en los sentimientos, las actitudes, los valores y las acciones de su hombre. Pero, más importante aún, esos cambios la favorecerán a usted.

Una vez que haya explorado todos los pensamientos de ese hombre especial, en particular los que van acompañados de emociones, no hay razón para que no coseche los frutos de todo lo que él ha compartido con usted. Recordar los momentos agradables que han pasado juntos hará que él los reviva y que se intensifique lo que siente por usted.

Se requieren aproximadamente cien horas para que los hombres revelen todas las historias que los han marcado emocionalmente. Deje que el suyo invierta sus emociones en usted durante esas cien horas. Usted habrá logrado su objetivo cuando él empiece a repetir sus historias o cuando le diga: «Nunca le había contado esto a nadie».

Es importante que interrogue y escuche a su hombre en una atmósfera de tranquilidad. Al igual que un psicólogo, fíjese que esté cómodo, que no tenga hambre ni sed y que sienta que es una conversación privada. Escuchar con empatía y calidez produce el maravilloso efecto de vincular a quien habla con el oyente. Usted obtendrá la lealtad y el amor de su hombre, así como también su deseo creciente de contar con su compañía. Él disfrutará hablando todos los días con usted, la preferirá sobre cualquier otra persona y aspirará a que su relación sea permanente.

Otra posibilidad es lograr que un hombre le transfiera su afecto sin siquiera estar presente. Esto se puede lograr a través del teléfono o de la computadora. Si ustedes dos ya se conocieron personalmente, las cartas y el correo electrónico pueden facilitar la transferencia.

7

Afiance su relación de pareja

Cuando haya elegido a su futuro esposo y lo haya inducido a enamorarse de usted, deberá trabajar para afianzar la relación y hacer que les reporte las satisfacciones y las alegrías que ambos esperan del matrimonio.

Las relaciones afectivas no prosperan solas. Requieren cuidados y atención, aun cuando las dos personas estén enamoradas. Ustedes tendrán que trabajar duro para unir sus vidas y llegar a ser una pareja feliz.

A pesar de que las relaciones amorosas suelen empezar con la atracción física y culminar con el contacto sexual, los pasos intermedios exigen conversar. No permita que fallas en su manera de comunicarse destruyan su relación. Utilice la conversación para llegar al corazón de su hombre.

ADQUIERA MÁS SEGURIDAD EN SÍ MISMA

A usted le irá mejor con los hombres si adquiere más seguridad en sí misma. Hay dos áreas muy importantes para ellos:

1. La formación, la manera de expresarse, la inteligencia y la cultura de la mujer.

2. El conocimiento que tiene la mujer sobre lo que es importante para él; por ejemplo, su profesión y sus actividades recreativas.

Para entenderse bien con un hombre, usted tiene que conocer aspectos de su trabajo, su profesión, su negocio, sus deportes preferidos, sus pasatiempos y sus intereses. Aunque usted tenga su propio trabajo o profesión, deberá poder conversar con él acerca de su ocupación, sea la ingeniería, la carpintería, repartir pizza o cualquier otra cosa. A continuación encontrará algunas sugerencias.

La estimulación mental

La dulzura y la amabilidad fascinan a los hombres, pero no pasan de ser atractivos temporales que pueden llevar fácilmente al aburrimiento. Una manera más adecuada de construir una relación a largo plazo es estimular mentalmente al hombre.

La mayoría de los hombres espera que sus mujeres estén enteradas de los acontecimientos de actualidad. Amplíe sus conocimientos leyendo diarios y revistas. Entérese todos los días de las noticias en la televisión o en el internet, especialmente si no ha leído el diario. Estimule su propia mente acudiendo a las bibliotecas y a las librerías. O utilice el internet para saber lo que pasa en el mundo y aprender más sobre el trabajo y los intereses de su hombre. Y no olvide mantenerlo al tanto de lo que usted aprenda; así le ayudará a quedar ante sus colegas como un individuo informado.

Usted deslumbrará a su hombre planteándole temas novedosos, y ese estímulo mental se le convertirá a él en una necesidad.

Aprenda todas las semanas por lo menos una cosa nueva *que él no conozca*. Si en algún momento le reclama que usted es una presumida, no se inquiete. Su imagen ante él mejorará sustancialmente.

Prepárese para conversar sobre algún aspecto interesante de su propio trabajo o sobre cualquier otra actividad. Él se sentirá tranquilo sabiendo de qué hablará usted cuando conozca a sus amigos y familiares. Prepare una charla o una historia de, por lo menos, veinte minutos. Y profundice en algún tema de interés general que sea importante para él. Más adelante hablaré sobre esta clase de temas.

La manera de expresarse

¿Verdad que usted siempre hace todo lo posible para verse bien? Pues no solo es importante verse bien, sino hablar bien. Sea consciente de las palabras que use. No utilice palabras rebuscadas si puede decir lo mismo con palabras sencillas. Así evitará parecer pretenciosa. No deje que una mala dicción o un vocabulario pobre afecten sus relaciones. Si su manera de hablar es inapropiada, el hombre que le gusta podría creer que usted pertenece a una clase social inferior, lo que podría disuadirlo de considerarla como su futura esposa.

Mejore la imagen que su hombre tiene de usted empleando palabras que conoce, pero que suele evitar por pereza. Si es posible, corrija la manera en que él se expresa, parafraseando lo que acaba de decir con un vocabulario más pulido. Cada vez que usted le haga una observación de este tipo, aumentará el respeto que él siente por su inteligencia. Pero nunca lo corrija en público.

La velocidad con la que usted habla puede hacerla ver como una mujer pensante o como una atolondrada. Hablar pausadamente transmite inteligencia, mientras que hacerlo velozmente indica impulsividad y le resta importancia a las palabras. Evite las frases incompletas. Piense antes de hablar. Si cree que él no la está tomando tan en serio como quisiera, empiece a hablar más despacio. Pero antes, componga frases completas en su mente. Su lenguaje mejorará si empieza a hablar con los hombres como si sus maestros la estuvieran escuchando a escondidas. Luego, fíjese en los resultados. El hombre que la escuche advertirá el cuidado con que elige las palabras y pensará que usted puso el mismo cuidado en elegirlo a él.

Demuestre entusiasmo

Demuestre entusiasmo acerca de *algo*. El entusiasmo es contagioso. Aun cuando su oyente no sepa mucho sobre lo que a usted le interesa, su entusiasmo despertará el de él. Y su compañía lo hará sentir lleno de vitalidad. A los hombres no les agrada tener que divertir a una mujer indefinidamente. Para su hombre es importante saber que usted tiene intereses y vida propia, además de la capacidad de construir su propia felicidad y de contribuir a que él pase ratos amenos.

Utilice su mente para atraer a los hombres

Cada vez que pueda, muestre curiosidad intelectual. Empiece haciéndole preguntas sobre sus intereses profesionales para que pueda responder con soltura. Después, hágale preguntas más complicadas. Él respetará su inteligencia proporcionalmente a la cantidad de preguntas agudas que le formule. Así empezarán sus mentes a «conocerse», un factor indispensable para que el matrimonio tenga éxito.

Es vital que el hombre considere que usted piensa clara y profundamente. Si cree que usted piensa tan bien como él, entonces la creerá capaz de sentir tan profundamente como él. Recuerde: ese hombre está buscando una mujer que considere digna de él y de criar a sus hijos; alguien que cuente con la capacidad mental para entender sus ideas y sus sentimientos. Aunque muchas mujeres pueden elogiarlo, usted es la que, con su inteligencia y claridad mental, ganará su respeto. Si él no respeta su mente, no se casará con usted.

El trabajo o la profesión del hombre

Si usted conoce aspectos básicos sobre el campo de trabajo del hombre con el que está saliendo, no se sentirá intimidada.

Averigüe cuáles son los propósitos y las limitaciones de su profesión o negocio; esto le permitirá hablar con conocimiento e impresionarlo favorablemente con su interés. Es fundamental que identifique los vacíos en el conocimiento de su hombre. Así, cuando él trate de hacerle creer que su trabajo es más importante de lo que realmente es, usted podrá reducirlo a sus justas proporciones.

Casi ningún hombre se casa con una mujer que lo tenga en un pedestal. Sin importar cuál sea el trabajo de su hombre, no se deje impresionar demasiado. Nunca permita que la trate como si fuera inferior solo porque usted carece de los conocimientos para desempeñarse en el mismo campo que él. Los conocimientos y la profesión no equivalen, necesariamente, a sabiduría. Todos los hombres exageran la importancia de su especialidad u oficio para fortalecer su identidad y obtener reconocimiento. El hombre que tanto le gusta desea que usted crea que su trabajo es para seres muy destacados, pero esto casi nunca es cierto.

Todas las profesiones tienen su vocabulario. A usted le conviene aprender unas cuantas docenas de palabras propias de la profesión de su hombre. Por ejemplo:

- Si es carpintero, aprenda a identificar las distintas clases de sierras que utiliza. Luego, aprenda sobre taladros, brocas y distintas clases de maderas.
- Si es abogado, identifique los libros que utiliza en su trabajo. Luego, averigüe en qué juzgados ejerce y qué clase de clientes representa.
- Si hace pizzas, aprenda cuáles son los pasos para elaborarlas. Luego, averigüe cómo se prepara la masa, cómo es el proceso de refrigeración y cuáles son los tiempos de horneado.
- Si es funcionario gubernamental, identifique el área específica en la que trabaja. Luego, entérese de lo que

hace para el gobierno, de la gente que ocupa posiciones más altas y también más bajas que él, y del trabajo administrativo que conlleva su ocupación.

- Si es odontólogo, sea capaz de distinguir los instrumentos con los que trabaja. Luego, aprenda los nombres de los dientes e infórmese sobre los procedimientos odontológicos más comunes.
- Si es estudiante, infórmese sobre su carrera. Después, aprenda aspectos básicos de algunas materias y pídale que le deje leer algunos de sus ensayos.
- Si es operario de una fábrica, conozca el trabajo que realiza. Luego, aprenda el nombre del equipo que utiliza y entérese del papel que cumple su actividad en el contexto de toda la operación.
- Si trabaja en el sector de las pompas fúnebres, entérese del tipo de ataúdes que vende. Luego, aprenda sobre los métodos de embalsamamiento y sobre las habilidades que requiere para tratar a los dolientes.
- Si su hombre está desempleado, entérese de lo que está haciendo para encontrar trabajo. Después, cuando esté empleado, aprenda aspectos básicos de su ocupación.
- Si es músico, aprenda sobre el instrumento que toca. Más adelante, entérese del papel que desempeña en su banda y del tipo de música que interpreta. Escuche las grabaciones que haya hecho o la música que haya compuesto.

Adquirir conocimientos sobre el trabajo o la carrera del hombre es muy satisfactorio. Más adelante le indicaré cómo formar un vínculo afectivo con su hombre basándose en la información que esté obteniendo. Si no le interesa conocer sobre ese hombre y la actividad con la que se gana la vida, lo más probable es que él tampoco le interese para una relación a largo plazo.

El asombro reverencial

No demuestre asombro reverencial por la carrera del hombre que le gusta. Si usted aspira a casarse, por ejemplo, con un médico, tendrá que conocer algo sobre medicina y, en particular, sobre las limitaciones de esta ciencia para que no crea que está tratando con un ser de otro mundo.

Para apreciar cuán poco sabe la medicina, revise un diccionario médico. Encontrará muchísimas palabras terminadas en —*itis*, que significa «condición», y en —*osis*, que significa «condición de». Estos términos casi siempre se usan cuando la enfermedad sigue siendo un misterio para la medicina. *Dermatitis* es una bonita palabra para un problema de la piel, *artritis* es la inflamación de las articulaciones, *sinusitis* es la inflamación de la mucosa de un seno facial y *halitosis* es, simplemente, otra manera de llamar al mal aliento.

Aprender algunas raíces y sufijos latinos y griegos le ayudará a entender más fácilmente el vocabulario médico. Así, —*tomía* significa «extirpar» y *mastos* significa «mama». Por eso, mastectomía es la extirpación quirúrgica de un seno. *Hister* significa «útero»; por lo tanto, histerectomía quiere decir extirpación del útero.

Cuando haya superado el temor a los términos médicos, estará en mejores condiciones para salir con un doctor y hablar inteligentemente con él. Utilice sus conocimientos para preguntarle por las causas de diversas enfermedades que terminen en —*itis* o en -*osis*. Los médicos suelen utilizar su jerga para impresionar. ¿Qué pensaría si uno de ellos le dijera: «Usted tiene un seno inflamado y no me explico a qué se debe. Quizás se rasguñó el pezón y tal vez le pasa algo malo por dentro». Usted solo quedaría impresionada si él utiliza términos médicos; por ejemplo, «Lo que tiene es mastitis. En mi opinión, la causa podría ser una excoriación de la aureola o una infección bacteriana».

Si le gusta un médico, tendrá que hablar su idioma. Él la encontrará más atractiva si tiene un conocimiento general de los términos que él utiliza. Esto ocurre con cualquier profesión.

La empresa de su hombre

Si su hombre tiene una empresa, a usted le será más fácil crear un vínculo afectivo con él si adquiere la capacidad de conversar sobre algunos aspectos básicos. Por ejemplo:

- ¿A qué se dedica su empresa?
- ¿Quién o quiénes son sus socios?
- ¿Qué clase de clientes tiene?
- ¿Quiénes son sus proveedores?
- ¿Qué competidores tiene?
- ¿A qué competidor le teme más?
- ¿Quiénes son sus mejores amigos dentro de la empresa?
- ¿Cómo promueve su negocio?
- ¿Quién o quiénes trabajan para él?

Los deportes favoritos de su hombre

Entre su hombre y usted se creará más fácilmente un lazo afectivo si pueden conversar sobre el deporte favorito de él, sea jugador o aficionado. Y si cada uno disfruta de un deporte distinto, ese lazo será aún más fácil de establecer.

- ¿Cómo se practica ese deporte?
- ¿Qué posición tiene él dentro de su equipo?
- ¿Dónde se llevan a cabo los partidos?
- ¿Qué equipos pertenecen a la liga?
- ¿Quiénes conforman su equipo?
- ¿A qué jugadores admira más?
- ¿A qué jugadores teme?
- ¿Quién financia el equipo?

- ¿Cuál es el eslogan de su equipo?
- ¿Qué reputación tiene su equipo dentro de la liga?

Si para él es importante algún deporte y usted no siente el menor interés en esa actividad, tal vez le convenga seguir adelante en su búsqueda de pareja.

Los pasatiempos de su hombre

Ustedes dos pueden tener aficiones distintas; sin embargo, usted debe estar en capacidad de conversar con su hombre sobre los detalles del pasatiempo que él prefiere. Si no está dispuesta a profundizar en ese tema, le recomiendo que lo piense bien antes de continuar con esa relación.

AHORA HABLEMOS DE USTED

Ya llegó el momento de hablar de usted. ¿No se alegra de no haberles contado los detalles íntimos de su vida a todos esos extraños con los que salió? Usted ya está en la etapa en que disfruta la compañía de los hombres con los que sale, y en que considera que alguno de ellos posiblemente llegará a ser su marido. Pero antes de establecer una relación seria con uno de ellos, debe saber sobre qué hablar con los pocos que merecen enterarse de los detalles de su vida.

La importancia de la comunicación

Cuando la relación adquiere un carácter serio, es crucial que ambos hablen sobre sus pensamientos y expresen sus sentimientos. Si alguno de los dos es demasiado introvertido, la relación podría correr peligro. Si su hombre es excesivamente callado, no suponga que todo va bien. Hágalo hablar. Y aunque usted sea tímida o reservada, no puede dejar de manifestar lo que piensa y siente.

Algunas personas calladas se enorgullecen de ser autosuficientes hasta el punto de ocultar sus necesidades y deseos. Ellas les demuestran afecto a sus parejas cumpliendo la parte que les corresponde en la relación, pero no hablando sobre la relación misma o sus problemas. Por su parte, la gente expresiva se enorgullece de verbalizar sus deseos y necesidades. Su meta es la comunicación total y demuestran afecto compartiendo todo lo que pasa por sus mentes.

La gente con un sentido muy fuerte de la privacidad considera entrometidas a las personas inquisitivas. Pero es normal que quienes se preocupan por sus seres queridos hagan preguntas y esperen respuestas. Al no recibirlas, ese silencio se interpreta como falta de amor, confianza o interés en mantener la relación.

Si usted es callada, quienes son expresivos quizás piensan que es arrogante, poco amistosa o fría. Y si es expresiva, la gente callada podría considerarla agresiva, maleducada o dominante. Esas diferencias son fuente de malentendidos. En los siguientes ejemplos, ella es poco habladora; él, en cambio, es comunicativo. Pero en muchas relaciones, el hombre es el menos comunicativo de los dos.

ELLA: Él debería saber que lo amo y que me siento muy desdichada por el estancamiento en que estamos.

ÉL: Ella debe de estar satisfecha con nuestra relación porque no me ha dicho nada.

ELLA: Él debería saber lo que yo pienso y lo que necesito. No es justo que le tenga que pedir lo que quiero. Si tengo sed, él debería conseguirme una bebida sin que yo se la tenga que pedir.

ÉL: Me muero de sed. ¿Hay alguna bebida en el refrigerador?

ELLA: Prefiero quedarme callada. Si tantas cosas me molestan de esta relación, ¿para qué me voy a quejar? Más bien, voy a romper con él.

ÉL: Si yo no puedo leer tu mente, ¿cómo puedo esperar que tú leas la mía? Por eso, si algo me molesta, te lo diré.

Las personas taciturnas a menudo interpretan mal las intenciones de las personas expresivas, y viceversa. Para evitar esta clase de malentendidos, aliente a su pareja a dedicar todos los días por lo menos quince minutos a contarle lo que piensa. Haga usted lo mismo.

¿SOBRE QUÉ TEMAS DEBEN HABLAR?

Los temas de sus conversaciones se pueden dividir en tres categorías:

1. Temas públicos.
2. Temas privados.
3. Temas de interés mutuo.

Cada vez que hablen sobre algún tema, piensen si es público, privado o de interés mutuo. Ustedes deben charlar sobre temas públicos y de interés mutuo, pero, ¡sorpréndase!, deben evitar los temas privados. La gente que habla de temas privados suele ser aburrida. Estos son los temas que solo usted —no su hombre— conoce a fondo.

Temas públicos

Un tema es «público» cuando personas extrañas están al corriente de él y, por lo tanto, podrían opinar. Al contrario de lo que ocurre con los temas privados, los públicos son adecuados para conversar. Hace años, muchas mujeres aprendieron que debían evitar los temas delicados y controversiales como el sexo, la religión y la política. Si usted aprendió esa lección, olvídela cuando salga con un hombre. *No* evite los temas polémicos, pues forman parte del proceso que le permitirá elegir pareja. Los medios de comunicación brindan un sinnúmero de temas públicos sobre los que ustedes pueden conversar. Por ejemplo:

* El clima.
* Un campeonato deportivo.
* Acontecimientos políticos.
* El aborto.
* Una nueva moda de ropa.
* Las próximas elecciones presidenciales.
* Trastornos políticos en otro país.
* Un asesinato o un secuestro.
* Rumores sobre una nueva cura para el cáncer.
* Una película de actualidad.

Temas privados

Un tema es «privado» si solo pertenece a la vida de uno de ustedes. Por ejemplo:

* Hablar sobre sus familiares cuando ustedes dos apenas están empezando a salir y él ni siquiera los conoce, es un tema privado.
* Las conversaciones en torno a su trabajo y a sus compañeros son privadas, a menos que su hombre trabaje con usted o conozca a sus colegas.
* Las conversaciones sobre lo que ocurre en su vecindario son privadas, a menos que él sea vecino suyo.
* Hablar sobre las vacaciones que usted tomó antes de conocerlo es un tema privado, a menos que él también haya estado en esos sitios.
* Las charlas sobre sus amigos son privadas, a menos que él también los conozca.

Aun cuando usted vea con toda claridad esos acontecimientos en su mente, es difícil describírselos a su hombre o despertar su interés en ellos. Toque esos temas solamente cuando él ya conozca a las personas, los lugares y los hechos. Y hágalo de tal manera que suscite su interés y su curiosidad.

Temas de interés mutuo
Estos son los temas que les pertenecen tanto a usted como a su hombre y, como resultado, son perfectamente apropiados cuando estén juntos. Algunos de esos temas son:

- Comidas que ambos disfrutan.
- Planes para su próxima cita.
- La manera como los afecta algún suceso público.
- La impresión que tuvieron uno del otro cuando se conocieron.
- La relación que hay entre los objetivos profesionales de ambos.

DESTAQUE LO POSITIVO

Proyecte la mejor imagen posible de sí misma. Hay ocasiones en que es recomendable jactarse por medio de comentarios como: «Yo era la mejor alumna en la clase de matemáticas» o «Con frecuencia me dicen que mi cabello es hermoso». Si desea que su hombre crea que usted es bella e inteligente, tiene que demostrarle que cree en usted, diciéndoselo.

Cada vez que pueda, incluya en la conversación comentarios agradables y positivos sobre usted misma. Si él le hace un elogio, agradézcaselo, pero refuércelo repitiendo la frase. Por ejemplo, si le dice que es bonita, dígale: «Me alegra que pienses que soy bonita». Tan pronto como él tenga una idea positiva acerca de usted, créele otra. Bombardéelo con pensamientos positivos. ¡Hágale saber que usted es un tesoro!

Asegúrese de que sus afirmaciones sean razonables. Por más que insista en que es la Reina de Inglaterra, ningún hombre le creerá. No recurra a la exageración ni a la mentira. Eso le podría costar la relación.

¿Y qué hago con mis defectos?

Si usted tiene una marca de nacimiento o un defecto físico más serio, es posible que algunos hombres hayan evitado el tema para no herirla. Y si dijeron algo, probablemente usted les pidió que no lo volvieran a mencionar. Pero trátese de cojera, de una verruga en la nariz o de un sobrepeso de veinte kilos, ese problema no desaparecerá por el hecho de no mencionarlo. Más aún, pretender que el defecto no existe la distanciará cada vez más de su hombre.

Mencione sus defectos obvios, pero sin tratar de despertar compasión. Es mejor decir: «¿Has visto la cicatriz que tengo?» que hacer de cuenta que la cicatriz no existe. Pero no hable sobre ese defecto mientras no haya un interés evidente del uno en el otro. Si usted no les da demasiada importancia a sus imperfecciones, su hombre tampoco les prestará mayor atención.

Algunas mujeres destacan todo lo negativo que tienen, esperando que sus hombres le resten importancia. Por ejemplo, afirman que su pecho es plano, que son demasiado bajitas o que su nariz es demasiado grande, creyendo que ellos les van a responder: «Me fascinan las mujeres de nariz grande y pecho plano». Lo grave es que si la mujer actúa así desde muy temprano en la relación, se saltará pasos del proceso que lleva a establecer un vínculo afectivo y no sabrá si esa respuesta fue honesta o no. La mujer que exagera sus atributos negativos condiciona al hombre a prestarles atención y a considerarlos importantes.

No piense obsesivamente en sus defectos. Su hombre tiene la capacidad de verlos, sea un cabello poco sedoso, unos dientes torcidos o un par de orejas grandes. Si sus defectos la atormentan y necesita purificarse por medio de una confesión, hágalo con sus padres o con amigos con los que no esté pensando en casarse.

No proyecte una imagen negativa

El hombre necesita establecer una relación con una mujer con la que pueda olvidar sus propios conflictos. Él busca una amiga y una compañera sexual, no alguien que viva hablando sobre su historia médica, sus temores financieros y sus deficiencias físicas y mentales. Si sobrecarga a su hombre de imágenes indeseables sobre usted misma, no se sorprenda si termina dejándola.

Si va a comprar un automóvil y el vendedor insiste en que las llantas se pueden desinflar, en que el radiador puede gotear, en que la transmisión se puede romper y en que la tapicería se puede desteñir, obviamente usted no comprará ese auto.

Muchas mujeres hablan sin parar sobre su mala salud, sus problemas de visión, sus alergias y su falta de energía, entre muchas otras dolencias, como si se tratara de cualidades. Pero la mayoría de los hombres no lo ve así. Para ellos, tanta debilidad no es una virtud. Si usted le dice a su hombre: «Yo no valgo nada; soy una mujer miserable, ignorante y fea», él podría creerle aunque nada de eso sea cierto. Preséntese honestamente, pero resaltando lo positivo.

Si la relación se consolida y el matrimonio es una posibilidad real, ustedes dos deben hablar sobre temas como sus respectivas necesidades sexuales, sus responsabilidades económicas y las personas que tienen a su cargo. Pero antes de tocar esos temas, espere a que la relación madure. Mientras llega ese momento, no destaque sus debilidades y defectos.

Piense antes de hablar

Mientras la relación se afianza, hay ocho aspectos que requieren un manejo especial:

1. *La religión y el origen étnico.* No trate de convertir a su hombre a su religión ni sea chovinista en cuanto a su origen étnico. Si cualquiera de los dos tiene algo que aportar, sus acciones hablarán por ustedes.

2. *La supervivencia.* Si es verdad, hágale saber a su hombre que es capaz de mantenerse sola. Pero si realmente está atravesando una situación económica difícil, muéstrele que es capaz de soportarla y que es optimista respecto del futuro.

3. *El vocabulario.* Tratando de parecer con los pies en la tierra, muchas mujeres utilizan un lenguaje vulgar cuando están con sus parejas. Pero esto puede ser contraproducente, en especial si el hombre es mayor o más tradicional. Un hombre de esas condiciones visualizará la palabra y la imagen de la mujer se degradará en su mente. Evite estas consecuencias y no use este tipo de palabras mientras su pareja no lo haya hecho.

4. *La manera de hablar.* Muchas mujeres no son tenidas en cuenta para el matrimonio debido a que no hablan como personas adultas. Pese a que no se les ocurriría ir a una fiesta en pañales o recogerse el cabello en trencitas, sus charlas con los hombres están llenas de sinsentidos y risitas infantiles. Si usted tiene edad suficiente para leer este libro, por favor, ¡no se ría tontamente!

5. *Las seudociencias.* ¿Cuándo fue la última vez que vio un horóscopo en una revista masculina? Pocos hombres creen en la astrología, la adivinación y la reencarnación. Si cree en ellas, la mayoría de los hombres pensará mal de usted.

6. *Los temores irracionales.* Los temores que no se fundan en razones sólidas son nocivos para su relación con los hombres. No grite histéricamente ante un ratón o un insecto; perderá respetabilidad ante su hombre. No haga un escándalo ante la sangre; él se formará una idea muy negativa de usted y la creerá incapaz de cuidarlo si se enferma o sufre una herida. Si él llega a esa conclusión, lo más probable es que la descarte como pareja potencial. Los miedos irracionales pueden hacerle mucho daño, sea miedo a cambiar de vecindario o a los elevadores.

7. *Dar la impresión de que es una «parásita».* Hay mujeres que actúan como si lo fueran. Les dicen a sus amigos y amigas, medio en broma, cuán fantástico sería que se enamorara de ellas un hombre rico que tuviera un pie en la tumba y el otro en una cáscara de banana. Los hombres encuentran repulsivos estos comentarios. Si usted no es una persona que quiera vivir de un hombre, no dé la impresión de que lo es. Una mujer puede transmitir esta idea hablando sobre lo mucho que detesta trabajar y sobre la cantidad de joyas y de ropa costosa que aspira a tener. También puede enorgullecerse de que no sabe cocinar y de que necesita un hombre que le proporcione diversiones. Luego, esa misma mujer se pregunta por qué ningún hombre le ha propuesto matrimonio. No permita que este tipo de afirmaciones le impidan casarse. Antes de hablar, piense en lo que va a decir. No diga cosas que transmitan la idea de que es una mujer aprovechada.

8. *Dar la impresión de que es una prostituta*. Hay mujeres que exigen regalos costosos porque no están dispuestas a «venderse barato». Temen dar algo, o sea, a ellas mismas, si el pago no es suficiente. Si usted espera que el hombre pague por disfrutar de su compañía, lo más seguro es que la verá como una prostituta y no como su futura esposa.

No pida regalos ni que gasten dinero en usted. Ni siquiera debe sugerirlo. A ningún hombre le atrae la idea de tener que gastar grandes sumas de dinero para disfrutar de una buena compañía femenina. Si el hombre le ofrece darle un regalo costoso, acéptelo solo después de haberle insistido en que no lo haga. El hombre que encuentra a una mujer verdaderamente considerada, en algún momento querrá ser generoso con ella.

8

Aprenda a elogiar y a criticar al hombre que ama

Algunas mujeres piensan que para conquistar el corazón de un hombre, todo lo que necesitan es ser bellas, buenas cocineras o magníficas amantes. Otras creen que basta con demostrar sus habilidades o sus logros. Pero yo le recomiendo una estrategia mejor: actúe con su hombre como si fuera su esposa, y trátelo como si fuera su esposo. ¿Cómo se hace esto? Elogiándolo y criticándolo como lo haría una esposa. La clave para llegar al corazón del hombre es equilibrar el elogio y la crítica, pero siempre reconociendo que es un ser único y especial.

El elogio y la crítica generan las emociones intensas que hacen prosperar las relaciones. Además, forman parte de la vida cotidiana de las familias y, particularmente, de la relación entre los cónyuges. Todos queremos que nos elogien, pero a causa de nuestra educación, asociamos una cierta cantidad de crítica con el amor.

Los padres de su hombre lo hicieron sentir amado y especial; sin embargo, también le señalaban sus imperfecciones. Usted puede seguir este patrón de conducta y salir beneficiada.

El hombre y su búsqueda de singularidad

El hombre es una criatura extraña, pues desea dos cosas opuestas. Al ser humano normal no le gusta vivir como ermitaño. Necesita pertenecer a un grupo y llega, incluso, al extremo de modificar su comportamiento con tal de ser aceptado. Pero cuando se convierte en miembro del grupo, siente la necesidad de destacarse. En otras palabras, si su hombre todavía no pertenece a un club, luchará por lograrlo. Y cuando ya sea miembro, solo se sentirá satisfecho cuando sea el líder.

Por su naturaleza, el hombre no puede ser feliz si no siente que es excepcional. La próxima vez que tenga la oportunidad, escuche una conversación entre hombres. Todos cuentan historias relacionadas con sus éxitos, su inteligencia y su superioridad.

Actúe inteligentemente, diciéndole a su hombre: «Eres excepcional», «Eres muy distinto de los demás hombres», «Tienes algo especial». Al reforzarle la idea de que es único, usted obtendrá su amor. Él se volverá adicto a sus halagos, sobre todo si los combina con críticas, pues sabrá que son genuinos.

Pregúntele: «¿Cuándo te diste cuenta de que eres especial?». Su respuesta podrá sorprenderla. Quizás empezó a sentirse «diferente» a los cuatro o cinco años. Cuanto más inteligente es el hombre, tanto más temprano tuvo esa sensación. Y hasta es posible que recuerde las circunstancias exactas en que se dio cuenta, por primera vez, de lo especial que era.

Usted puede motivar a su hombre a establecer una relación sólida aprovechando la necesidad que tiene de sentirse único. Su hombre se sentirá más o menos excepcional dependiendo de la forma como usted lo escuche y de la aprobación que le demuestre. Si él cree que usted se ha percatado de su singularidad, la preferirá sobre cualquier otra mujer.

Así como su madre le dijo que algún día llegaría a su vida un hombre que reconocería lo especial que es usted, la madre de su hombre le dijo a él lo mismo. Por ahora, él está saliendo informalmente, pero a la espera de que en algún lugar y en algún momento aparezca esa persona. Usted puede hacer realidad la profecía de la madre de él, y ser la mujer indicada, si considera que él es un hombre irrepetible y se lo comunica.

Descubra qué hace único a su hombre

Descubra los sentimientos de singularidad de su hombre alentándolo a contarle cuán distinto es de los demás. Algunos temas sobre los que podría pedirle que le hablara son los siguientes:

- Su superioridad en el trabajo.
- Su manera inteligente de conversar con su jefe.
- Los elogios que recibe por su desempeño profesional.
- Los honores que recibió en su época de estudiante.
- Lo tonta o simple que es la gente que lo rodea.
- Experiencias inusuales que haya tenido.
- La gente a la cual ha impresionado favorablemente.
- Las experiencias que lo han hecho sentir más orgulloso.
- Las mujeres que han querido tener una relación con él.
- Sus principales logros deportivos.

Refuerce las características de la personalidad del hombre que reflejen su singularidad. Cuando le cuente algo que demuestre que es superior a otro individuo, sonría o haga un gesto de aprobación con la cabeza. La mejor manera de complacerlo es escucharlo, demostrarle que aprueba lo que le está contando y decirle cuán extraordinario es.

Al entrar a un elevador, una de mis clientas vio a un hombre que le llamó muchísimo la atención. Como el edificio tenía pocos pisos y el elevador era rápido, ella disponía de menos de treinta segundos para actuar. Miró, pues, al hombre y le dijo: «No lo conozco, pero me gustaría conocerlo. Usted tiene algo especial». Ella salió del elevador sin haberle dicho su nombre. Él quedó anonadado. La buscó por todo el edificio hasta que la encontró y actualmente están casados.

Lo que hacen los hombres para sentirse excepcionales
La necesidad que tienen los hombres de sentir que son únicos los lleva a hacer cosas muy poco corrientes. De las siguientes, ¿cuáles le recuerdan a su hombre?

- Hacer deportes de alto riesgo.
- Tener una mascota exótica.
- Usar tatuajes.
- Lucir un bigote exótico.
- Contar historias estrambóticas o exagerar los relatos.
- Utilizar ropa chillona o joyas costosas.
- Gastar en exceso o dar propinas exageradas.
- Actuar temerariamente.
- Conducir un automóvil diferente a todos.
- Realizar actividades que, en su opinión, no son propias de los hombres corrientes.

Cuando la relación esté más avanzada y él quiera deslumbrarla con las historias de sus éxitos, aliéntelo a contarle más cosas. Cuanto más hable, tanto más se apegará a usted. Cuando se canse de hablar, asegúrele que usted lo encuentra interesante y hágale comentarios sobre algunas de las cosas que le haya contado para demostrarle que lo ha escuchado con atención.

Conviértase en promotora de su hombre
Elogie siempre al hombre delante de sus familiares, compañe-

ros de trabajo y amigos. Conviértase en su mejor promotora y hable bien de él. Haga comentarios como: «Él sería la persona ideal para este proyecto». Pero si su ego se ha inflado, reduzca en privado los elogios a sus justas proporciones. Bastará con decirle algo de este corte: «¡Qué divertido! Tu jefe creyó todo lo que dije sobre ti».

Otras frases elogiosas pueden ser:

- Mi novio es el hombre más extraordinario que he conocido.
- Él es lo máximo.
- Después de crearlo, Dios rompió el molde.

Para ser feliz, el hombre necesita sentirse especial, y aspira a que una mujer reconozca que lo es y se lo diga. Sus amigos varones no refuerzan estos sentimientos porque están demasiado ocupados con su propia necesidad de sentirse especiales.

Los superlativos

Emplee superlativos para hacer que su hombre se sienta singular. Siempre y cuando usted lo crea, dígale que es, por ejemplo:

- El más inteligente.
- El mejor vestido.
- El más valioso.
- El más sexy.
- El más interesante.
- El más divertido.
- El más ambicioso.
- El más comprensivo.

Cuéntele por qué es distinto de todos los demás hombres, y cuénteselo al mundo. Su hombre tiene un ego tan grande que la considerará brillante por reconocer sus condiciones excepcionales. Y pronto creerá que lo es porque de eso dependen, en gran parte, su supervivencia y su autoimagen. La mayor debilidad de los hombres es su deseo de ser grandes.

Las mujeres acostumbran elogiarse unas a otras y de esta manera satisfacen su necesidad de ser aprobadas por sus amigas. En cambio, los hombres no se elogian en un contexto social. Piense en esta frase: *Me gusta tu atuendo.* Las mujeres pueden hacerle este comentario tanto a una mujer como a un hombre, pero los hombres solo se lo harían a una mujer. Ellos, más bien, se mofan unos de otros. Por ejemplo: «Espero que te hayan rebajado esa camisa a la mitad». Ellos buscan aprobación en otra parte: en las mujeres que reconocen su singularidad.

CÓMO ELOGIAR A SU HOMBRE

Elogiar a su hombre es esencial para el éxito de la relación porque la mayoría de ellos requiere más elogios que críticas. Antes de criticarlo, elógielo. Esto lo fortalecerá emocionalmente para soportar la crítica que le hará después. Pero no le mienta. Si realmente no cree que él es un ser excepcional o no lo puede alabar sin mentirle, ya no debería figurar en su lista de posibles maridos.

Vuelva a su hombre adicto a sus palabras
Aprobamos a una persona cuando la elogiamos o la felicitamos. Retiramos la aprobación cuando la criticamos.

La mujer inteligente aprueba a su hombre para reforzar la creencia que él tiene de que es especial. Y el hombre se vuelve adicto a sus palabras.

¿Por qué buscan ellos aprobación y elogios?
El hombre enfrenta un conflicto. Por una parte, se cree ex-

cepcional, importante, deseable, valioso, atractivo y exitoso. Pero, por otra parte, debe encarar la realidad de ser apenas un empleado más y no un líder, y de no ser especial ni mental ni físicamente. Él sabe que la fama es pasajera, al igual que cualquier éxito deportivo o comercial que esté disfrutando. Sus delirios de grandeza lo hacen sentir como un farsante. Analicemos el poder de la mente y veamos lo cruel que puede ser.

Las afirmaciones negativas nos afectan más que las positivas. Estoy segura de que usted recibe más halagos que críticas, pero recuerda las críticas más vívidamente. Lo mismo le sucede al hombre que le gusta. Si yo le dijera: «Usted es una mujer muy atractiva», sonreiría y pronto olvidaría mi comentario. Pero si le dijera: «Su nariz es grande, ¿verdad?», probablemente no lo olvidaría tan rápido.

La mente también nos juega malas pasadas. Piense en lo que ocurriría si le pusiera un micrófono en la mano y le pidiera que hablara. El banco de su memoria seguramente se bloquearía y usted no encontraría nada interesante para decir. Es lo mismo que le pasaba cuando estaba en la escuela. A pesar de haberse preparado para presentar un examen, su mente quedaba en blanco en el momento de responder.

Si su hombre está pasando por un momento particularmente bueno, la mente le traerá recuerdos desagradables para desinflar su fachada. Incluso en las condiciones más ideales, la mayoría de los hombres afronta un mundo hostil. Procurando combatir sus pensamientos negativos y debido a la necesidad que tienen de sentirse superiores, subestiman a los demás. Todos necesitan una mujer que les ayude a desechar esos pensamientos y, si usted sabe elogiarlos, los atraerá porque despertará en ellos gratitud y afecto.

El orgullo eclipsa al instinto de supervivencia
El instinto de supervivencia es el más fuerte que existe; no

obstante, en algunos hombres, el orgullo es más fuerte que el deseo de vivir. Otro instinto importante es la vanidad; por eso, para muchos hombres es casi imposible renunciar a sentirse importantes y aceptados. Cuando su orgullo sufre un golpe grave, ellos dejan de sentirse valiosos y empiezan a pensar que su vida es insignificante.

El hombre busca elogios y aprobación incluso en detrimento de su vida, su salud, su negocio y su bienestar general. Ese orgullo desmedido puede interferir con el sentido común. Un hombre que conocí había amasado recientemente una gran fortuna y le pagaba a su chofer el triple de lo que se consideraba un sueldo excelente para ese oficio. ¿Por qué? Porque el ahora millonario una vez había sido ¡el chofer de su chofer! Ese hombre pagaba una suma exorbitante para poder jactarse de su ascenso económico.

No subestime la importancia de ciertos episodios. Si, para sentirse feliz, su hombre requiere una dosis muy grande de aprobación, ¡désela! Cuanto más lo halague, tanto mayor será la necesidad de contar con su compañía.

Los malos pensamientos
Las diversiones mitigan la ansiedad que les producen a los hombres ciertos «malos pensamientos». Ellos visitan lugares nuevos, salen de pesca, ven televisión, trabajan, ven cine y hacen mil cosas más para no pensar en sí mismos. No hay peor castigo para ellos que quedarse solos rumiando sobre sus acciones pasadas. Hasta a los criminales más despiadados les produce horror la perspectiva del confinamiento solitario.

Las relaciones sexuales desconectan al hombre de sus problemas. En esos momentos, su mente deja de recordarle los errores que ha cometido, las cuentas pendientes y las preocupaciones que lo agobian. Pero esa paz mental dura poco; los pensamientos negativos regresan tan pronto como queda satisfecho.

CÓMO HACERLO SENTIR IMPORTANTE

A las lectoras que no sepan cómo empezar a elogiar a sus hombres, les recomiendo que partan de hacerlos sentir importantes. Veamos dos ejemplos. Jane había estado felizmente casada durante más de treinta años. Cuando sus hijos, ya adultos, se fueron del hogar, ella quedó sola con su marido y descubrió que eran prácticamente dos extraños. Durante años, toda su comunicación había girado en torno a los hijos y a los asuntos familiares. Jane sabía que tenía que romper ese muro de silencio elogiando a su esposo y reconociendo lo especial que era. Temiendo que ese proceso fuera difícil, me pidió que le ayudara a dar el primer paso.

En ese punto, un niño del vecindario de aproximadamente seis años entró corriendo a la habitación donde estábamos Jane y yo, y nos saludó. Tan pronto como lo vio, los ojos de Jane se iluminaron. El pequeño le dio un beso y un abrazo, como hacía todos los días. Él la quería mucho porque ella era amable y generosa con los chiquillos. Mientras el niño le contaba cómo había pasado el día, el rostro de Jane denotaba interés y entusiasmo. Luego, ella lo abrazó, le acarició el cabello, le pidió que se sentara a su lado y le sirvió un vaso de leche con galletas. Pero lo más importante fue haberle dedicado todo el tiempo necesario para que le contara sus historias y haberlo escuchado con tanto interés. Le recomendé a Jane que actuara con su marido como con ese niño.

Mi clienta había hecho que el pequeño se sintiera importante y especial. Para la mayoría de las mujeres es fácil demostrarle aprobación a un niño de seis años. Recuerde que, a pesar de medir casi dos metros y de haber dejado la infancia atrás hace ya mucho tiempo, su hombre sigue siendo un niño cuando de buscar aprobación se trata.

Andrea era una ejecutiva de nivel medio y su vida social era muy limitada. Ella temía hablar con los hombres que la invitaban a salir, aunque se sentía a gusto con toda la gente de su organización, independientemente del cargo. Mientras Andrea me contaba lo difícil que le resultaba relacionarse con los hombres a nivel social, Jim, uno de sus principales subalternos, entró a su oficina para su reunión semanal.

Andrea le pidió a Jim que se sentara y se aseguró de que estuviera cómodo. Le ofreció un refresco y la oportunidad de expresar todas sus inquietudes acerca del negocio. Lo escuchó con atención y tomó nota mental de sus contribuciones al desarrollo de la empresa. Luego, con entusiasmo e interés, le hizo comentarios que demostraban que había comprendido perfectamente lo que él le había contado. Andrea había hecho que ese hombre se sintiera importante. Cuando, finalmente, aplicó a su vida social su gran capacidad de escuchar y elogiar, empezó a tener mucho éxito con los hombres.

Acarícielo con palabras

Salude siempre por su nombre y con un cálido «¡Hola!» al hombre con el que esté saliendo. Su sonrisa debe indicarle que se alegra de verlo. Cuando estén conversando, mencione su nombre al menos cada cinco minutos. Su nombre es posiblemente el sonido que más le gusta; por lo tanto, utilícelo a menudo.

Mantenga feliz a su hombre acariciándolo con palabras; de esto depende su vida emocional en pareja. Comience por sus atributos físicos. Dígale que es guapo, que le fascina su forma de mirarla, que sus ojos tienen un brillo especial. Si tiene algún rasgo excepcional, destáquelo. Si no es apuesto, dígale que aunque algunas mujeres podrían no considerarlo «atractivo», para usted lo es. En caso de que no pueda decirle eso sinceramente, busque otro hombre.

A continuación, elogie su modo de pensar. Valide sus pensamientos diciéndole que es inteligente. Aun cuando usted no comparta todo lo que piensa y se lo haga saber, alabe la lógica con que razona. Siempre es posible endulzar lo que se le dice a un hombre, y cuando se exagera con este recurso, hay remedio. En cambio, para la dureza no lo hay.

Sírvale de espejo a su hombre
Su hombre necesita saber lo que usted piensa de él. Todo lo que usted le dice lo impacta. Él no puede verse a sí mismo ni evaluarse con objetividad. Para juzgarse, depende del *feedback* que usted y otras mujeres le den. Los hombres no se relacionan entre sí como lo hacen las mujeres; por eso, su hombre depende de usted para recibir cierta clase de elogios.

Hay cosas que los hombres *nunca* dirían en una conversación normal con otros hombres. Por ejemplo:

* Estoy guapísimo, ¿verdad?
* ¿No me veo divino?
* ¿Tú crees que las mujeres me encuentran deseable?
* ¿No te parece que mi trasero es muy plano?
* ¿En tu opinión, cuál me sienta mejor, el malva o el rojo?

Sírvale de espejo a su hombre y refléjele cómo lo ve el mundo. Al principio, podría parecerle divertido o quedar desconcertado, pero la escuchará con sumo cuidado y deseará oír más. La naturalidad con que usted lo haga le indicará que es una mujer tan segura de sí misma que no teme evaluarlo. Él le creerá puesto que no tiene cómo contradecirla, excepto valiéndose de la opinión de otras personas.

CÓMO CRITICAR A SU HOMBRE

Usted ha elogiado al hombre que ama para hacerlo sentir especial. Reconocer que es un ser excepcional debe ser la razón por la que usted desea brindarle compañía, sexo y todo lo que puede ofrecerle. Pero también es preciso criticarlo porque, de no hacerlo, usted saldrá perdiendo. La crítica hace más intensa la relación ya que aviva las emociones y aporta sentido de realidad. Equilibrar la crítica con el elogio refuerza las emociones positivas que usted genera en él.

La crítica es natural y forma parte de todas las relaciones interpersonales. ¿Recuerda que sus padres la criticaban, a pesar de lo mucho que la amaban? Le decían: «Tu habitación es un caos» o «No puedes sentarte a cenar mientras no te hayas peinado» o «Si eres tan inteligente, ¿por qué sacaste esta pésima nota en historia?». Usted aprendió a asociar un cierto nivel de crítica con el amor, al igual que su hombre. Critíquelo cuando sea preciso, pero hágalo con amor y aceptación, como hacían sus padres.

Es posible que usted haya halagado demasiado a su hombre y que, como consecuencia, se le hayan subido los humos a la cabeza y esté empezando a excluirla de su vida y a verla como si fuera inferior a él. Nunca permita que él crea que es demasiado bueno para usted. Si eso está ocurriendo, critíquelo. ¿Para qué? Para incrementar su propia importancia.

Usted hará que el hombre de sus sueños quiera entablar una relación permanente demostrándole que es maravillosa y que él es afortunado de tenerla. Esto se logra haciendo que tome conciencia de las cualidades suyas y de los defectos de él. Usted lo quiere por las cualidades que tiene; sin embargo, lo que le permitirá establecer una relación a largo plazo con él son sus debilidades. Como les sucede a todas las mujeres, a pesar de sus defectos, usted tiene cualidades que la hacen superior a las demás. Su hombre, a pesar de sus muchas cualidades, tiene defectos que lo hacen inferior a los demás. Las críticas que usted le haga le ayudarán a mantener los pies en la tierra.

Remueva las emociones del hombre que ama

Cuando las conversaciones formales se vuelvan aburridas, empiece a remover las emociones de su hombre. Para entonces usted ya sabrá qué temas despiertan su sensibilidad. Traiga a colación alguno, explicándole que no por eso disminuirán el respeto y el cariño que siente por él. Dígale, por ejemplo: «Adam, tú no eres alto, pero eres un hombre encantador. Me imagino que alguna vez deseaste haber sido más alto, ¿verdad?». Esta puede ser una invitación a expresar su frustración por su corta estatura o su orgullo por haber superado los sentimientos de inferioridad causados por esa característica.

Criticar con tacto al hombre que ama no solo hará que se sienta complacido con la atención que usted le dispensa, sino que capte que no lo está rechazando. Usted puede, y debe, criticarlo, pero siempre demostrándole aceptación. Él se sentirá feliz de saber que usted lo ama, a pesar de reconocer que es un ser humano común y corriente.

En las primeras etapas de la relación, el comportamiento de los dos integrantes de la pareja es prácticamente perfecto. No obstante, ambos se sentirían incómodos si tuvieran que seguir portándose de esa manera indefinidamente. Usted y el hombre de sus sueños necesitan relajarse y sentirse tranquilos en su mutua compañía. Un cierto nivel de crítica facilita la transición del comportamiento formal a uno más informal y relajado. Recurra a la crítica para bajar a su hombre del pedestal en que lo ha tenido. Como le sucede a usted, para él no es agradable fingir que es perfecto.

Critíquelo en privado

Un grave error que cometen algunas mujeres es criticar a sus hombres delante de otras personas. No importa cuáles sean las circunstancias, los hombres detestan quedar mal en público. Cuando una mujer compra un artículo y después decide que ya no lo quiere, no duda en devolverlo. Pero, a menos que el producto haya salido defectuoso, muy pocos hombres son capaces de hacer lo mismo. Si, en una situación tan intrascendental como esa, ellos detestan mostrar que se equivocaron, piense cómo se deben de sentir cuando la situación reviste cierta importancia.

Usted puede criticar a su hombre. Pero espere a que estén solos.

La diferencia entre la crítica y la ofensa

Critique al hombre, pero no lo ofenda ni abuse físicamente de él. Hay una gran diferencia entre la crítica y la ofensa, y cuando amamos a alguien es fundamental comprenderla.

Mientras que las críticas se centran en las fallas, las ofensas son afirmaciones injuriosas cuyo único propósito es suscitar ira. Cuando nos ofenden, reaccionamos a la virulencia de quien nos agravió y no a la esencia de lo que nos dijeron. En cambio, cuando nos critican, nos enfocamos en la esencia de lo que hemos escuchado. Pero cuando una afirmación combina la ofensa y la crítica, reaccionamos a la defensiva y con hostilidad.

Supongamos que usted está en el supermercado haciendo fila para pagar y que, en cierto momento, una mujer la acusa de quitarle su turno en la fila y la llama gorda y estúpida. Estas son ofensas, intentos de menospreciarla y hacerla enfadar.

Ahora supongamos que la mujer le dice que usted le está tratando de quitar su puesto en la fila para que la gente no vea que su vestido está hecho jirones, o porque es demasiado ciega como para ver lo que hace. Esas afirmaciones son agravios, pero si su vestido es realmente muy viejo y, además, se le ve mal, también son críticas porque se refieren a hechos reales. Aunque usted no se sienta herida en el momento, esas palabras permanecen en su mente y podría sentirse afectada poco después.

Nunca ofenda a su hombre. Dígale, más bien:

- ◆ Tienes muy sucias las uñas.
- ◆ Arréglate el cuello antes de salir de casa.
- ◆ Pagaste demasiado por tu nuevo auto.
- ◆ Es hora de que te mandes cortar el pelo.
- ◆ Esos zapatos no te van bien con este traje.
- ◆ Afortunadamente piensas mejor de lo que escribes.
- ◆ Esta corbata no te sienta; mejor ponte una azul.

Estas críticas no harán que un hombre normal la deje. De hecho, la crítica desempeña un papel crucial en su relación con los hombres. Las ofensas no.

LOS SENTIMIENTOS DE INSEGURIDAD DEL HOMBRE

Si bien todo el mundo se siente inseguro de vez en cuando, este sentimiento es más frecuente en los hombres que en las mujeres. Los hombres se suelen comparar desfavorablemente con otros hombres; en cambio, las mujeres no son tan duras cuando se comparan con otras mujeres. La mujer piensa: *Bien, ella tiene mucho más dinero que yo, pero yo soy más joven.* La mujer es más benévola consigo misma a la hora de juzgarse.

La sociedad fomenta la competencia entre los hombres. Por lo general, ellos no se apoyan, sino que se mofan unos de otros. Al calvo, sus amigos lo llaman afectuosamente «Cabeza de melón». Las mujeres no se hacen bromas de esta clase.

Todos los hombres —y todas las mujeres— experimentan sentimientos de inseguridad, de insuficiencia. Comprender esos sentimientos le ayudará a sentir más confianza en sí misma cuando salga con hombres. ¿Verdad que es más fácil relacionarse con un hombre sabiendo que, por atractivo que parezca, él se siente más inseguro que usted?

Hay hombres que hablan con total libertad sobre esos sentimientos cuando están con alguien que aborda el tema con empatía y a quien, además, consideran inteligente. Poder hablar sobre sus inseguridades y fracasos hará que su hombre se sienta más a gusto con usted que con cualquier otra persona.

Usted conocerá cada vez más profundamente a su hombre. Descubra sus inseguridades temprano en la relación. Téngalas en cuenta, junto con sus fallas y sus cualidades, para determinar si es el hombre correcto para usted.

APROVECHE LOS SENTIMIENTOS DE INSEGURIDAD DE SU HOMBRE

La clave para criticar eficazmente al hombre es conocer sus inseguridades. Ese conocimiento le dará a usted una gran ventaja durante le proceso de construir una relación duradera.

La fachada del hombre

Todos los hombres, al igual que todas las mujeres, experimentan sentimientos de superioridad y, también, de inferioridad. Usted descubrirá fácilmente los sentimientos de superioridad de su hombre, pero le será mucho más difícil descubrir los de inferioridad, o insuficiencia. El aspecto crucial para conocer esos sentimientos es derribar la fachada que él le muestra al mundo. Pero, ¿qué es una fachada?

La fachada es la parte frontal de una edificación y, por lo regular, la principal y más ornamentada. Todos los hombres tienen una imagen, o fachada, que le muestran al mundo. Cuando usted conoce a un hombre, él oculta sus pensamientos, conflictos, pasiones y deseos más íntimos tras una fachada. Pero usted puede llegar a conocerlo retirándola y haciendo que sus inseguridades queden al descubierto. Obtenga esa información de la siguiente manera:

- Comience refiriéndose a las inseguridades más comunes en los hombres.
- Pídale que le hable de sí mismo.
- Esté atenta a las confesiones que le haga.
- Observe cómo se comporta con los demás.

Obtenga esta información solamente en privado. Luego, observe sus reacciones con mucha atención. Los sentimientos de inferioridad de su hombre son la clave para comprender el modo como se comporta con usted.

La crítica tiene límites

Cuando tenga que criticar a su hombre, enfóquese en el sentimiento de inferioridad más palpable y que más lo atormente. El objetivo es hacer que se vuelva dependiente de su aceptación y su aprobación, lo que le permitirá a usted mantener el control de la relación. Critíquelo con base en sus inseguridades, pero evite cometer cuatro errores garrafales:

- Despojarlo del sentimiento de que es un ser único.
- Atacar sus aspiraciones.
- Atacar su sexualidad.
- Criticarlo en público.

Si desea que su relación prospere, observe estas cuatro salvedades.

Cinco fuentes comunes de inseguridad

Los hombres suelen compararse adversamente con los demás en torno a cinco temas:

1. *Los atributos físicos.* Su punto de comparación son los mejores atletas.

2. *Los atributos mentales.* Se comparan con el hombre más inteligente que conocen.

3. *Los atributos morales.* Se comparan con el hombre que más admiran por su rectitud.

4. *El éxito financiero.* Se comparan con el hombre que tiene más éxito económico.

5. *La estabilidad familiar.* Se comparan con los hombres que gozan de una situación familiar sólida.

Sentimientos de inferioridad a causa del origen

Los hombres se pueden sentir inferiores a causa de su grupo étnico, su religión, su raza, la apariencia de sus familiares, su trabajo, las instituciones donde estudiaron y hasta el hogar donde crecieron. Preguntas como: «¿De dónde es usted?» o «¿En qué trabaja su padre?» pueden hacen sentir mal a un hombre que haya nacido y crecido en un vecindario pobre.

Si un hombre alardea de su ascendencia, no permita que se centre exclusivamente en sus antepasados ilustres, haciendo caso omiso del resto. Si fuera posible rastrear su linaje hasta muy atrás en el tiempo, no cabe duda de que encontraría personajes de los que no se sentiría muy orgulloso. Cuando hable de alguno de sus antepasados, pregúntelo por qué excluye a los demás.

¿Qué hacer si su hombre critica *su* origen? Si usted se siente acomplejada, por ejemplo, a causa del lugar donde nació o a su clase social, puede ver las cosas desde otro ángulo. Las metas que está logrando se deben a su esfuerzo y perseverancia. Siéntase feliz de haber superado las limitaciones de un origen poco privilegiado. Enorgullézcase de sus raíces; ellas hicieron de usted la persona que es hoy.

Sentimientos de inferioridad basados en el físico

A los hombres les preocupa no tener un físico perfecto. Hasta el hombre más apuesto se estremece ante cualquier referencia a su estatura, su edad, su peso, su contextura, su cabello o su atuendo. Los hombres pueden sentirse inferiores físicamente debido a factores reales, a que se sienten incómodos con su cuerpo o a que otras personas han criticado su aspecto. La apariencia es una gran fuente de críticas porque lo único que vemos de nosotros mismos es una imagen en el espejo, y solemos desdeñarla.

Si su hombre le recuerda que usted no es exactamente una beldad, dígale que algunos la consideran atractiva y ven como una cualidad lo que él ve como un defecto. Hágalé saber que no existe un patrón universal de belleza y que, para algunos hombres, usted es hermosa. Mientras que a las mujeres bellas les cuesta trabajo casarse, las mujeres corrientes se casan fácilmente.

Sentimientos de inferioridad basados en la posición económica

Si un hombre trata de hacerla sentir inferior presumiendo de su riqueza o sus ingresos, póngalo en perspectiva suscitando en él sentimientos de incompetencia económica. Dígale, por ejemplo: «Siendo tan inteligente, me sorprende que no tengas más dinero». Hágale algún comentario sobre el bajo rendimiento o la desvalorización de sus inversiones, o sobre los impuestos tan altos que paga.

No solo los hombres que rondan la línea de pobreza se sienten inferiores. Los que son muy ricos también pueden experimentar estos sentimientos, pues conocen gente más adinerada que ellos. La mayoría de los hombres nunca se compara con personas menos pudientes, sino con el individuo más rico que conoce. Si John es propietario de un hotel, se comparará con Nick, que posee tres. Por su parte, Nick se comparará con Ron, que es el dueño de una gran cadena hotelera. La crítica basada en la posición económica se debe utilizar con sumo cuidado y solo si el hombre alardea de su dinero.

En caso de que *usted* no posea mayores bienes de fortuna, no se preocupe. Si el hombre que ama la hace sentir mal por esta razón, recuérdele que la fortuna de la que tanto se envanece puede esfumarse de la noche a la mañana.

Sentimientos de inferioridad relacionados con la educación

Hasta las personas mejor educadas captan que son ignorantes en muchos campos. A los hombres les preocupa no poder contestar en público preguntas cuyas respuestas deberían conocer. Por lo regular, ellos se sienten incompetentes fuera de su ámbito profesional. E incluso en su profesión, con frecuencia piensan que no están del todo capacitados, pues desconocen las subespecialidades. Nunca deje que su hombre se considere demasiado instruido para usted.

Es tan gigantesca la cantidad de libros que existen que se necesitaría más de una vida sólo para leer los títulos. Todos hemos leído algunos y, en medio de ese maremágnum de conocimientos, cada uno de nosotros sabe algo que los demás desconocen. Si su hombre la menosprecia, dígale: «Esta es la tercera idea tonta que has expresado hoy» o «¿Cómo es posible que siendo tan educado te expreses como un ignorante?».

Sentimientos de inferioridad relacionados con la moral

A su hombre le puede preocupar la moral de su propia familia. Es posible que guarde secretos que lo harían avergonzar profundamente si salieran a la luz. Tal vez se pregunta si la posición social de la que goza su familia se alcanzó por medios lícitos o no. ¿Hizo su padre negocios deshonestos? ¿Consume drogas ilícitas su hermano? ¿Hay en su familia algún hijo ilegítimo? Si su hombre ataca su moral o critica a su familia, respóndale esgrimiendo sus deficiencias morales. Recurra a este tipo de crítica solamente para defenderse. Usted debe enorgullecerse de sus logros y de los valores de su familia.

Esté atenta a las consecuencias
Cuando lo considere necesario, haga que su hombre tome conciencia de sus sentimientos de inferioridad. Algunas de las cosas que podría señalarle son:

- Su conducta social inadecuada.
- Su posición social baja.
- Su malos modales en la mesa.
- Su irritabilidad con el jefe.
- Su falta de logros.

Para defenderse, él podría tratar de hacerla sentir incompetente aunque no crea lo que está diciendo. Hay hombres que hacen esto para probar a la mujer como pareja potencial. Cuando tenga que impresionar a su hombre con los atributos positivos que usted tiene, recuérdele sus deficiencias. Sea valerosa a la hora de defenderse. De lo contrario, él pensará que usted no será capaz de defenderlos a él y a sus futuros hijos del mundo exterior.

Aterrice a su hombre
Si usted está saliendo con un hombre que trata de impresionarla con el trabajo que realiza, aterrícelo. Dígale, por ejemplo:

- Estoy segura de que hay otras personas calificadas que realizan trabajos parecidos.
- ¿Cuántas vidas salvaste hoy?
- ¿Cuándo crees que te van a dar el Premio Nobel?

Hay otras situaciones que se prestan para restarles importancia a los logros del hombre y hacer que caiga en cuenta de que no es perfecto:

- Si alardea de que es médico, hágale notar que no es abogado y, por lo tanto, no está calificado para desempeñarse en el campo de la medicina forense.
- Si es abogado, dígale que, para considerarse un experto en cuestiones tributarias, necesita un certificado que lo acredite como contador público.
- Si se jacta de que tiene mucho dinero, pero *solo* si se jacta, háblele de gente que tenga mucho más que él.
- Si es capitalista, dígale que a veces da la impresión de que fuera socialista.

Si el hombre se cree exageradamente valioso, haga que ponga los pies en la tierra haciéndole comentarios sencillos, como estos:

- Puedes ser profesional, pero no hablas como si lo fueras.
- Si midieras cinco centímetros más, serías perfecto.
- Tu corbata casi va bien con el traje que llevas.
- Estás actuando de una manera infantil.
- Presta atención cuando te hablo.

Cuando el hombre es arrogante

Si es preciso, enfatice las deficiencias del hombre con el que está saliendo. Esta es la técnica más apropiada cuando se trata de un individuo arrogante y, en especial, si es cortante con usted, la subestima o la critica demasiado. También conviene recurrir a esta técnica si él empieza a desatenderla o a dar señales de que se aburre con usted. En esos momentos, critíquelo. Y, de vez en cuando, enfréntelo con frases como: «Desde luego; tú eres Mister Universo», o «Recuerdo perfectamente cuando recibiste el Oscar». Comentarios como estos no lo ahuyentarán, pero sí harán que repare en sus imperfecciones.

Aunque la crítica constructiva siempre es preferible a la crítica no constructiva, si el hombre ha sido arrogante y exigente, utilice la segunda. Por ejemplo: «Si hubieras sido un poco más joven, te habrían dado ese papel».

Muchas mujeres conscientes de sus propias deficiencias se abstienen de criticar a los hombres porque creen que no tienen autoridad para hacerlo o porque temen que se vuelvan contra ellas y acaben con el poco orgullo que tienen. Cuando usted le recalque a un hombre sus deficiencias hasta el punto de que se sienta herido, no se sorprenda si reacciona ofendiéndola. Esta reacción es natural en esas circunstancias y significa que le ha tocado fibras sensibles. Seguramente él no cree lo que le ha dicho, pero es su manera de expresarle cuánto le dolió su comentario.

Sus críticas deben tener un límite. Si su hombre piensa seriamente que usted pretende destruir su ego, se volverá contra usted. No lleve las cosas al extremo de poner en tela de juicio su valor como persona. Hasta su perro soportará que le dé una zurra, mientras no sienta que está planeando destruirlo. Si teme ser destruido, la atacará. Lo mismo hacen los hombres.

La conciencia del hombre como herramienta
Cuando tenga que criticar a un hombre, básese en su conciencia. Si se muestra altivo o distante, esta técnica lo puede devolver a la realidad.

Los padres, los jefes, las esposas, los amigos, los sacerdotes, los maestros y los enemigos son quienes más influyen en la conciencia de los hombres, haciéndoles creer que su desempeño es inferior a lo esperado. Quienes formaron la conciencia de su hombre hacen que él se sienta decepcionado de sí mismo y que crea que los está defraudando. Esas personas influyeron de modo determinante en sus valores morales y en su autoconcepto, y él siente que debe responder ante ellas. Por eso, trata de complacerlas aun a costa de su propia felicidad.

Responda las siguientes preguntas para determinar quién —o quiénes— influye en la conciencia de su hombre:

- ¿Ante quién aparenta ser lo que no es?
- ¿Quién censura sus ideas y su conversación?
- ¿Para quién se viste?
- ¿A quién le ocultaría sus conflictos emocionales?
- ¿Quién se preocuparía si él llevara a su casa a una mujer de diferente religión u origen?
- ¿Para quién arregla y limpia su hogar más de lo usual?
- ¿Quién se desilusionaría si lo viera desarreglado?
- ¿A quién le oculta su verdadera situación económica?
- ¿A quién no se atrevería a pedirle un préstamo aunque se estuviera muriendo de hambre?
- ¿A quién le ocultaría su historia sexual?

Escúchelo atentamente y sabrá quiénes influyen en su conciencia. Luego, cuando tenga que bajarle los humos, traiga a colación los pensamientos desagradables que esas personas sembraron en él. Los siguientes ejemplos le indicarán cómo valerse de la conciencia de su hombre. El individuo de los ejemplos tiene madre, jefe, hermana y un amigo, Jerry:

- ¿Qué diría tu madre si te viera actuar así?
- ¿Sabe tu jefe lo ignorante que eres en este tema?
- ¿Seguiría tu hermana creyendo que eres un excelente vendedor si supiera que perdiste ese cliente?
- ¿No crees que a Jerry le gustaría enterarse de lo poco que ganaste el mes pasado?

EQUILIBRE EL ELOGIO Y LA CRÍTICA

Al combinar el elogio con la crítica, usted transmite este mensaje: *Yo soy suficientemente buena para ti, pero ¿eres tú suficientemente bueno para mí?* Es importante mantener un equilibrio adecuado.

En cualquier relación entre dos personas, es normal que una sea superior a la otra en algunos campos. Esta situación se parece a un balancín: cuando uno está arriba, el otro está abajo. Pero en la relación hombre-mujer, una marcada superioridad de una persona sobre la otra priva a la pareja de la dependencia mutua que permite establecer una relación a largo plazo.

Si usted fuera crítica de cine y le gustaran todas las películas que evaluara, el público dejaría de respetarla. Lo mismo sucedería si todas las películas le disgustaran. Para demostrar que tiene discernimiento, tendría que recurrir tanto al elogio como a la crítica. Usted no podrá ser una madre, una maestra, una ejecutiva, una amiga o una esposa efectivas si no sabe cómo utilizar estas dos herramientas.

Existen más palabras negativas que positivas. Por cada dos palabras negativas que usted conoce, hay una positiva, y seguramente usted utiliza esa misma proporción cuando habla. Pero conviene acabar ya con este mal hábito y empezar a utilizar más palabras positivas que negativas en sus conversaciones.

Esto se traducirá en más palabras de reconocimiento y aprecio para su hombre, que la recompensará con su amor.

Dosifique el elogio y la crítica

Conozca las palabras específicas de elogio y de crítica que influyen en su hombre. Luego, equilíbrelas de acuerdo con lo que él necesite. Usted ya descubrió el grado de elogio y crítica que él recibió en su niñez, en su adolescencia y de adulto. La mayoría de los hombres se siente bien con un nivel de elogio y de crítica comparable al que recibió en el pasado.

En su trato con el hombre de sus sueños, guíese por la proporción de elogio y crítica que recibió especialmente de sus padres. Sin duda, ellos lo criticaron, pero también lo aceptaron con sus debilidades y virtudes.

Algunos hombres se rebelaron contra el nivel de elogio y de crítica que recibieron de sus padres, sobre todo si había un desequilibrio notorio entre los dos. Si eso le ocurrió a su hombre, no se base en esas experiencias. Básese, más bien, en el elogio y la crítica que recibió de sus mejores amigos.

ENAMÓRELO CON SU MANERA DE ACTUAR

¿Es usted una tonta que no aporta nada a la relación? ¿O una exagerada admiradora de su hombre que solo lo alaba y nunca lo critica? ¿O una gruñona que lo critica y nunca lo elogia? ¿O una mujer calculadora que hace ambas cosas? De estas cuatro alternativas, la última es la mejor pues mantiene vivas las emociones de su hombre y hace que él busque por todos los medios que usted lo elogie.

La tonta

Si usted nunca elogia ni critica al hombre, él la verá como una tonta. Usted tal vez piensa que no criticarlo es una señal de lo mucho que lo ama. No obstante, él lo considerará una debilidad. Cuando es apropiado criticarlo, pero usted no lo hace, él puede pensar una de tres cosas:

1. Que usted es demasiado boba para reconocer sus faltas y, por lo tanto, demasiado boba para él.
2. Que usted es demasiado insegura como para mostrarle sus errores y, por lo tanto, es demasiado cobarde para él.
3. Que él es perfecto, caso en el cual él es demasiado bueno para usted.

La admiradora en extremo

Las mujeres hemos aprendido a buscar la aprobación de los demás siendo amables con todo el mundo y evitando decir cosas desagradables. «Si no puedes decir algo bueno, no digas nada». De niñas, la amabilidad nos reportaba la aprobación de nuestros mayores, pero ya de adultas, no hace que un hombre nos ame, nos necesite o se case con nosotras. Olvídese de las reglas infantiles que la obligaban a ser «buena gente» y toque temas que despierten la curiosidad, la pasión y el deseo del hombre. No lo adule ni se porte como una admiradora exagerada. Si es demasiado complaciente, él dejará de valorarla.

La gruñona

La mujer que se queja sin cesar o que vive reprochando al hombre termina perdiéndolo. Criticar a un hombre más de lo que lo hacía su madre es buscarse problemas.

La calculadora

Piense en sus amigas y conocidas que tienen más éxito con los hombres. Esas mujeres son exigentes con ellos y no temen hacerles reclamos, pero, aun así, los aceptan. Aunque usted considere que son calculadoras, muchos hombres buscan su compañía; hombres que usted ha perdido por querer agradar siempre. Para tener éxito, hay que ser dura en algunas ocasiones. Probablemente usted es demasiado condescendiente.

Demuéstrele a su hombre que su autoestima es alta no dejándose impresionar fácilmente. Los hombres se sienten honrados cuando una mujer difícil de complacer los elige como pareja, pues piensan: *Ella tiene un alto concepto de sí misma; por lo tanto, debe de ser una persona especial.* O: *Ella tiene una mala opinión de la mayoría de la gente; si me aceptó como pareja suya, debo de ser un hombre especial.*

La diferencia entre la mujer calculadora que tiene éxito con los hombres y la gruñona que los ahuyenta es que la primera alterna el elogio y las palabras de admiración con la crítica. Esto hace que el hombre se mantenga firme en la relación. Pero cuando la mujer lo critica sin cesar, la relación está condenada al fracaso.

A muchas mujeres les sorprende que los hombres rechacen a las mujeres «buenas», sin reconocer que ellas hacen lo mismo: rechazan a los hombres excesivamente atentos y amables con ellas, pues los consideran débiles y aburridos.

Usted quizás tiene el instinto de censurar, pero lo ha reprimido. Analice cómo trata a los hombres que no le interesan desde el punto de vista romántico. Seguramente es dura con ellos de vez en cuando, pero ellos vuelven a buscar su compañía sabiendo lo que les espera. ¿Por qué? Porque a veces les demuestra aceptación y ellos se lo agradecen. En cambio, cuando de verdad le gusta un hombre, siempre es amable y jamás lo critica, pero él no demuestra interés en usted. Deje, pues, de ser tan benévola con el hombre que realmente le gusta.

CUANDO ÉL LA CRITIQUE

Los hombres nos pueden hacer sentir incompetentes y sus comentarios nos pueden herir. ¿Qué debe hacer si un hombre la critica o le echa en cara aquello que la hace sentir inferior o inadecuada? No revelar sus emociones. No reaccione emocionalmente ni ante la crítica ni ante el elogio.

Cuando un hombre la critique, no lo interrumpa. Espere a que termine. Aunque sienta el impulso de responderle, espere. Luego, pregúntele si ya terminó. Cuando diga que sí, contéstele de una forma similar a su diatriba contra usted, pero no vaya más allá. Termine con una frase de aceptación, como: «Pese a lo que me acabas de decir, te amo». Con esta actitud, usted le mostrará que puede expresarle sus motivos de molestia y, también, olvidarlos antes de que causen estragos en la relación.

Cuando usted capte que va a perder la calma, deje ver su enfado, pero no dé a conocer la causa. Esta es la mejor estrategia para su tranquilidad mental. Si su hombre sabe exactamente qué la alteró, podrá herirla cuando lo desee. Con un poco de experiencia, cada vez le será más fácil controlar su propia conducta y desviar los ataques del hombre a áreas que no la afecten mucho emocionalmente.

NO DEJE DE SENTIRSE ESPECIAL

Muéstrese orgullosa de sí misma. Usted debe sentir que el hombre que ama la trata como a un ser especial, así como él es especial y único para usted. Deben sentirse afortunados de contar el uno con el otro. Si su hombre no le demuestra que la considera excepcional, termine esa relación. Él no es para usted.

9

La importancia de aprender a discutir

Los conflictos son normales en todas las relaciones. Incluso si usted ya encontró al hombre de sus sueños, si están enamorados y están construyendo una relación a largo plazo, no se sorprenda si de vez en cuando tienen un conflicto. Las discusiones que no se encaran con argumentos lógicos y autocontrol suelen terminar en pelea. Trate de resolver sus desacuerdos antes de empezar a sentir ira. De lo contrario, podría ser demasiado tarde.

Como es importante que las discusiones no deterioren su relación de pareja, tendrá que mejorar sus habilidades para discutir. También deberá enterarse del papel que desempeña la ira en las discusiones y aprender técnicas para manejar los argumentos ilógicos. Su meta debe ser expresar sus pensamientos de un modo efectivo, pero sin dañar la relación. Ganar —o perder— la discusión es absolutamente secundario.

Mi objetivo es enseñarle a manejar las discusiones adecuadamente. Resolver las disputas mediante la lógica hará que su hombre la respete más.

Cómo reaccionar ante los argumentos falaces

Las falacias son afirmaciones engañosas, erróneas e incompatibles con las leyes de la lógica. Cuando creemos en ellas, influyen negativamente en nuestros juicios y en nuestra vida. El primer paso para enfrentar un argumento destructivo es reconocer las falacias que contiene.

Cuando usted aprenda a reconocer las falacias, advertirá que forman parte de las discusiones habituales de algunas personas, sobre todo en el contexto de la relación hombre-mujer. Usted aprenderá a responder a ellas cuando alguien las utilice en contra suya, a evitarlas en sus propios argumentos y a señalarle a su hombre los errores de razonamiento que cometa. En resumen, aprenderá a argumentar con lógica.

Argumentos basados en la persona

Una manera falaz de discutir y, de hecho, la más común, es centrarse en la persona y no en los hechos específicos que son materia de la disputa. Un argumento se centra en la persona cuando existe la intención de ofenderla, haciéndole comentarios desfavorables sobre sí misma o calificándola, por ejemplo, de mentirosa.

Sandy y Harry están discutiendo sobre la compra de una cabaña en la playa. Sandy señala las ventajas de esa compra y lo que significaría para ellos. Harry, que no tiene una buena razón para oponerse, empieza a ofender a su mujer. Le dice: «Tú eres demasiado perezosa como para conducir hasta la playa». Pero Sally podría responder ese ataque personal diciéndole: «Estás evitando el asunto atacándome a mí. ¿Qué es lo que realmente te preocupa de que hagamos esta compra?» o «No estás siendo objetivo; limítate al tema que nos interesa». También podría decirle: «Harry, ¿qué piensas realmente?».

Atacar a la persona en lugar de encarar los problemas puede ocasionarle daños irreparables a la pareja. Si Sandy y Harry siguen atacándose, terminarán hiriéndose o algo peor.

Los siguientes son ejemplos de ataques personales. ¿Cuáles le parecen conocidos?

- Eres demasiado joven para entender.
- Si eres tan inteligente, ¿por qué no eres rico?
- ¿Cómo te atreves a darme consejos sobre el matrimonio? Tú nunca has estado casado.
- ¿Cómo lo vas a saber? Tú no sabes nada.
- Nadie estaría de acuerdo contigo.
- Te estás comportando como un niño maleducado.

Los ataques personales son más que críticas o comentarios desagradables. Este tipo de agresión pone en tela de juicio la credibilidad de la persona con el único propósito de ganar una discusión.

Argumentos basados en el poder

Otra manera falaz de discutir es tratar de ganar un argumento mediante el poder. Esto se observa cuando los jefes, escudados en su autoridad, imponen sus puntos de vista a sus subalternos, o cuando los policías multan a conductores que no han cometido ninguna infracción. Cuando usted era niña, sus padres ganaron muchas discusiones con usted gracias a su autoridad, con argumentos como: «O lo haces o te las verás conmigo» o «Porque yo digo y punto». Tradicionalmente, los hombres han utilizado su poder económico para tratar de ganar las discusiones y las mujeres, su poder sexual.

A continuación veremos varias frases que reflejan este punto.

- O lo haces como yo digo o te buscas otro empleo.
- Dormirás en el sofá hasta que me des la razón.
- Mamá sabe lo que es mejor para su hija.
- Sigue actuando así y no me volverás a ver.

Estas afirmaciones no son verdaderos argumentos; son amenazas. No es posible discutir con una amenaza ni hay que permitir que insulten nuestra inteligencia. En estos casos, usted debe decir: «Tú no estás escuchándome, sino amenazándome. Conversemos sobre este asunto más tarde, cuando dejes de amenazarme». Posponga la conversación y vuelvan a tocar el tema cuando prevalezcan la razón y la cabeza fría.

Argumentos basados en la ignorancia

Los argumentos que se basan en la ignorancia también son falaces, ilógicos. Antes de que el hombre llegara a la luna, algunos sostenían que nuestro satélite era de queso. Sin embargo, no era posible sustentar ese argumento con pruebas, puesto que nadie conocía la realidad.

Muchas discusiones entre las parejas giran alrededor de temas que no se pueden someter a prueba, como sus planes para el futuro o sus expectativas. Las predicciones, las supersticiones y las generalizaciones pertenecen a esta categoría.

¿Le suena conocida alguna de las siguientes afirmaciones?

- Si tantos matrimonios terminan en divorcio, ¿para qué casarse?
- Si se te rompe ese espejo, tendrás siete años de mala suerte.
- Estoy segura de que lo dijo solo para impresionarte.
- No existe un mejor champú para tu cabello que x.
- Por la forma de tu abdomen, tendrás un niño.

Ante argumentos de esta naturaleza, usted puede responder: «Nadie sabe», «Solo el tiempo dirá» o «Es demasiado pronto para saberlo».

Argumentos basados en la popularidad

Otra falacia común es valerse de la popularidad para sostener un punto de vista. Esta clase de discusiones también excluyen el razonamiento. Los hombres caen en esta falacia cuando dicen, por ejemplo: «Si todos mis amigos juegan golf, ¿por qué yo no?». Las mujeres también caen en ella cuando dicen, por ejemplo: «A todo el mundo le encanta el nuevo centro comercial. Por eso, yo hago mis compras allá». Los niños son maestros en este tipo de argumentos: «Cristina fue al circo, ¿por qué no puedo ir yo?».

Aquí presento varios argumentos basados en la popularidad. ¿Reconoce alguno?

- Todos nuestros amigos han pasado vacaciones en Miami. Nosotros también deberíamos ir.
- A todo el mundo le gusta esta torta. Comprémosla.
- Todo el mundo sabe que ella es una coqueta.

Responda esa clase de argumentos diciendo: «No voy a permitir que mi vida se rija por lo que piensen los demás». Una respuesta tan sencilla como: «¿Y qué?» muchas veces basta.

Argumentos basados en la compasión

Hay argumentos que apelan a la compasión más que a la razón. Esto se ve cuando una persona le pide a otra que haga algo solo para hacerla sentir bien o para hacer sentir bien a un tercero. Mucha gente maneja este tipo de argumentos para aliviar un dolor emocional o satisfacer los deseos de alguien que, incluso, podría haber muerto ya.

Los siguientes argumentos se basan en la compasión. ¿Cuáles le resultan conocidos?

- Mándale flores para que sepa que alguien se acuerda de ella.
- Vayamos al cementerio; eso haría feliz a mi difunta madre.
- Por respeto a la memoria de Papá, no te vistas de rosado.
- No me siento bien. ¿Podrías darme la razón aunque solo sea esta vez?
- Mi perro murió. ¿Puedo pagarle el mes entrante?

Todos somos sensibles a las desgracias ajenas. Cuando alguien recurra a esta clase de argumentos, responda: «Es una historia muy triste, pero, por favor, deme una razón lógica que respalde lo que me está pidiendo».

Argumentos basados en autoridades no reconocidas

Otra clase de argumentos falaces son los que apelan a una autoridad no reconocida; por ejemplo: «El profesor lo dijo», o «Lo leí en un libro» o «El diario decía eso».

Piense con qué frecuencia escucha este tipo de argumentos:

- Los odontólogos recomiendan cepillarse los dientes con productos de marca x.
- Los médicos recomiendan este analgésico.
- En esta revista encontrarás la mejor dieta.
- Si le sirvió a mi padre, también me servirá a mí.
- Mis amigos opinan que deberíamos hacer una fiesta.

Por cada punto de vista de una autoridad no reconocida existe una opinión diametralmente opuesta de otra autoridad no reconocida. Responda a estas falacias con algún argumento de este tipo o cuestione la credibilidad de esa autoridad. Pregunte, por ejemplo: «¿Qué convierte a esa persona en experta en este tema?», o «En cambio, mi odontólogo dice que la marca X es mejor», o «Leí lo contrario en una revista» o «Mi profesor nunca estaría de acuerdo con ese concepto».

Afirmaciones positivas

Las afirmaciones positivas son una de las falacias más comunes entre los políticos: «Todos necesitan a Joe», «¡Esta crisis económica pronto terminará!». Ellos a menudo hablan así, pero no lo pueden sustentar. Evite hacer estas afirmaciones, a menos que esté segura de lo que está diciendo. Recuerde que una aserción no es verdadera por el hecho de ser impactante. Conviene utilizar las palabras *quizás, tal vez* o *posiblemente*, en lugar de *sí* y *no*. Sea muy cuidadosa con las palabras *siempre* y *nunca*, pues no tienen en cuenta las excepciones.

Cuando un hombre le dice a una mujer: «El proyecto al que estás dedicada nunca tendrá éxito», está haciendo una afirmación positiva falaz. Para evitar esta clase de afirmaciones, diga: «La gente *usualmente* va a la iglesia en Navidad», en lugar de «La gente va a la iglesia en Navidad», o «*Podrías* estar equivocado», en lugar de «Estás equivocado».

Deténgase un momento y piense con qué frecuencia escucha afirmaciones como las siguientes:

+ Él es el mejor médico.
+ En este restaurante preparan la mejor carne de la ciudad.
+ Te encantará esta película.
+ Sé que te entenderás divinamente con mi madre.
+ Te traje algo que te fascinará.

La forma más sencilla de responder a estas falacias es: «¿Por qué lo dices?» o «¿Sinceramente lo crees?».

Preguntas prejuiciadas

Las preguntas prejuiciadas son falaces y constituyen ataques porque presuponen hechos que no son verdaderos. Si alguien le pregunta: «¿Todavía tienes un carácter endemoniado?» usted estará en problemas tanto si responde sí como si responde no. Si un marido responde la pregunta: «¿Ya dejaste de pegarle a tu mujer?» con un sí o un no, de todos modos se meterá en un lío. Bien sea que respondamos positiva o negativamente, nuestra respuesta confirmará el prejuicio.

Otros ejemplos de preguntas prejuiciadas son:

- ¿Todavía bebes sin control?
- ¿Ya dejaste de odiar a tu suegra?
- ¿Alguna vez admitiste haberle robado su novio?
- ¿Te sigues tinturando el cabello?

Cuando le hagan una pregunta de esta clase, ataque la premisa. Por ejemplo, si le preguntan: «¿Todavía tienes un carácter endemoniado?», responda: «Mi carácter nunca ha sido endemoniado, así que ¿cómo podría seguir teniéndolo?».

Los mensajes de los publicistas a menudo son prejuiciados por los halagos que contienen. Por ejemplo: «Como conocedor que es, usted reconocerá que este es un gran vino» o «La gente bien informada compra donde Joe». Pero usted quizás no es una conocedora ni está bien informada. Un ejercicio divertido consiste en identificar los avisos que utilizan halagos tanto en los medios escritos como en los medios audiovisuales. Se sorprenderá pues ¡son muchísimos!

CÓMO EVITAR LAS FALACIAS

No hay un método sencillo para evitar las falacias. Sin embargo, usted debe hacer lo posible para excluirlas de sus razonamientos y para desenmascarar las que otros utilicen contra usted, especialmente los hombres con los que salga. No conviene salir con hombres que oculten sus verdaderos sentimientos y pensamientos tras argumentos falaces. Es crucial saber qué piensa la pareja y por qué lo piensa. Si no conoce suficientemente bien al hombre con el que está saliendo como para poder predecir y comprender sus reacciones frente a temas que son importantes para usted, entonces no lo conoce suficientemente bien como para tener con él una relación a largo plazo.

Cómo debe responder usted

Cuando esté con un hombre que acuda a las falacias, con su forma de responder le puede demostrar que esa no es una buena manera de razonar. La siguiente lista contiene varios ejemplos de lo que usted podría decirle:

- ¿Por qué dices eso?
- ¿Qué autoridad reconocida está de acuerdo con eso?
- No podrías decirle eso a un juez.
- ¿Quién te lo dijo?
- ¿A quién le importa lo que piensen nuestros vecinos?
- ¿Por qué crees eso?
- ¿Dices eso porque _____?
- Querido, hay un error en tu manera de pensar.
- Espera un momento, tu lógica contiene una falacia.
- Estás eludiendo el punto fundamental.
- Hoy no está funcionando la lástima.

También podría responder de un modo formal: «Tu argumento no es lógico porque se basa en la ignorancia [o en la falacia que aplique]». Asimismo, podría emplear un lenguaje cáustico: «Por favor, ¡alucina otro día!». No deje que las falacias pasen desapercibidas; son un insulto a su inteligencia.

La regla de la mejor evidencia

Usted puede aprender a argumentar contra las falacias echando mano de algunas de las reglas de la evidencia. Aprenda a distinguir entre el pensamiento especulativo, la opinión experta y la gente que conoce los hechos.

Si usted fuera juez y un tío del acusado testificara que su sobrino tenía veinticinco años en el momento de los hechos, pero la tía afirmara que solo tenía dieciocho, usted se vería obligada a buscar la mejor prueba, en ese caso, el certificado de nacimiento del sobrino. A falta del certificado de nacimiento, la madre sería la mejor testigo.

Para no perder tiempo ni energía, exija la mejor prueba, en otras palabras, lo que los abogados llaman la «prueba reina».

Respuestas lógicas

Insista en que su pareja conteste las preguntas específicas que usted le haga. Para evadir la responsabilidad de contestar, mucha gente responde una pregunta haciendo otra. Supongamos que usted es abogado y que está en un juzgado interrogando a un testigo. Desde luego que se sorprendería si el testigo volteara la situación y empezara a interrogarlo a usted. De hecho, no es raro que el juez se vea en la necesidad de decirle al testigo: «Responda la pregunta que se le acaba de hacer». Y esta debe ser su respuesta cuando alguien trate de convertirlo en testigo, siendo usted el interrogador.

Es importante que se prepare por anticipado para responder a los argumentos emocionales o superficiales con lógica. Discuta con razonamientos sólidos. Esto le demostrará a su hombre que usted es una mujer inteligente. Además, no se enfadará con usted, sino con la «lógica» de su argumento y, por ende, no quedará resentido.

Las falacias y la falta de lógica son comunes en las conversaciones cotidianas. Por supuesto, no hay necesidad de insistir en que su hombre se exprese tan correctamente como si estuviera testificando en un juicio. Pero sí debe insistir en que discuta con lógica cuando estén tratando temas serios. Ahora bien, si él le dice que es bella, por supuesto que usted no pondría en tela de juicio esa afirmación preguntándole: «¿En qué opinión autorizada te basas para decir eso?». O si él le dice: «Te invitaré a cenar al mejor restaurante de la ciudad», tampoco respondería: «¿Cómo puedes decir esto? ¿Acaso has estado en todos los restaurantes de la ciudad?».

No condene a su hombre al ostracismo

El peor error que puede cometer al discutir con el hombre que ama es condenarlo al ostracismo; de hecho, este error ha costado muchas relaciones. Usted condena a su hombre al ostracismo cuando lo elude, lo excluye o rehúsa verlo o hablarle. Esta actitud marchita y mata la relación debido a que usted pierde el poder de influir en él. Y puede llegar un momento cn que él no la extrañe tanto como usted creía y en que o bien se refugie en sus recursos mentales para escapar de esa situación, o bien empiece a pensar que otras mujeres son más deseables que usted.

No permita que su hombre la condene al ostracismo. Búsquelo aunque tenga que dejar de lado el orgullo. Nunca condene a nadie —incluidos sus padres y sus amigos y amigas— a esto, a menos que quiera ponerle fin a esa relación.

EL MANEJO DE LA IRA

Usted y el hombre de sus sueños se enfadarán de vez en cuando. La ira es natural, siempre y cuando no sea habitual. La frecuencia con que se experimenta depende de la crianza; quienes crecieron en un hogar donde era usual reaccionar con ira suelen ser más tolerantes a ella.

La ira tiende a ser cíclica. Algunos se enfadan todos los días; otros, cada tercer día, y hay gente que se enfada una vez al mes. Las frustraciones acumuladas y las expectativas insatisfechas suelen provocar ira.

Imagínese que necesita usar un teléfono público para hacer una llamada. El primero no funciona y, además, se traga su moneda. El segundo tampoco funciona y también se queda con su moneda. Lo mismo sucede con el tercer teléfono, el cuarto, el quinto... hasta el décimo y último teléfono que intenta utilizar. Las personas con un bajo umbral para la frustración se encolerizan cuando llegan al tercer teléfono y ven que no funciona. En cambio, aquellas cuyo umbral para la frustración es más alto solo se enfurecen cuando llegan al octavo o noveno teléfono. En la vida diaria observamos lo mismo: los acontecimientos que desencadenan la ira son diferentes en las distintas personas.

Conozca el ciclo de la ira de su pareja. Esto le permitirá saber si ya alcanzó el umbral y conviene que ventile sus frustraciones, o si está realmente enfadado con usted.

Tenga a mano una válvula de seguridad
Su hombre puede estar enfadado o frustrado. En ese caso, ayúdele a transferir o desplazar esos sentimientos, creando una especie de válvula de seguridad para su ira ocasional. No importa cuán bien educado, inteligente o equilibrado sea, habrá ocasiones en que se sentirá molesto con usted sin justificación. Convierta algo trivial en foco de su ira. Por ejemplo, mantenga desordenada una parte de su clóset. Él no se sentirá molesto, excepto cuando esté realmente malhumorado. Ese desorden es una válvula de seguridad que le servirá para desfogarse cuando la tensión se eleve excesivamente.

Cuando usted se enoja con su jefe, sus padres, sus clientes u otras personas a las que no les puede gritar, seguramente llega a su casa enfadada, les grita a sus familiares y hasta patea al perro. Pues un hombre enfadado actúa igual, o sea, descargando la ira contra la persona que tenga más cerca. Y esa persona puede ser usted.

Reconozca cuándo está enojado su hombre, así como también su necesidad de desahogarse. Usted no quisiera que la ira que él siente contra otras personas se convierta en un obstáculo que le impida casarse con usted. Prepárese emocionalmente para verlo enfadado. Así, lo que él diga no la afectará ni herirá sus sentimientos.

¿Está su hombre enfadado con usted?

Un principio que vale la pena aplicar en la vida diaria es no prestar demasiada atención al mal humor de su hombre poco antes de cenar. En ese momento, él tiene hambre y se podría irritar aún más. Sin embargo, su estado de ánimo se estabilizará después de comer. Su ánimo también se puede alterar si está cansado y usted lo presiona a realizar alguna labor, o si necesita actividad sexual. En cambio, conviene prestarle más atención al mal humor que muestre en otras circunstancias porque podría tener bases reales. Hay una gran diferencia entre la irritabilidad y la ira.

Trate de resolver los desacuerdos con su hombre antes de que lo domine la rabia. De lo contrario, podría ser muy tarde. La ira se justifica en muchas ocasiones. Quizás usted rompió una promesa u olvidó hacer algo que era importante para él. Cuando en una relación se presenta un episodio de furia justificada, se debe expresar. Cuando no se hace, se encona y corroe el afecto que une a las dos personas. Deje que él se desfogue y trácense la meta de no irse nunca enfadados a la cama. Decir «lo siento» casi siempre basta para calmar los ánimos.

Cuando la ira es inevitable

Algunas discusiones con su hombre la enfadarán tanto que su comportamiento con él podría cambiar. Es posible que usted no quiera hablar, salir o hacer el amor con él. Cuando esté enfadada, niéguele cualquier cosa, menos el contacto sexual. Negarse a tener relaciones sexuales con la pareja puede repercutir adversamente sobre la exclusividad sexual. Él —o usted— podría buscar en otra persona una especie de «seguro sexual».

La persona enojada actúa o bien con hostilidad, o bien con indiferencia. Cuando usted está enfadada, su comportamiento podría destruir la relación con su hombre si lo lastima emocionalmente, le cuesta dinero a él o mina su amor propio. Si está tan encolerizada que no se puede portar racionalmente con él, desfóguese contándole a una buena amiga lo que la tiene tan alterada.

Si ventilar el problema no la tranquiliza, no vea a su hombre durante una semana. Pero ponga un plazo para reunirse de nuevo con él o, de lo contrario, podría no volverlo a ver. Siete días sin usted podrían hacerlo caer en los brazos de otra mujer.

El manejo de la ira incluye otros aspectos. Aunque esté enfadada con su hombre, siga haciendo su vida normal con él. Pero en un caso extremo, usted quizás no esté en pleno control de sí misma y decida tomar medidas drásticas. Las siguientes estrategias son preferibles a pelear, aunque no recomiendo ponerlas en práctica en circunstancias normales:

- Dejar de llamarlo durante un día.
- Rehusarse a llevarlo a un sitio adonde tenga que ir, como el aeropuerto para tomar un vuelo.
- No hacerle una llamada telefónica que espera.
- Negarse a hacer una llamada telefónica que le ha pedido que haga.
- No vestirse como a él le gusta.
- No servirle un trago.
- Negarse a ver el programa televisivo que a él más le gusta e insistir en que vean el que usted quiere.

El exceso de orgullo acaba con las relaciones

El orgullo hace estragos en la relación hombre-mujer, y el exceso de orgullo es uno de los principales motivos por los que las relaciones se acaban. Si siente que su hombre la ofendió, lo más probable es que quiera recibir una compensación en forma de disculpa o retribución. Incluso es posible que quiera cortar con la relación. Las mujeres dicen cosas como: «No voy a permitir que él me hable así» o «No le permitiré salirse con la suya». Esta actitud es el principio del fin. Usted tal vez tenga que decidir entre dejar el orgullo y conservar al hombre, o dejar al hombre y conservar el orgullo. Alégrese de tener opciones.

Cuando su orgullo esté herido, haga de cuenta que tiene una melliza idéntica. Imaginándose que no es usted, sino su melliza, su ego no sufrirá, sus sentimientos no resultarán lastimados y podrá relacionarse con el hombre más objetivamente. Esta sugerencia les ha ayudado a muchas mujeres a abstenerse de terminar relaciones que eran valiosas para ellas.

Cuando la discusión se convierte en pelea

Una discusión se puede transformar en una pelea cuando la persona pierde el control y la capacidad de responder con lógica. Una pelea es una discusión acalorada que tiene consecuencias físicas, como la salida precipitada de la casa de una de las dos personas involucradas, castigar al otro no prestándole atención durante un lapso largo o, peor aún, recurriendo a la violencia física.

Para pelear se requieren dos. En lo posible, eviten las riñas. Si usted y su hombre tienen altercados frecuentes, tome la difícil decisión de ponerle fin a la relación. Las parejas que acostumbran pelear terminan separándose después de haber perdido tiempo precioso y malgastado sus emociones. ¡No pierdan su tiempo peleando!

10

Desarrolle su estrategia sexual

¡**F**elicitaciones por su éxito con los hombres! Usted está saliendo con candidatos serios para casarse y está empezando a formar un vínculo con algunos. Y hasta es posible que esté fantaseando acerca de tener encuentros sexuales con el que elija. ¡Espere! No tenga relaciones íntimas con un hombre mientras:

- No lo haya entrevistado para el trabajo de marido.
- Él no haya invertido emociones en usted.
- Usted no lo haya aprobado.

Aunque las relaciones sexuales son la consecuencia natural de una relación amorosa entre un hombre y una mujer, el momento debe ser oportuno.

Le indicaré cuándo iniciar la parte sexual de su relación con el hombre que ama, y le mostraré cómo aprovechar en su propio beneficio el impulso sexual del hombre. Luego, le daré algunas pautas para hacer prosperar su relación y para que el sexo conduzca al matrimonio.

ESTRATEGIAS SEXUALES

Deténgase y examine su estrategia sexual y la de su pareja. Como en todo, el sentido de la oportunidad es fundamental. Si tiene relaciones sexuales demasiado pronto, podría perder a su hombre como esposo potencial. Pero lo mismo puede o-currir si se demora demasiado.

La mujer que se entrega demasiado pronto pierde la oportu-nidad de que el hombre desarrolle un afecto profundo por ella. Fíjese en la importancia de la curiosidad. ¿Cuánto cree que está dispuesto a pagar un hombre por ver la fotografía de una mujer desnuda a la que no conoce? Ahora piense: ¿Cuánto cree que pagaría ese mismo hombre por ver una fotografía en la que aparezca desnuda una mujer que conoce; por ejemplo, una colega, una amiga o una vecina? Sentirá muchísima más cu-riosidad y pagaría un precio mucho más alto por la fotogra-fía de la mujer que conoce. La curiosidad del hombre por el cuerpo de la mujer casi siempre termina cuando han tenido relaciones sexuales diez veces.

Usted debe salir por lo menos doce veces con el hombre que le gusta antes de hacer el amor con él, siempre y cuando crea que tiene las condiciones para llegar a ser su esposo. Es importante que esas salidas incluyan más de treinta horas de conversación. Las citas pueden ser cortas, por ejemplo, para almorzar. Mientras la relación no esté suficientemente ma-dura, no lo provoque sexualmente con su manera de vestir o con sus temas de conversación.

Ni virgen ni experta

Una mujer me contó que había tenido relaciones íntimas con varios hombres y se enorgullecía de sus habilidades como amante. Sin embargo, sus relaciones no iban más allá de unos cuantos encuentros sexuales. Nunca se enteró de lo que esos hombres pensaban, ni conoció sus sueños y sus aspiraciones.

Tampoco desarrolló un vínculo afectivo con ninguno de ellos. ¿Qué debe hacer en el futuro? ¿Podría ser esta su historia?

Otra mujer me confió que se ha estado «reservando» para el matrimonio. Ella ve la virginidad como una condición que incrementa su valor, o sea, como un vino que mejora con la e- dad. Pero ella tampoco ha tenido éxito con los hombres. ¿Po- dría ser esta su historia?

La mayoría de los hombres aspira a casarse con mujeres competentes desde el punto de vista sexual; con mujeres que sean «buenas en la cama». Si bien el hombre promedio reac- ciona adversamente a la virginidad en la mujer adulta, tampoco quiere una «experta sexual». Para que aumenten sus proba- bilidades de encontrar un hombre con el cual casarse, evite estos dos extremos. Desarrolle su habilidad sexual, pero sin convertirse en una «experta».

La virgen

Así como los hombres no admiran a las mujeres adultas que no saben conducir, leer o nadar, tampoco admiran a las que siguen siendo vírgenes. Ellos buscan que la mujer sea competente en ese y en muchos otros campos.

Si, al comienzo de un encuentro sexual, la mujer le dice al hombre que es virgen, él seguramente se preguntará por qué nadie más la ha deseado. En caso de que su situación sea esta, hágale saber que otros hombres le han propuesto tener rela- ciones íntimas, pero que usted lo considera tan excepcional que lo ha elegido para ser el primero. Con esta técnica hay que tener cuidado —en particular si usted ya pasó de los veinte años hace mucho tiempo— porque la mayoría de los hombres podría sospechar que usted se está escudando tras el argumen- to de su singularidad para ocultar algo.

Las mujeres consideran raros a los hombres adultos que nunca han tenido relaciones sexuales, y a los hombres no les llaman la atención las mujeres adultas que siguen siendo vírgenes. Las mujeres mayores de veinticinco años que son vírgenes y que insisten en seguirlo siendo hasta el matrimonio corren el riesgo de morir así.

La experta

Las expertas sexuales por lo general atemorizan a los hombres. Si usted conoce mil posiciones y las ha probado todas, guárdese esa información, por lo menos al principio de la relación. Al hombre le gusta creer que su conocimiento en materia sexual es, por lo menos, igual al de la mujer.

EL DESARROLLO SEXUAL

¿Qué tan importante es el sexo para el ser humano? Muy importante. Para llegar a la adultez, pasamos por tres etapas de desarrollo sexual: egoísmo, monosexualidad y heterosexualidad.

La primera etapa comienza en la infancia y se caracteriza por el egoísmo, o amor a sí mismo. Si le entrega un sonajero a un bebé, observará que ríe de alegría. Pero si trata de quitárselo, le sorprenderá advertir cuán tenazmente se aferra al juguete. El egoísmo dura varios años y disminuye en los primeros de la juventud. No obstante, jamás se extingue; ni siquiera en la edad adulta.

La segunda etapa se caracteriza por la monosexualidad. En esta etapa, que es anterior al surgimiento de las necesidades sexuales, los varones juegan con varones y las niñas, con niñas. Si un niño juega con una niña, sus amiguitos lo tildan de mariquita. Y si una niña juega con un niño, sus amiguitas la califican de marimacho.

La tercera etapa es de heterosexualidad, o atracción por el sexo apuesto. Las tribus supuestamente primitivas permiten que los adultos jóvenes cohabiten con quien deseen en la choza comunal mientras eligen su pareja para toda la vida. Nuestra sociedad tiene su propio ritual: las citas entre hombres y mujeres.

Más adelante en la vida, el impulso sexual casi siempre disminuye y el ciclo se invierte. La monosexualidad reemplaza, entonces, a la heterosexualidad y, posteriormente, el egoísmo reemplaza a la monosexualidad. Observe si el hombre con el que está saliendo dedica mucho tiempo a actividades monosexuales, como participar en eventos en los cuales las mujeres no son bienvenidas. Ese hombre seguramente ya no está disponible para el matrimonio.

Cómo nos condiciona la sociedad

La sexualidad es una función natural que comienza con el nacimiento y continúa hasta la vejez. A las pocas horas de nacer, casi todos los bebés varones tienen una erección y casi todas las niñas presentan lubricación (el equivalente femenino de la erección). Sin embargo, la sociedad hace una distinción entre la sexualidad y las demás funciones naturales, como la respiración, la digestión y el sueño. Las presiones sociales y morales pueden afectar negativamente nuestra sexualidad e, incluso, herirla de muerte.

La mente de los jóvenes a menudo entra en conflicto pues, por una parte, están sus deseos naturales y, por otra parte, las reglas que impone la sociedad. Ese conflicto genera sentimientos de culpa y contribuye a formar la personalidad del individuo. Los jóvenes se convierten en adultos con pasiones y deseos secretos. Tienen fantasías y sueños, pero temen hablar de ello.

Debido al riesgo de embarazo, las sociedades tradicionalmente han reprimido a las mujeres mucho más que a los hombres. Incluso hoy, a algunas mujeres les cuesta trabajo ser espontáneas y amistosas. Ellas ocultan sus cuerpos bajo una gran cantidad de prendas, se muestran frías e inaccesibles y tienen fantasías sexuales, pero temen que la sociedad las descubra. Se sienten infelices y buscan ayuda psiquiátrica. Un psiquiatra honesto y bien preparado puede ayudarles a entender que la actividad sexual es una función natural.

Los hombres encuentran repulsivas a las mujeres que suprimen sus deseos sexuales naturales. Esas mujeres toman malas decisiones porque viven dominadas por una gran cantidad de temores. Además, su insatisfacción sexual les genera una ansiedad que se traduce en un comportamiento inaceptable desde el punto de vista de los hombres normales. Incluso una mujer poco atractiva, pero con una vida sexual satisfactoria, irradia una calidez que la hace llamativa a los ojos masculinos. Pregúntele a cualquier mujer casada si, después del matrimonio, los hombres se fijan más en ella, o menos.

Nuestra sociedad nos predispone contra la sexualidad. La culpa que produce la sexualidad reprimida causa una infelicidad que puede durar toda la vida. El origen de la culpa sexual no es la naturaleza; si así fuera, existiría en todas las culturas. Deberíamos, más bien, reconocer que la sexualidad es un regalo de la naturaleza que podemos compartir con nuestra pareja. Mientras vivamos, busquemos el placer y alejémonos del dolor. Esta es nuestra máxima recompensa.

Los códigos sociales de la pareja

En el fondo del corazón, su hombre es un niño. Aunque sea alto y fornido, está programado para actuar de acuerdo con el código social arraigado en su mente. Si usted infringe ese código social, él no la hará su esposa.

Por ejemplo, si usted tuvo relaciones íntimas con un hombre antes de conocer sus estándares sexuales, es posible que él lo haya disfrutado a nivel consciente, pero que lo haya desaprobado a nivel inconsciente. Esa censura mental podría haberlo llevado a descalificarla como esposa, aunque él hubiera iniciado el encuentro.

Ante todo, descubra los códigos culturales y morales de su hombre. Durante una conversación común y corriente, hágale las siguientes preguntas. Esté atenta a su lenguaje no verbal, y no solo a sus respuestas:

- ¿Tuvieron tus padres relaciones sexuales antes de casarse?
- ¿Tu hermana es virgen?
- ¿Alguna vez viste desnudos a tus padres?

Si su hombre se horroriza ante cualquiera de estas preguntas, no dude de que es bastante puritano. Si no le quedó claro lo que él piensa, pregúntele:

- ¿Cuándo te masturbaste por primera vez?
- ¿Te gusta ver películas pornográficas?
- ¿Alguna vez pagaste por tener relaciones sexuales?

Las respuestas que obtenga serán la clave para conocer sus valores sexuales. Si critica a su hija adulta o a su madre viuda por tener relaciones sexuales, no acepte sus insinuaciones. Es evidente que se trata de un hombre con valores antisexuales tradicionales que podrían volverse contra usted si intima con él antes de casarse.

No juzgue al hombre basándose en sus palabras, sino en el modo como se comportó en el pasado con otras mujeres. Conocer su historia le ayudará a predecir con un alto grado de seguridad lo que debe hacer para que él reaccione favorablemente ante usted.

Si su hombre le pide que hagan algo inusual, actúe con prudencia. Consienta en realizar solo actos sexuales que sean generalmente aceptados. Atribúyale a él la responsabilidad de cualquier actividad sexual que se desvíe de lo que se considera normal. Si él pide algo distinto, dígale que nunca lo ha hecho y deje que la convenza de que esa actividad es natural.

El impulso sexual del hombre

El sexo es un pensamiento predominante en el hombre normal. Tanto es así que su instinto sexual solo es superado por el instinto de supervivencia. Cuando su vida no está en juego, los pensamientos del hombre se centran en satisfacer sus necesidades sexuales. El hombre típico tendría relaciones con cualquier mujer si estuviera seguro de que no habría consecuencias.

El impulso sexual es un deseo que tiene que ser satisfecho para que la persona goce de bienestar físico. El individuo que carece de sexo se vuelve irritable y temeroso, y pierde la capacidad de relajarse y concentrarse. Esa tensión sexual aumenta hasta que su necesidad es satisfecha.

Al igual que los hombres, las mujeres necesitan tener una vida sexual plena. Seguramente usted conoce mujeres que refunfuñan por todo y que critican incesantemente a sus maridos. Esas mujeres son insoportables y utilizan su energía nerviosa en hacerles imposible la vida a sus cónyuges. La falta de relaciones sexuales muchas veces explica esos comportamientos; de hecho, un encuentro sexual satisfactorio puede hacer que vuelvan a amar la vida y a irradiar felicidad.

El hombre puede ver el encuentro sexual como su «recompensa». Él invierte tiempo, dinero y energía en la mujer con la que sale porque espera esa recompensa. Pero el sexo no es *lo único* que le interesa; si así fuera, podría ir a un prostíbulo, tomar en alquiler un cuerpo y hacer con él lo que quisiera. La mayoría de los hombres no recurre a prostitutas y solo un pequeño porcentaje busca en el encuentro sexual su única recompensa. Lo que el hombre realmente busca en la mujer es que reconozca que es único y especial, y que esté dispuesta a disfrutar del sexo con él justamente por creerlo excepcional.

El regalo del hombre es el sexo

Para el hombre maduro, su actividad sexual es el mayor regalo que le puede ofrecer a una mujer. Si usted rechaza al hombre, en su mente se desata una lucha que lo fuerza a buscar a otra mujer que lo aprecie y lo necesite.

Para ser feliz, el hombre tiene que sentir que la mujer lo necesita sexualmente. Si ella no le dice cuánto lo desea, él creerá que ella es fría o que él no le interesa. Si ella no le asegura que es maravilloso en la cama y que disfruta intensamente el sexo con él, el hombre se siente rechazado.

No juzgue sexualmente a ningún hombre por su apariencia. La naturaleza es cruel y engañosa. Los hombres que parecen más viriles, a menudo tienen un impulso sexual bajo. Y los que parecen fríos, muchas veces son los más apasionados. Si usted se basa solamente en la apariencia, podría engañarse con respecto a los deseos del hombre y a su desempeño sexual.

Enséñele sobre sexualidad femenina

Es posible que su hombre desconozca aspectos básicos de la sexualidad femenina. Enséñele que mientras que la excitación lleva al hombre directamente al clímax, la excitación en la mujer presenta altibajos, por lo que usted necesita más estimulación y, por lo tanto, más tiempo para alcanzar el orgasmo. Enséñele cómo debe satisfacerla y ofrézcase a aprender cómo satisfacerlo.

CÓMO INICIAR SU VIDA SEXUAL

Las necesidades sexuales de los hombres son bastante variadas. Un hombre puede tener tanta necesidad sexual que no encuentre obstáculo para tener relaciones en la primera cita. Otro puede tener un ego tan inflado que crea que la mujer ha reconocido de inmediato cuán excepcional es y, en consecuencia, no la juzgue mal si accede a tener relaciones en la primera salida. Otro podría preferir esperar, incluso hasta el matrimonio. Algunas mujeres se quejan de que lo único que los hombres quieren de ellas es sexo. Pero ellos quieren mucho más. Aunque la mayoría de los hombres no permanece con mujeres que le impiden tener sexo, o con las que tienen muy poco, el sexo no basta.

A menos que el apetito sexual de su hombre sea desmesurado, no tenga relaciones con él mientras no haya escuchado la mayor parte de su historia sexual. El objetivo es dejar que transcurra el tiempo suficiente para que él verdaderamente la desee y para que usted lo desee a él. Cuando él esté tan impaciente que usted perciba que no puede detenerse, acceda a tener relaciones. Todos los encuentros posteriores deben tener algo de la intensidad de ese primer contacto sexual.

Antes de ir con él a la cama

Conozca bien a su hombre antes de tener relaciones sexuales con él. No se fije únicamente en el número de días o semanas que llevan saliendo; fíjese, asimismo, en qué tan bien lo conoce. Hay algunas preguntas que, como mínimo, usted debe poder responder:

- ¿Qué edad tiene él?
- ¿Qué edad tenía él cuando empezó su vida sexual?
- ¿Qué tan religioso es?
- ¿Cuántas veces se ha casado?
- ¿Por qué terminó su matrimonio?
- ¿Por qué escogió el trabajo que tiene actualmente?
- ¿Qué tan popular era con las chicas durante su adolescencia?
- ¿Cómo se protegería, y cómo la protegería a usted, contra las enfermedades venéreas?

- ¿Cómo la protegería a usted contra un embarazo indeseado?
- ¿Qué piensa del aborto?
-

Primero, despierte la curiosidad sexual de su hombre

Las relaciones sexuales deben comenzar cuando ambos sientan curiosidad, afecto y amor. Dele a su hombre tiempo suficiente para sentir curiosidad sexual por usted, ya que esta mantiene la relación durante aproximadamente diez encuentros sexuales. Como una relación a largo plazo requiere más que curiosidad, asegúrese de que el afecto que él sienta por usted sea cada vez más profundo. Cimentar la relación antes de empezar a tener relaciones sexuales hará que él no la deje cuando haya satisfecho su curiosidad.

Si el hombre se le insinúa, pero usted quiere posponer el primer encuentro, no actúe provocativamente. Si lo excita, pero no lo complace, podría enojarse con usted por haberlo llevado hasta ese punto. Aun cuando usted decida no tener sexo por el momento, es importante que él no se sienta rechazado.

Para que su hombre siga entusiasmado con usted a pesar de que todavía no pueda tener relaciones sexuales, hágale saber que las tendrá tan pronto como usted lo conozca mejor. Dígale que le gusta físicamente, pero que no quiere precipitarse; por ejemplo: «Todos los hombres con los que he salido han querido tener relaciones conmigo. Pero, ¿qué clase de esposa llegaría a ser si les hubiera dado gusto a todos?».

Su hombre debe creer que usted actúa con él como ha actuado con los demás. Dígale que quiere estar segura de que es tan maravilloso como usted piensa que es. Sea difícil de impresionar, pero no sea inalcanzable.

En algunas ocasiones es ventajoso para la mujer aplazar incluso más tiempo la primera relación sexual. Si los valores de su hombre son anticuados y usted no tiene inconveniente, siga posponiendo esa primera vez. Cuanto más tenga él que esperar, tanto más valorará el primer encuentro sexual.

Antes de tener sexo con su hombre, conózcalo a fondo para asegurarse de que sería un compañero sexual seguro. Tenga en cuenta que los hombres también buscan una pareja sexual con la que no corran riesgos. Pídale que utilice condón mientras están seguros de que no corren el riesgo de contraer alguna infección, él deberá apreciar esa actitud suya. Si quiere que él se practique un examen de sida, ofrézcase también a hacerse uno para que él esté tranquilo.

Si el hombre cree que la mujer lo encuentra deseable, no terminará la relación por el hecho de que ella desee aplazar el sexo durante un tiempo. Esa primera etapa sin sexo, que puede durar desde unos pocos minutos hasta unos años, depende de las costumbres y del impulso sexual del hombre. Incremente su valor sexual posponiendo el primer encuentro hasta que el hombre está tan deseoso de disfrutarlo con usted que la ocasión sea verdaderamente memorable —como una gran fiesta—. Pero recuerde que incluso las mejores fiestas llegan y pasan.

Cuando el hombre tiene sexo con una mujer, su mente la compara con todas las demás mujeres con las que ha intimado, y esa comparación puede ser desafortunada. Mientras que un hombre moderno podría abandonar la idea de casarse con una mujer que no le parece buena amante, un hombre anticuado podría desistir de casarse si considera que la mujer accedió a tener relaciones sexuales con él demasiado pronto.

La compatibilidad sexual

La compatibilidad sexual es un aspecto crucial del matrimonio. De hecho, la incompatibilidad en este terreno acaba con muchísimos matrimonios. Nos han enseñado que existe una talla «única» cuando de pareja sexual se trata. Pero, ¿compraría usted un par de zapatos sin conocer su talla y sin probárselos?

Seguro que no lo haría, puesto que no existe una talla «única» que le quede bien a todo el mundo. Yo considero que el sexo es, por lo menos, tan importante como un par de zapatos. Para mí, cada persona es única e irrepetible. Y esto incluye sus órganos sexuales.

El primer encuentro sexual

El acto sexual es una experiencia con un intenso contenido emocional. Por eso, no sorprende que para los hombres el sexo sea una de las consideraciones más importantes a la hora de tomar la decisión de casarse. Haga que su primera experiencia sexual con el hombre de sus sueños sea lo más intensa e inolvidable posible.

Las fantasías sexuales

Usted puede lograr que su primera relación íntima sea más emocionante haciendo realidad una fantasía suya o de él. Si usted fuera a preparar la cena por primera vez para alguien a quien quisiera impresionar, sin duda le preguntaría cuál es su plato favorito y trataría de complacerlo. Imagínese, pues, lo agradable que sería el sexo si usted hiciera realidad los sueños de su hombre. Aquí hay dos ejemplos.

Silvia descubrió que Bob seguía viviendo en la casa donde había vivido doce años atrás, cuando era adolescente. La casa lindaba con el estacionamiento de la escuela secundaria donde Bob había estudiado. Cuando él era adolescente, todas las mañanas tenía que atravesar caminando ese estacionamiento, donde veía parejas besándose. Bob se desarrolló tarde y sus compañeros se burlaban de él cuando lo veían pasar. Ese recuerdo aún lo atormentaba cada vez que miraba en dirección al estacionamiento.

Silvia decidió tener la primera relación sexual con Bob el día del cumpleaños de él, a fin de hacer la experiencia todavía más emocionante. Le pidió a Bob que se pusiera unos jeans y le dijo que lo recogería para ir juntos a un sitio especial, pero informal. Además, tomó en alquiler un automóvil de la época estudiantil de Bob, organizó un picnic para los dos, consiguió varios discos de música popular de esa época, se puso su viejo uniforme escolar y salió a recogerlo. ¿Se imagina a dónde lo llevó? Al estacionamiento de la escuela, donde empezó a seducirlo. Desde ese día, Bob siempre sonríe cuando mira en esa dirección.

Larry le había contado a Leslie que tenía una fantasía: ver en la parte superior de una escalera a una hermosa mujer en negligé blanco, sosteniendo una vela encendida. En su fantasía, la mujer descendía lentamente y, al llegar a donde Larry se encontraba, apagaba la vela y caía en sus brazos. Pues bien; Leslie recreó esa escena para su primera relación íntima.

Si es fácil hacer realidad la fantasía de su hombre, ¿por qué no darle gusto? Usted quizás perdió la oportunidad la primera vez; sin embargo, ¡nunca es tarde!

Enriquezca sus encuentros sexuales

Recuerde que usar algo de ropa es más erótico que no usar ropa, así que juegue con ella. Gestos como aflojarle la corbata a su hombre, retirarle los zapatos o desabotonarle la camisa crean una atmósfera sensual. Desnudarse debe ser un arte; un arte divertido. También coméntele a su hombre cuánto le gusta que su pecho sea velludo, o que sus brazos sean fuertes o que sus manos sean grandes. El jugueteo sexual es apropiado en este momento, pues va a conducir a la satisfacción sexual.

Muy de vez en cuando, usted puede lograr que el encuentro sexual sea más estimulante haciendo enfadar al hombre un poco antes, pero sin llegar al extremo de enfurecerlo. Quizás ha oído hablar de parejas que, tras una pelea muy fuerte, tienen las relaciones sexuales más satisfactorias de su vida. Si usted excita un sentido, puede despertar otros. Si incita a su hombre a la ira, también podría incitarlo al sexo. Y él pensará que hay algo especial en lo que siente por usted. Utilice esta técnica solo en contadas ocasiones porque la pelea se puede salir de control.

Temprano en el día, plante en la mente de su hombre la idea de hacer el amor con usted. Expresiones como: «¡No puedo esperar a estar contigo esta noche!» lo mantendrán a la expectativa durante todo el día. Exacerbar su pasión hará que piense que usted es una mujer excepcionalmente deseable.

Establezca un ritual para antes y después de la relación sexual. Cómprele a su hombre una bata o alguna prenda para que esté lo más cómodo posible, y también los artículos de tocador que utilice. Una música suave, una luz tenue y un ambiente acogedor en la sala y el dormitorio generarán una sensación de calidez y harán que su hombre se sienta a gusto. Válgase de todo lo que esté a su alcance para enriquecer ese momento.

Los modales en el dormitorio

A continuación ofrezco algunos consejos que vale la pena tener en cuenta en el dormitorio, pues fortalecerán el aspecto sexual de su relación:

* No acabe con la ilusión. Deje que su hombre la desvista. Si él quiere hacerlo lentamente, pues le parece más erótico, déjelo.
* Utilicen condón hasta que estén seguros de que ninguno tiene una enfermedad sexual. Actualmente hay condones «divertidos»: de sabores, texturas y colores atractivos, y también se consiguen con figuras que podrán hacer de su encuentro amoroso un juego que no olvidarán. ¡Vamos a vestirnos para la fiesta!
* No espere que él duerma sobre un revoltijo o sobre una sábana sucia. ¡Arregle la cama!

- Facilítele un cepillo de dientes. ¡La intimidad tiene límites!
- Nunca critique el desempeño sexual del hombre, a menos que su intención sea terminar la relación. No ridiculice el tamaño de su pene ni lo compare desfavorablemente con otros hombres.
- Si se le dificulta tener o mantener una erección, asegúrele que él es importante para usted y que las cosas mejorarán cuando esté más relajado.
- Sea atenta antes y después del acto sexual.
- No guarde chucherías ni dinero en su ropa interior.
- Si él tiene que irse antes de recuperar la energía, ofrézcale algún tentempié dulce.
- Dígale que espera que vuelva.

La actitud en el dormitorio

Su actitud en el dormitorio puede convertirla en una gran amante. Una característica de la infancia que nos acompaña en la edad adulta es el gusto por el juego. En la adultez, esto se manifiesta claramente en la actitud en el dormitorio. La cama debe ser el «patio de juego» de la persona adulta y el lema debe ser «divirtámonos». La atmósfera debe ser relajada, sensual y acogedora. Su dormitorio debe dar la impresión de que usted está esperando a su hombre con alegría.

La mejor manera de estimular sexualmente a su hombre es estar excitada. Cualquier sentimiento que usted experimente se lo contagiará a él. Las palabras no cuestan nada, pero crean en el hombre el estado de ánimo que la mujer quiera.

Como su hombre ya le contó sobre su sexualidad, usted ya sabe qué debe evitar, y poco a poco aprenderá a guiarse por su ciclo sexual.

Hay mujeres que no hablan con el hombre ni lo abrazan después del acto sexual, y no saben si quedó satisfecho o no. Luego, se sorprenden de que sus romances sean tan breves.

Elogie su desempeño sexual

El elogio es la última parte, y la más importante, del acto sexual. Cuando sea apropiado, elogie el desempeño de su hombre y espere que él haga lo mismo con usted. Si preparara una cena deliciosa para un hombre, pero no le demostrara que la está disfrutando ni le dijera una sola palabra de aprecio o gratitud, seguramente no lo volvería a invitar.

Como el acto sexual prácticamente nunca es pasivo para el hombre, desde el principio él necesita sentirse seguro en cuanto a su desempeño. Habiendo agotado ya el exceso de energía sexual propio de su primera juventud, el tiempo y la energía son muy valiosos para él. Cuanto mejor lo haga sentir acerca de su sexualidad, tanto más la apreciará. Decirle: «¡Eres fabuloso!» puede hacer una gran diferencia en su relación. Si el sexo ha sido insatisfactorio durante un período largo, posiblemente no son el uno para el otro. Pero si ha sido satisfactorio, dígaselo.

Y después... un buen café

El comportamiento del hombre no es igual cuando está satisfecho que cuando está hambriento de sexo. Después del contacto sexual, quizás ya no sea tan amable y considerado. Si usted necesita pedirle algún favor o presionarlo para que ceda en algún punto, hágalo antes de que esté satisfecho sexualmente.

Después de la relación sexual, el hombre queda con poca energía. Si desea dormir, déjelo. Luego, revívalo con una taza de café y algunos tentempiés dulces y apetitosos. Si hacen el amor temprano en la mañana, podría quedar exhausto durante horas, y si usted no se preocupa por revivirlo, podría pasar el resto del día con un cascarrabias. Pero si lo hacen por la noche, su hombre recuperará la energía durante el sueño y, por la mañana, estará otra vez como nuevo.

El sexo y el período menstrual

Sí, usted puede tener relaciones íntimas con su hombre durante su período menstrual, pero evítelo si es su primer encuentro sexual. Tenga en cuenta las siguientes sugerencias:

* Hágale saber a su hombre que usted está con el período.
* Pregúntele si prefiere posponer la relación sexual. Incluso actualmente, algunos hombres se abstienen durante los días en que la mujer tiene la menstruación.
* La mayoría de los hombres tiene sexo durante esa época del mes; no obstante, algunos evitan el sexo oral.

Conozca sus ciclos sexuales

Después de iniciar la parte sexual de la relación, benefíciese del ciclo sexual de su hombre. Los hombres son animales sensuales. Adicionalmente, son tan vanidosos como las mujeres y experimentan sus mismos deseos y pasiones. Las necesidades sexuales son distintas en cada hombre. Mientras que uno puede necesitar sexo varias veces al día para sentirse satisfecho, para otro puede ser suficiente una vez al mes o, incluso, con menos frecuencia. Si el primero no tiene sexo durante un día, se sentirá tan irritable como se sentiría el segundo si tuviera que abstenerse durante varios meses.

Conozca el ciclo sexual de su hombre. Luego, analice si sus respectivos ciclos sexuales combinan bien. Para conocer el límite exterior del hombre —cuánto tiempo soporta sin sexo—, sencillamente dígale: «Mi amor, debemos esperar hasta mañana». Llegará un momento en que él no aceptará posponer el sexo ni un día más, o en que empezará a discutir con usted. El tiempo que transcurra entre el momento en que acepte —sin mucha convicción— posponer la relación sexual y aquel en que reaccione fuertemente, determina el límite exterior de sus verdaderas necesidades sexuales.

Utilice la técnica contraria para conocer el límite interior del ciclo sexual de su hombre, o sea, cuánto sexo es más que suficiente para él. Inicie repetidos contactos sexuales y aumente la frecuencia hasta que él ya no quiera más. En ese momento, usted sabrá cuál es el otro límite de su ciclo sexual.

Una inteligente mujer que deseaba determinar el ciclo sexual de su hombre sugirió que no se vieran durante diez días, pero le pidió que la llamara si algo ocurría o si quería verla. Cuando él la llamó al tercer día, ella obtuvo la respuesta que buscaba.

Respete el ciclo sexual del hombre. Desde varias veces al día hasta una vez cada cierto número de meses es normal. De vez en cuando, amplíe el ciclo un día o dos para que la relación sea más intensa, o redúzcalo para disminuir el riesgo de que busque a otra mujer, especialmente si va a viajar solo.

Cuando conozca el ciclo sexual de su hombre, utilícelo en su propio beneficio. Hay dos estrategias:

1. Mantener al hombre un poco hambriento de sexo. Él volverá una y otra vez por más. Pero no hay que privarlo tanto de sexo o buscará satisfacción en otra parte.
2. Mantener tan satisfecho al hombre que no le queden deseos ni energía de buscar sexo en otra parte.

La frecuencia sexual

Para los hombres, el concepto de normalidad en el área sexual se basa en sus propias necesidades. Si usted requiere sexo con más frecuencia que su hombre y lo presiona para que tengan relaciones, él la dejará por ninfómana. Pero si usted necesita sexo con menos frecuencia y rehúsa tener relaciones, él la dejará por frígida. Recuerde que el hombre se basa en sus propias necesidades para determinar qué es normal y qué no lo es. Si a él se le vuelve difícil mantenerla satisfecha, se sentirá inadecuado y terminará la relación con usted. Pero también terminará la relación si él es quien a menudo se siente insatisfecho.

El organismo humano no puede emplear exageradamente la energía sexual y no sufrir las consecuencias. Desmedido sexo lleva a la irritabilidad, la indolencia, la depresión e, incluso, al suicidio. Demasiado sexo puede volver a una esposa descuidada y su hogar puede convertirse en una pocilga. Pero muy poca actividad sexual puede tener consecuencias peores.

La energía sexual

La energía sexual es similar a una fuerza eléctrica. Las pilas tienen un polo positivo y uno negativo, y cada polo emite una carga. Hacer contacto entre los polos produce chispas. Y mantener la conexión durante cierto tiempo hace que las pilas se descarguen.

Al hacer contacto físico tomándose de las manos, dándose besos o acariciándose de un modo erótico, los dos miembros de la pareja descargan lentamente su energía sexual. La ropa funciona como «material aislante». En cambio, el acto sexual descarga la energía sexual rápidamente y deja agotadas a las dos personas.

Una vez escuché a la madre de una joven decirle a una amiga: «Mi hija y su novio tienen relaciones sexuales». La otra señora se sorprendió y le preguntó: «¿Cómo lo sabes?». La madre de la joven le respondió: «Ya no se toman las manos ni se ven tan cariñosos como antes». Era una mujer inteligente. Ella captaba que la pareja ya no necesitaba una descarga lenta de energía sexual, pues habían encontrado la forma de descargar rápidamente esa energía a través del acto sexual.

Si duda de que la «energía sexual» fluye entre un cuerpo y otro, utilice guantes de caucho la próxima vez que se tome de la mano con un hombre. Fíjese qué *no* ocurre. Dado que la energía sexual es como una fuerza eléctrica, hay diferentes velocidades de descarga, cada una con sus ventajas y desventajas.

Hay gente que desconoce la satisfacción que proviene de dormir durante largo tiempo en brazos de la pareja. Ese placer se origina en el contacto continuo de los dos cuerpos durante un lapso prolongado. Es el disfrute de sentir el calor del otro cuerpo. Para muchas parejas, este es uno de los aspectos más gratificantes del matrimonio.

Evite cuatro errores graves que cometen las mujeres

He descubierto que hay cuatro errores que las mujeres adultas cometen en sus relaciones sexuales. Por sí solo, cada uno de estos errores puede reducir significativamente la probabilidad de que la mujer sea feliz:

1. Entablar una relación a largo plazo desprovista de actividad sexual.
2. Mantener relaciones sexuales sin que medie un compromiso.
3. Utilizar la negación sexual como arma.
4. Actuar como una prostituta.

1. No entable una relación desprovista de sexo
Para el hombre normal, la actividad sexual con su mujer forma parte de la relación. Si luego de un período largo su relación sigue desprovista de sexo, preste atención. Es posible que su hombre tenga un impulso sexual muy bajo como para hacerla feliz, o que no sea heterosexual.

2. No mantenga relaciones sexuales sin que medie un compromiso

El sexo sin compromiso es la manera equivocada de conducir al matrimonio al hombre de sus sueños. Usted quizás se ha entregado por completo porque su meta es casarse; no obstante, si para él la relación es informal, usted está perdiendo el tiempo. En ese caso, trácese la meta de hacer que él se comprometa. Si al hablar del futuro él sigue excluyéndola, termine esa relación cuanto antes.

3. No use el sexo como arma

Cuando su relación se vuelva sexual, no utilice la negación del sexo como arma contra su hombre. Al igual que la bomba de hidrógeno, la negación tiene consecuencias muy serias como para recurrir a ella, salvo en circunstancias extremas. Algunas mujeres equiparan su actividad sexual a una mercancía: les dan una muestra a los hombres y luego se la niegan hasta que ellos se comprometen. La idea de estas mujeres es que, habiendo probado la «muestra», ellos ya saben lo que se están perdiendo. No haga esto.

Nunca le niegue el sexo a su hombre para ganar una discusión o un obsequio. ¡Y no se le ocurra utilizar esta estrategia para salirse con la suya! Él sentirá que si como amante le hace eso, como esposa le hará cosas mucho peores. Entre las condiciones que el hombre busca en una mujer para hacerla su esposa, la actividad sexual ocupa un lugar preponderante. Cualquier amenaza en ese sentido acabará con la intención del hombre de sus sueños de hacerla su mujer.

Si está enferma o tiene alguna razón para negarse, cuénteselo a su hombre. Si no le explica lo que le preocupa, él pensará que usted se está negando a hacer el amor. No le diga, simplemente: «Tengo dolor de cabeza» o «Esta noche no tengo ganas». Cuéntele que está triste por la muerte de un familiar, o que tiene cólico menstrual o que le duele un oído.

La exclusividad sexual conlleva responsabilidades en torno a la satisfacción de la pareja. Cuando alguno de los dos no desea tener relaciones sexuales, debe darle a la otra persona una razón convincente pues, de lo contrario, la pareja se frustrará y empezará a buscar compañía en otra parte.

4. No actúe como una prostituta

En el fondo, algunas mujeres son prostitutas. Como dije antes, esta clase de mujeres hace bromas con sus amigos sobre lo maravilloso que sería enamorar a un hombre viejo y rico que tuviera un pie en la tumba y el otro en una cáscara de banana. Los hombres encuentran repulsivos estos comentarios. Si usted no quiere dar la imagen de que es una parásita o una prostituta, entréguele su cuerpo al hombre solo cuando esté dispuesta a compartir con él los demás bienes que usted valora. Si un hombre puede disfrutar de su cuerpo, pero no puede conducir su automóvil, pensará que para usted el auto es más importante que él. No espere ni acepte regalos lujosos, ni que su hombre invierta una fortuna para que usted esté contenta. Si espera que él pague por el placer de su compañía, la verá más como una prostituta que como su futura esposa.

ANTES DE LA BODA

Cuando su relación ya esté cimentada, piense o bien en compartir con su hombre un período de «inmersión», o bien en empezar a vivir juntos.

La inmersión

Si usted no puede vivir con su futuro esposo, hágase un favor y hágale un favor a él. Organícense para pasar juntos por lo menos una semana seguida, las 24 horas del día. Durante esa semana de «inmersión», estén en contacto con el mundo exterior, pero procurando permanecer solos la mayor cantidad de tiempo posible. En esos días aflorarán problemas que se podrían presentar estando casados y, al final, usted sabrá si desea la compañía permanente de ese hombre.

Vivir juntos

¿Debe usted vivir con el hombre con el que piensa casarse? La respuesta es sí; definitivamente, sí. Pero hay excepciones. Por ejemplo, si el hombre es chapado a la antigua, excesivamente religioso o proviene de una cultura con valores distintos a los suyos. En esas circunstancias, si usted insiste en que vivan juntos, podría perderlo. Pero quizás eso sería lo que más le convendría. En resumen, antes de casarse, analice detenidamente si su hombre sería la pareja apropiada para usted.

La mejor sorpresa después de casarse es no tener sorpresas. Aproveche el período en que vivirán juntos. Es el último paso del proceso de selección de su pareja ideal.

Los beneficios de vivir juntos

Las relaciones sexuales son apenas un beneficio de vivir juntos. Los beneficios principales no son de naturaleza sexual. Aproveche la oportunidad de vivir juntos para ver si ustedes se llevan bien estando solos las 24 horas del día. Fíjese cómo comparten las cuentas, las tareas domésticas y la responsabilidad a la hora de tomar decisiones.

Pero más importante aún es descubrir los hábitos personales de su futuro esposo. Antes de tomar la decisión definitiva de casarse, estas son algunas de las preguntas que usted debe poder responder:

- ¿Cuáles son los momentos del día en que está de mejor ánimo? ¿De peor ánimo?
- ¿A qué hora le gusta cenar? ¿Hacer el amor?

- ¿Duerme bien o tiene problemas de sueño?
- ¿Ronca? ¿Qué tan fuerte?
- ¿Acostumbra comer algún bocadillo en la cama tarde en la noche? ¿Deja migas?
- ¿A qué hora se baña? ¿Le gusta bañarse con usted?
- ¿Deja sucio el baño o destapado el dentífrico? ¿Los pelos que deja en el lavabo la están sacando de casillas?
- ¿Pasa todo el tiempo en el teléfono conversando con sus amigos, familiares y colegas?
- ¿Hace ejercicio o rituales religiosos en momentos que usted considera inoportunos?
- ¿Se apropia de la mayor parte de la cama? ¿O cree que la cobija es para su uso exclusivo?

Las desventajas de vivir juntos

¿Puede ser contraproducente vivir juntos? Sí; puede ser perjudicial para la relación si empiezan a vivir juntos demasiado pronto o si este período es demasiado largo. Toda relación tiene momentos de gran intensidad y momentos de estancamiento. Si esto ocurre antes de casarse, es posible que la motivación para contraer matrimonio se esfume.

Cuando las dos personas viven juntas mucho tiempo y luego se casan, el matrimonio no suele durar. Con frecuencia, esas relaciones han tenido demasiados altibajos y han llegado a su punto más bajo. Esas parejas aspiran a que la ceremonia del matrimonio salve su relación, pero, por lo general, ya es tarde.

La frecuencia y la satisfacción sexuales muy pocas veces cambian significativamente tras el matrimonio. Si usted y su hombre no han establecido una vida sexual satisfactoria antes de casarse, no espere tener después una vida sexual feliz.

Las relaciones prematrimoniales son importantes para la mujer, pues ella necesita evaluar el comportamiento de su pareja. El hombre puede disimular su manera genuina de actuar cuando está saliendo con una mujer, pero no cuando están viviendo juntos. Quizás sus palabras y sus acciones no coinciden. Aproveche la época en que vivirán juntos para descubrir cómo es él.

Vivir juntos es muy provechoso, siempre y cuando la pareja no evite los conflictos ni eluda las responsabilidades. Cuando viva con su hombre sin estar casados, sea usted misma y aliente al hombre a ser él mismo. Enfrenten la vida diaria juntos y con sentido de realidad.

11

Prepare a su hombre para el matrimonio

Hemos llegado al paso final: hacer que su relación concluya en matrimonio. Pero es preciso que sea cautelosa. Antes de dar ese paso, debe estar segura de que la pareja que elija sea el hombre de sus sueños.

ENSÉÑELE CÓMO SER UN ESPOSO

Los hombres no nacen sabiendo cómo ser maridos; hay que enseñarles. A continuación encontrará diez técnicas para arraigar en la mente de su hombre la idea de que usted es bella e inteligente, de que es la mujer ideal para él y de que se necesitan el uno al otro para ser felices. Utilice estas técnicas para que su relación se vuelva indestructible.

1. Las asociaciones
La mente puede aprender a asociar dos hechos sin relación alguna, como un plato de comida con el sonido de una campana. Un científico ruso llamado Pavlov hizo precisamente eso. Cada vez que alimentaba a sus perros, hacía que sonara una campana. Luego, ante el solo sonido de la campana, los perros

empezaban a salivar. ¿Por qué? Porque el sonido era la señal de que el alimento estaba por llegar.

Utilice esta técnica de asociación en su relación de pareja:

- Haciendo que su hombre asocie una canción con un momento especialmente agradable que hayan compartido.
- Haciendo que asocie un color con algo que a menudo disfrutan juntos.
- Haciendo que asocie un atuendo con un plan que para ambos fue inolvidable, como una tarde en la playa, un atardecer o un paseo por la montaña.
- Haciendo que asocie un tono de voz erótico con un estado de ánimo o con un recuerdo grato para ambos.

Si usted se aplica invariablemente el mismo perfume, él asociará esa fragancia con usted, y cada vez que la huela la recordará aun cuando no esté presente. De igual manera, si tienen una canción preferida, cada vez que la escuche pensará en usted. Encienda una vela siempre que vayan a hacer el amor. El solo hecho de ver una vela encendida hará que la desee.

Pero tenga cuidado con las asociaciones negativas porque a su hombre podría ocurrirle lo mismo que a los osos de los circos rusos. Los entrenadores de esos circos condicionan a los osos a «bailar» haciéndolos pasar sobre piedras calientes mientras se escucha el sonido de un violín. Los animales tienen que dar brinquitos para no quemarse las patas. Después, ya sin piedras calientes, el sonido del violín basta para que los osos empiecen a «bailar», lo que indica que han asociado la música con la sensación de quemazón en sus patas. Su hombre puede llegar a actuar como esos osos ante una gran cantidad de «violines», en este caso, palabras suyas. Evite que aprenda la «danza del oso».

2. La intensidad

Aprendemos rápidamente a través de experiencias intensas. Si un perro muerde a un niño, de ese momento en adelante el pequeño sentirá temor ante los perros e, incluso, ante las fotografías de perros. Los acontecimientos intensos provocan reacciones emocionales ante las personas, los lugares o los objetos asociados con ellos. Utilice un acontecimiento intensamente placentero para llegar al corazón del hombre. Cuando haga algo positivo que quiera que él repita, exagere su reacción. Brinque, abrácelo, dele besos o dé gritos de alegría. Él recordará esas reacciones mucho más que un simple «gracias» y repetirá esa acción hasta convertírsele en hábito. La sorpresa agrega intensidad. Y una sorpresa grande y agradable puede durar para siempre.

3. La repetición

Cuando alguien la elogie, tome nota mental. Hágale saber a su hombre que otras personas le alaban el cabello, o la inteligencia o el sentido del humor. Dígale que se siente bonita y menciónele todos los atributos suyos a los que él responda favorablemente.

Los publicistas emplean eslóganes y temas musicales para inducir a la repetición. Un buen publicista logra que los clientes los empiecen a canturrear. Si usted es inteligente, cree un eslogan o un lema que tenga que ver con su relación. Esto hacen los clubes y las organizaciones para generar sentido de pertenencia entre sus miembros. Repita el eslogan cada vez que quiera recordarle a su hombre que ustedes son una pareja; incluya su «tema» en las actividades que compartan, en los regalos que le dé, en las notas que le deje en la mañana. («Tú y yo unidos frente al mundo», «Y este es apenas el comienzo», «Estamos juntos en esta empresa», «Juntos para siempre» son apenas unos cuantos ejemplos, pero el mejor provendrá de las experiencias compartidas.)

4. Las recompensas

La sociedad nos condiciona recompensándonos por las conductas adecuadas. La foca trabaja para obtener un pescado, que es su recompensa. El mono trabaja para poder disfrutar de una banana; la ardilla, para conseguir una nuez, y usted y su hombre, para recibir un cheque. Recompense a su hombre por su comportamiento positivo con usted. Dele un fuerte abrazo, una gran sonrisa o un beso. Cuando haga algo especial por usted, ¡correspóndale! Él repetirá esa acción tan a menudo que se le convertirá en un hábito. Pero no utilice el sexo como recompensa, así como nunca debe negarse a tener relaciones sexuales para castigar a su hombre, si aspira a que su relación sea de exclusividad.

5. El elogio

Los hombres responden al elogio. Cada vez que él haga algo que a usted le guste, elógielo. Por ejemplo:

* Tienes una buena cabeza sobre los hombros.
* ¡Te ves estupendo!
* Tus ojos tienen un brillo especial.
* Conocerte es amarte.

Las palabras son ideales porque se pueden dar en cualquier momento, en cualquier lugar y no cuestan nada.

6. Las órdenes

Un tono de voz fuerte y autoritario surte efecto. Decirle al hombre: «¿Cómo pudiste hacer eso?» o «¡Deja ya de hacer esto!» ante algo que a usted le haya disgustado, o «¡Excelente!» o «¡Vuélvelo a hacer!» ante algo que le haya agradado, se traducirá en resultados inmediatos.

7. Órdenes con dulzura

Cada vez que tenga que pedirle algo a su hombre, comience con: «Querido, por favor...» o «Mi amor, no olvides...». Decirle: «Mi vida, no olvides cortar el césped el sábado» —sobre todo, si empieza a recordárselo varios días antes— hará que, en efecto, lo corte el sábado. Hay otra manera de hacerlo. Los primeros días, dígale: «Por favor, mi amor, tráeme las pantuflas». El cuarto y quinto día, dígale: «Querido, tráeme las pantuflas». El sexto día basta con: «Tráeme las pantuflas». Y el octavo día será suficiente con señalarle sus pies y decirle: «Mis pantuflas». Su hombre no se percatará siquiera de que está respondiendo a una orden. Pero a una orden dada con dulzura.

8. El agotamiento

Somos mucho más sugestionables cuando estamos vencidos por el cansancio. Si a las seis de la tarde le dice a su hombre que usted es un encanto —tal vez repitiendo un cumplido que alguien le hizo—, él tendrá la energía mental para rebatir esa idea. Pero si se lo dice a las tres de la mañana, su resistencia será menor y no estará en capacidad de objetar ese mismo pensamiento. Entonces, en ese momento usted le puede recordar cuán encantadora, buena y deseable es. Aproveche esos momentos para convencerlo de lo importante que usted es para él y de que sería una esposa perfecta. Ese también es el momento de reforzar su «campaña publicitaria», tema sobre el cual hablaré más adelante.

9. Los estados de ánimo

Los estados de ánimo de la mujer influyen en el comportamiento del hombre y le enseñan acerca del amor y la felicidad. Si usted irradia alegría, su hombre se sentirá alegre. Si está satisfecha consigo misma, se sentirá encantado de tenerla como pareja. Si, cada vez que está con él, usted se ve dichosa, le demostrará que es bienvenido y deseado. Él se mantendrá a su lado sabiendo que su compañía la hace feliz.

10. El ejemplo

Uno de los mecanismos más eficaces para enseñarle a un hombre a ser un buen esposo es ser una buena esposa. Este proceso debe empezar antes de casarse:

- Dándole prioridad al bienestar mutuo.
- Alentándose el uno al otro.
- Compartiendo los problemas y las soluciones.
- No revelando los secretos que se han confiado.
- Manteniendo una actitud positiva acerca de la relación.

EL CONDICIONAMIENTO

El condicionamiento es la herramienta más poderosa que usted puede utilizar para controlar la conducta de su hombre y conducirlo al altar. Esto se logra sembrando en su mente la idea del matrimonio y trabajando en ella.

El condicionamiento es el proceso mediante el cual se forman los hábitos; forja la cultura, las actitudes, las creencias religiosas, en una palabra, el estilo de vida. Por lo general, no somos conscientes de esto, pero a él recurren constantemente los publicistas, los psicólogos, los militares, los padres, los maestros, los amigos y muchas otras personas que influyen en nosotros.

Cuando nace un bebé, su mente es como una pizarra en blanco. A partir de ese momento, muchos empiezan a escribir sobre ella, es decir, a condicionarlo. Hay condicionamientos provechosos, como aprender a cepillarse los dientes, usar el cinturón de seguridad y celebrar las festividades. Pero hay condicionamientos que llenan al niño de temores, fobias, supersticiones y hábitos necios. Usted puede ver parte de ese condicionamiento en la conducta actual de su hombre.

La religión, las costumbres, los sistemas de castas, el patriotismo ciego, los valores, los prejuicios y otro tipo de creencias son resultado del condicionamiento. Mientras que muchos hombres condicionan a las mujeres para realizar toda clase de tareas desagradables, muchas mujeres condicionan a los hombres para ser sus bestias de carga. Incluso nos pueden condicionar para ir tras objetivos que nos harían infelices en caso de alcanzarlos. En aras de su bienestar mental, haga una lista de lo que usted hace de manera natural y de lo que necesita para ser feliz. No deje que nadie le impida alcanzar sus metas.

Su propio condicionamiento

Un condicionamiento inadecuado podría estar afectando su conducta e impidiéndole ser feliz. Usted quizás tiene prejuicios contra cierto tipo de hombres o de profesiones. Y hasta es probable que tema cambiar de estilo de vida o, incluso, de lugar de residencia. Si tiene estos temores o prejuicios, ha sido condicionada para no salir de la rutina.

Usted posiblemente no reconoce hasta dónde llega su condicionamiento ni cuánto afecta la relación con su hombre. ¿Espera que antes de orinar él levante el asiento del inodoro? Pues ese es un condicionamiento porque no obedece al orden natural de las cosas. Usted orina sentada y no parada o a horcajadas sobre la taza porque ha sido condicionada para hacerlo así. Tenga en cuenta que, pese a haber muchísimos tipos de inodoros, todo el mundo se siente cómodo con aquel al cual está acostumbrado.

Cómo condicionar a su hombre para llevarlo al altar

Para muchos hombres, las mujeres que ven en los medios de comunicación representan el arquetipo de la compañera ideal.

Las madres y otras personas fomentan esa idea, haciendo que los hombres se sientan desdichados pues las mujeres con las que salen usualmente no son tan bellas ni perfectas. Ante esta realidad, usted quizás tendrá que condicionar a su hombre para que interiorice otros patrones que contribuyan a crear una buena relación.

Los hombres casi siempre buscan a una mujer para tener diversión, compañía, sexo y otras razones distintas del matrimonio. Pregúnteles a sus amigos hombres si el matrimonio fue la razón por la que empezaron a salir con sus esposas y advertirá que muy pocos le responderán afirmativamente.

La mente del hombre es terreno fértil. Lo único que usted tiene que hacer es plantar la semilla de un pensamiento y regarla de vez en cuando. Siembre en su mente el concepto de que se casará con usted. Una frase sencilla —por ejemplo, «Tú y yo hacemos un buen equipo» o «Tú y yo nos merecemos el uno al otro»— es un buen comienzo.

El matrimonio no se hace de la noche a la mañana ni es, apenas, una licencia para tener relaciones sexuales. El matrimonio es la cercanía gradual de dos personas a quienes unen los intereses mutuos, la necesidad, el amor y el afecto. Llega un momento en la relación en que lo más ventajoso para los dos es formalizarla.

Acabando con las supersticiones y los prejuicios

Las supersticiones y los prejuicios producto del condicionamiento pueden acabar con la posibilidad de tener un matrimonio venturoso. Me refiero a creencias que no se fundamentan en la verdad y que, lamentablemente, mucha gente tiene. Reemplace esas creencias por sentido común. Entre las más frecuentes en torno al matrimonio se cuentan estas:

- Junio es el único mes en que conviene casarse.
- El anillo de compromiso debe tener un diamante.
- La mujer no debe dejar que su futuro esposo la vea con el traje de novia antes de la ceremonia.
- Hay que utilizar velo para la ceremonia.
- Nunca te cases en viernes 13.
- El día de la boda, ponte algo viejo, algo nuevo, algo prestado y algo azul.

No fomente en su hombre estos mitos y, en cuanto a usted, ¡olvídese de ellos!

Todos expresamos amor de una manera distinta

Todos tenemos alguna idea de cómo debe ser la conducta de una persona que ama a otra. Pero hay un problema: la manera de expresar amor es diferente en cada uno de nosotros. Para usted, llevarle a su hombre el desayuno a la cama es un gesto romántico, pero él podría asociarlo con enfermedad. Para su mejor amiga, ordenar la habitación de su novio y lavarle los platos sucios es una manifestación de amor, pero él podría tomarlo como un mensaje de que es desordenado y sucio. No es posible enterarse por ósmosis de las conductas mediante las cuales un hombre demuestra amor. Eso se logra compartiendo experiencias con él y conociendo aspectos de su infancia, pero, más que todo, haciendo que hable sobre el trato que le daba su madre.

CÓMO SE CREA LA INTERDEPENDENCIA

Antes de conocerse, usted y su hombre vivían totalmente independientes uno del otro. Ahora, la mutua compañía es fuente de felicidad para los dos. Cuanto más compartan sus talentos y fortalezas, tanto más sólida será su relación.

Para lograr la madurez personal hay que pasar por tres etapas: dependencia, independencia e interdependencia. Así pues, la interdependencia es la culminación de su desarrollo personal.

Desde el momento en que nacemos dependemos de otras personas y, en particular, de nuestros padres. Más adelante, la mayoría luchamos por independizarnos y demostrarnos a nosotros mismos, y al mundo, que somos capaces de sobrevivir y prosperar por nuestra cuenta. Ahora ha llegado el momento de alcanzar la interdependencia —la clave para tener una vida plena—, es decir, la etapa en que se combinan la fortaleza interna adquirida a través de la independencia y el regocijo de la dependencia.

Por lo regular, las mujeres de éxito se enorgullecen de su independencia y creen que pueden satisfacer, sin ayuda, todas —o casi todas— sus necesidades. Ellas consiguen su propio alimento, su vivienda y su recreación. Más aún, si quieren tener hijos, piensan seriamente en ser madres solteras. Desde luego, la mujer que aspira a una total independencia debe desistir de casarse.

La interdependencia

La clave del amor mutuo es la interdependencia. Su relación solo prosperará si su hombre satisface sus necesidades y si usted satisface las de él. De hecho, la necesidad es uno de los componentes más importantes del amor. Amamos a una persona en la medida en que la necesitamos para sentirnos bien.

La reciprocidad en el amor —no en las acciones— es lo esencial. No se case con un hombre cuyas necesidades usted no pueda satisfacer. Pero, más importante aún, por ningún motivo se case con un hombre que no llene sus necesidades.

Tómese su tiempo y elabore una lista de lo que usted realmente necesita en la vida. A continuación encontrará dos listas de preguntas que le ayudarán a identificar sus necesidades físicas y emocionales. Utilícelas como punto de partida, luego modifíquelas para que reflejen su situación y, por último, decida si él es el hombre correcto para usted y si usted es la mujer correcta para él.

Nunca dé por sentado que su hombre tiene los mismos sentimientos y necesidades que usted. Más bien, pregúntele.

Necesidades físicas

* ¿Cuánto sexo necesita usted para sentirse satisfecha y relajada? ¿Es este nivel de actividad sexual compatible con las necesidades y la capacidad de su hombre?

* ¿Qué tipo de servicios y bienes materiales requiere usted (incluya la ropa y la ayuda doméstica)? ¿Cómo cambiaría estas necesidades si estuviera casada? ¿Han hablado ustedes dos sobre este tema?

* ¿Cuáles son sus necesidades en cuanto al descanso y el ejercicio físico? ¿Tiene usted mucha más energía que él? ¿O es usted menos activa? ¿Goza usted de la energía suficiente para realizar las tareas diarias? ¿O necesitará la ayuda de su hombre? ¿Cuánta atención requiere él?

* ¿Dónde piensan vivir cuando estén casados? ¿Quién buscará ese lugar? ¿Quién atenderá el hogar? ¿Quién pagará la hipoteca? ¿Le ha preguntado qué piensa sobre estos temas?

* ¿Cuánto tiempo necesita estar sola para sentirse cómoda? ¿Y él? ¿La conoce él a usted como realmente es? ¿Lo conoce usted a él como realmente es?

* ¿Qué alimentos les gustan? ¿Cree que se podrá adaptar a los patrones de alimentación de su hombre? ¿O resentirá tener que cambiar de costumbres?

* ¿Cuántas horas de sueño necesita usted para sentirse totalmente descansada? ¿Y él? ¿Podría este aspecto crearles conflictos? ¿Podría usted dormir con la luz o

el televisor prendidos, o necesita absoluto silencio y oscuridad? ¿Es él madrugador? ¿Y usted?

* ¿Qué actividades recreativas disfruta usted en su hogar? ¿Le fastidian a él sus preferencias? ¿O a usted las de él?

* ¿Con qué frecuencia le gusta reunirse con sus amistades? ¿Entran los planes de su hombre en conflicto con los suyos?

* ¿Qué tan limpio y ordenado espera usted que sea su futuro hogar? ¿Cómo compartirán las responsabilidades? ¿Qué piensa él al respecto?

Necesidades emocionales

* ¿Se irritan ambos por las mismas cosas y en igual medida? ¿Se alimentarán mutuamente la ira o, por el contrario, se ayudarán a manejar las situaciones que les causan frustración?

* ¿Tienen ambos sentido del humor? ¿Cree que les será útil en los momentos difíciles? ¿Resentirá usted el poco sentido del humor de su pareja? ¿Resentirá él su jovialidad?

* ¿Qué tanto sufren sus egos en sus respectivos trabajos? ¿Qué tanto necesitarán reconfortarse el uno al otro?

* ¿Qué cosas hacen que usted se sienta culpable? ¿Comprenderá él esos sentimientos? ¿Comprenderá usted los sentimientos de culpabilidad de su hombre?

* ¿Se sentirá celosa cuando él quiera reunirse con sus viejos amigos o con sus compañeros de trabajo? ¿Resentirá él que usted se reúna con sus amistades?

* ¿Cómo reaccionaría usted si el trabajo de su hombre tuviera prioridad sobre otros planes? ¿Cómo reaccionaría él si su trabajo tuviera prioridad?

* ¿En qué áreas necesita usted sentirse superior a él o

a las personas que son importantes para él? ¿En qué campos necesita usted que él sea superior?

- ¿Podrían compartir, sin resentimiento, las obligaciones para con sus respectivas familias, o para con los hijos que cada uno de ustedes tenga?
- ¿Aspira usted a viajar, a explorar el mundo, a cultivar algún arte o a aprender sobre otras culturas? ¿Comparte él esos sueños?
- ¿Es él tan religioso o espiritual como usted?

La satisfacción de las necesidades

Todos tenemos cuatro clases de necesidades primarias: físicas, intelectuales, emocionales y dirigidas al logro de nuestras metas. Veamos de qué manera la satisfacción de sus respectivas necesidades puede contribuir a profundizar el vínculo que los une.

1. *Necesidades físicas.* Satisfaga las necesidades físicas del hombre asegurándose de que descanse lo suficiente y realice actividades saludables. Él debe hacer lo mismo por usted. Estimúlele los cinco sentidos y, a su debido tiempo, empiecen a tener relaciones sexuales.

2. *Necesidades intelectuales.* Es esencial que los miembros de la pareja tengan un nivel intelectual similar. Cuando esto no ocurre, las personas se sienten solas. Sea una buena pareja intelectual para su hombre y espere de él lo mismo. Si usted no sabe tanto como él sobre algún tema, pídale que le enseñe y haga lo mismo por él.

3. *Necesidades emocionales.* Satisfaga las necesidades emocionales del hombre que ama, y avive esas emociones por medio del elogio y la crítica. Si no lo elogia ni lo critica,

él se aburrirá o se frustrará. Y si se aburre, lo más seguro es que lo pierda. Desde luego que él también debe llenar sus necesidades emocionales, y podría perderla si no lo hace.

4. *Necesidades orientadas al logro de las metas.* Colabórele a su hombre para que alcance las metas que son fundamentales para él. Si en lugar de ayudarle usted se convierte en un obstáculo, él no la desposará. Por supuesto, él también deberá ayudarle a hacer realidad sus metas.

Conviértase en su mejor colaboradora

Satisfaga las necesidades y los deseos de su hombre convirtiéndose en una colaboradora indispensable para él. Para descubrir sus necesidades y deseos, averigüe cuáles fueron sus motivaciones para ser independiente, sobre todo cuando jovencito, y sus metas a largo plazo. Recuerde que es más fácil obtener esa información centrándose primero en el pasado; luego, en el futuro y, por último, en el presente.

- Si usted es una compradora experta, demuéstrele que su guardarropa necesita actualizarse. Él le pedirá que elija su nueva ropa.
- Si usted es música, demuéstrele que la obra que está componiendo debería ser una comedia musical. Él le pedirá que escriba la partitura.
- Si usted es fotógrafa de viaje, muéstrele que a sus diseños arquitectónicos les vendría bien un toque paisajístico.
- Si usted tiene habilidades artísticas, demuéstrele a su hombre que su papelería y sus tarjetas comerciales están pasadas de moda. Él le pedirá que le diseñe su nueva papelería y sus nuevas tarjetas.

La mujer a la que verdaderamente le interesa un hombre hace que él dependa de ella para enriquecer su vida. Siendo fuente de alegría y bienestar para el hombre, su compañía se le vuelve imprescindible. A la vez, él aprende a hacer lo mismo por ella. Pero es muy difícil que una relación tenga éxito cuando una persona depende exageradamente de la otra.

Vuélvase indispensable

Una de las principales técnicas para conducir a un hombre al matrimonio es volverse indispensable para él. Pero esto no significa ser sumisa. No realice trabajos serviles, a menos que sean esenciales o que realmente los disfrute. Mientras usted está en este proceso, pregúntese si él también se está volviendo indispensable para usted.

Hay muchas maneras de lograrlo; por ejemplo:

- Editando sus informes y ayudando a que sus presentaciones sean de más alta calidad.
- Preparando su comida favorita por lo menos una vez a la semana.
- Eligiéndole su ropa.
- Organizando sus cuentas, cuadrando su chequera y elaborando su plan financiero.
- Manteniéndolo al corriente de los hechos políticos.
- Conociendo a sus familiares, amigos y contactos comerciales, de forma que puedan compartir reuniones sociales y de negocios.
- Estando dispuesta a ayudar en caso de que se presente una emergencia en su familia o en su trabajo.
- Compartiendo algunos de sus pasatiempos, aunque no los disfrute plenamente.
- Haciéndole críticas constructivas, pero solo en privado.

* Contándole al mundo cuán maravilloso es él; en otras palabras, siendo su relacionista pública.

En lo tocante al matrimonio y la familia, existen grandes diferencias entre las personas. Una acción que alguien considera indispensable, para otro puede ser aburridora. Antes de intentar volverse indispensable para un hombre, descubra sus necesidades particulares. Haga esto cuando lo entreviste. Recuerde que los deseos son distintos de las necesidades y que debe concentrarse en estas primero que todo. Más adelante, indague acerca de las necesidades de ambos.

La necesidad de ser necesitado

Si su hombre es como la mayoría, entonces quiere sentirse necesitado. De hecho, muchos hombres permanecen en relaciones con mujeres que no les agradan completamente solo porque ellas los necesitan. Aunque al hombre le guste mucho una mujer, si percibe que no lo necesita, se abstendrá de tener una relación con ella. Si usted está seriamente interesada en este hombre, demuéstrele que lo necesita.

¿La necesidad que tiene el hombre de sentirse necesitado es producto de la caballerosidad? ¿Del machismo? ¿De un fenómeno distinto? No; esa necesidad proviene de algo totalmente opuesto a la caballerosidad y al machismo. Más bien, se relaciona directamente con las inseguridades del hombre y con el rechazo de que fue objeto en su adolescencia por parte de las jovencitas.

Los hombres temen ser rechazados por las mujeres, y encontrar una que los necesite disminuye ese riesgo. Pregúntele a un hombre común y corriente por qué quiere casarse con una mujer que lo necesite y le responderá: «Porque si no me necesita, podría abandonarme».

Para comprender esa reacción, imagínese que un actor de cine famoso le propusiera matrimonio. Al principio, usted quedaría embelesada, pero luego empezaría a pensar si otras mujeres podrían estar tratando de conquistarlo. Entonces, usted pensaría que su matrimonio está en peligro y solo se sentiría segura si él dependiera de usted en algún aspecto importante. El hombre necesita esa misma seguridad antes de casarse.

Intentando que la mujer que le gusta le sea fiel, un hombre inseguro puede regalarle joyas, ropa costosa y otros artículos lujosos. Cuanto más inseguro es el hombre, tanto más necesita «comprar» el afecto y la atención de la mujer. Inconscientemente, su estrategia es inducirla a necesitarlo y a volverse dependiente de él. Pero no logra «comprar» amor verdadero.

No tema decirle a su hombre: «Necesito que hagas esto por mí». Si no es una petición absurda, él le dará gusto. Pero nunca lo explote. Para él es importante que usted aprecie sus esfuerzos y que se beneficie de sus talentos. Equilibre lo que él hace por usted haciendo cosas por él.

El hombre necesita sentirse seguro de que es irreemplazable para usted y, por lo tanto, de que puede amarla sin temor. Él sabe que, en la medida que lo necesite, usted no romperá el compromiso. Sentirse tan necesitado es muy gratificante para el ego masculino. «Mi amor, no puedo imaginar la vida sin ti» es un ejemplo de lo que lo hace feliz. Pero no se convierta en una carga. Eso *no* es lo que su hombre quiere.

Una interdependencia sana

A la interdependencia se llega cuando usted empieza a depender de su hombre para lo que él hace mejor y estaría dispuesto a hacer gustosamente, y viceversa. Converse con su futuro esposo sobre cómo se enriquecen mutuamente la vida. Piense en las áreas en las cuales se complementan. ¿Llena él suficientes necesidades suyas como para que usted sea ahora más feliz? ¿Llena usted las necesidades de él hasta el punto de que viva fascinado de tener su amor? Ponga en la balanza, por una parte, el esfuerzo que implica tener pareja y, por otra parte, el gozo y la tranquilidad que esto conlleva. Como resultado de haberse conocido, ustedes dos deben sentir que sus respectivas vidas son mucho más completas que antes.

Embarcarse en el matrimonio es como subirse a un bote salvavidas con la pareja, en el sentido de que ambos tienen que saber en qué dirección remar y tener la certeza de que ninguno echará anclas o remará en la dirección opuesta. Cuanto más le ayude a su hombre a alcanzar sus metas, y cuanto más le ayude él a usted, tanto mayor será la probabilidad de que su matrimonio tenga éxito.

LAS ACTITUDES FRENTE AL MATRIMONIO

El hombre espera ciertas actitudes de su esposa. Si usted toma el matrimonio con seriedad, entonces debe demostrar esas actitudes. Pero, como mujer, también espera determinadas actitudes de su futuro esposo. Este es el momento de reflexionar sobre la compatibilidad que existe entre sus respectivas actitudes frente al matrimonio.

El trabajo

La mayoría de los hombres tiene que trabajar para ganarse la vida, y ese mundo con frecuencia es frustrante y agotador. En muchos casos, el hombre espera que su esposa le colabore en el sostenimiento del hogar. Demuéstrele que está dispuesta a hacerlo. No se convierta en una piedra en su zapato o en una prima donna que solo espera que le den gusto.

Demuéstrele al hombre que usted es una mujer valiosa y no una carga; que tiene ética de trabajo y que ayudará en todo lo relacionado con su vida en común.

Los padres

Así como nuestros padres nos cuidaron cuando éramos niños, nosotros debemos cuidarlos a ellos en su vejez. Nos guste o no, este es el ciclo de la vida. Es posible que su hombre tenga responsabilidades para con uno de sus padres, o para con ambos, y que le preocupe que el tiempo y los gastos que implican esas responsabilidades sean motivo de molestia para usted.

Los cónyuges tienen la obligación de ayudarse mutuamente a atender las necesidades de los padres ancianos. Tal vez para usted no sea agradable vivir el proceso de envejecimiento y muerte de sus suegros, pero es una parte de sus obligaciones maritales. Con su actitud hacia sus propios familiares ancianos demuestre que, si fuera necesario, estaría dispuesta a asumir esa responsabilidad. Espere que su hombre haga lo mismo por usted.

Los hijos de él

El hombre que usted ama tal vez tiene hijos. Aunque habrá que superar muchas dificultades, ellos pueden ser una fuente de alegría para usted e, incluso, pueden llegar a quererla como a una segunda madre.

Por naturaleza, el amor de la mujer por sus hijos es muy fuerte, independientemente de que ame o no al padre de estos. En cambio, el hombre ama inicialmente al hijo tanto como a su madre.

No se sorprenda si ve que su hombre no tiene un fuerte instinto paterno. No todos los hombres lo tienen. Pero esto no significa que usted pueda ser indiferente con los hijos de él. Trátelos con ternura, como si fuera su madre. Recuerde que si se casa con él, es de esperar que sea una madre y una abuela amorosa para sus hijos y sus nietos.

Uno de los peores errores que puede cometer la mujer es ser hostil con los hijos que ya tiene su marido. No hay que olvidar que los niños son las víctimas inocentes de una relación fallida. Nunca critique a su madre delante de ellos. Cualquier comentario negativo sobre ella hará que se llenen de resentimiento contra usted.

Los hijos de hogares rotos sueñan con que sus padres vuelvan a vivir juntos. Por amorosa que usted sea con los hijos de su hombre, si él y su ex esposa tienen la posibilidad de reconciliarse, los hijos la rechazarán a usted. Y hasta lo pueden decir en voz alta. En tal caso, no se ofenda. Tenga paciencia; cuando ustedes se casen y los niños capten que su objetivo no es alejarlos de su padre, la apoyarán y la respetarán.

Los niños requieren ternura y atención, así como también gastos, paciencia, tiempo y una enorme cantidad de energía. Si su hombre tiene hijos de un matrimonio anterior, necesita saber que usted será una buena madre para ellos, y le hará saber lo que espera que haga y que no haga. Cuando esté con sus hijos o con los de él, no dé la sensación de que se siente incómoda con ellos, y no sea indiferente ni irascible. Su hombre no se casará con usted si los niños son importantes para él y aspira a formar una nueva familia. Es más; pensará que si usted se comporta así con un niño, se comportará igual con él.

Las mascotas

Mucha gente adora a sus mascotas. Si usted es cruel con la suya o con la del hombre que ama, él pensará que usted sería capaz de ser cruel con él. Consienta a las mascotas pero, especialmente, a la de él. Su hombre apreciará ese gesto y reaccionará como si hubiera sido dirigido a él.

EMPIECEN A ESCRIBIR SU HISTORIA

Desde luego que usted aspira a que su futuro esposo invierta tiempo, energía y emociones en su nueva vida. Construyan recuerdos imperecederos y una historia común. Inicien proyectos que los hagan soñar con su «nido»; por ejemplo:

- Fabriquen una estantería para libros.
- Busquen juntos una casa.
- Compren juntos algún equipo electrónico.
- Arreglen entre ambos un mueble que esté en mal estado.
- Empiecen a coleccionar discos con sus canciones favoritas.
- Adopten una mascota que elijan entre los dos.

Supongamos que a él le gustan los perros y que usted tiene uno, Rover. Pídale que lo bañe. La primera vez que se lo diga, él aceptará por hacerle el favor a usted; la segunda vez, por hacerle el favor a Rover. Pero, la tercera vez, considerará que Rover es «su» perro. Deje que haga a su mascota objeto de esas emociones.

Compartan las responsabilidades de la vida diaria. Cuanto más tiempo y energía invierta él en usted, tanto más probable es que continúe haciéndolo. Si usted es más hábil que él para cuadrar la chequera, encárguese de esa tarea. Si él se desenvuelve mejor con las compras, deje que las haga. Cuanto más se familiarice él con el estilo de vida y el entorno en que vivirán cuando se casen, tanto más fácil será la transición.

12

El compromiso y la boda

Su «campaña publicitaria»

Usted sabe que es una mujer maravillosa y que su hombre está encantado de que sea su compañera para toda la vida. Yo le aconsejé no hacer su «campaña publicitaria» ante el hombre de sus sueños mientras no estuviera segura de que él lo mereciera. Al fin y al cabo, no valía la pena invertir todo ese esfuerzo en individuos que no satisfacían sus necesidades. Pero ahora ha llegado el momento de hacerse campaña. De hecho, su hombre la espera y si usted no la hace, él lo podría interpretar como falta de interés de su parte.

Muéstrele a su hombre por qué es superior a otras mujeres. Como es probable que él trate de bajarle los humos, esté preparada para responderle.

Haga lo mismo que los vendedores, que de tanto promover los beneficios de sus productos terminan convenciendo a mucha gente de comprarlos.

Usted convencerá al hombre de sus sueños de casarse si se promueve oportunamente. Tanto el momento como la forma son esenciales. Cuéntele todas las razones por las que se debe casar con usted. Dígale que las metas de los dos son compatibles y que prevé un futuro feliz juntos.

Convénzalo de que no hay otra como usted

No solo es importante que usted reconozca que su hombre es excepcional; él también debe reconocer que usted lo es. De las siguientes características que son valiosas en cualquier persona, usted seguramente tiene varias y, por eso, es una mujer superior:

Buena amante	Vital
Optimista	Culta
Ojos hermosos	Bonita voz
Sabe escuchar	Divertida
Buena ama de casa	Talento musical
Sentido del humor	Deportista
Conversadora interesante	Inteligencia superior
Buena cocinera	Buena madre
Amable	Ambiciosa
Profesional de éxito	Buena reputación profesional
Senos firmes	Piernas bien torneadas
Responsable con el medio ambiente	Talentosa
Buena bailarina	Frugal
	Sensata
Buenos genes	Buena planificadora
Leal	Responsable
Interesada en la familia	Honesta
Leída	

Identifique las cualidades que la hacen superior y determine cuáles son más importantes para su hombre. Luego, poco a poco destaque esos atributos hasta que él esté tan convencido que se los mencione como si él los hubiera descubierto. Este es uno de los pasos determinantes para cautivarlo. Cuando usted lo entrevistó para el trabajo de marido, descubrió qué cualidades buscaba él. Ahora hágale saber que usted tiene las condiciones especiales que él desea en su futura esposa.

Haga que piense en el futuro

Algunos hombres le dedican tanto tiempo y energía al trabajo y a otros campos de su vida que no les prestan la debida atención a sus mujeres. Sencillamente, no piensan en el matrimonio. Pero si la mujer cambia el foco de atención del hombre, lo puede conducir al altar.

Si el hombre que usted ama trabaja demasiado duro o toma la vida más seriamente de lo que debería, hágale una «terapia de choque» para ponerlo en la realidad. Llévelo a visitar la tumba de algún pariente fallecido de él para que capte que la vida se le está pasando sin gozarla al máximo. Si eso no es posible, vayan a un cementerio nacional. La intención es que él se percate de que no vivirá eternamente y de que debería pensar en su futuro, incluyendo casarse con usted. Leer las lápidas lo hará reflexionar sobre su propia mortalidad.

Si no pueden ir a un cementerio, use otras técnicas para recordarle que nuestra existencia es efímera. Pregúntele qué quisiera que dijera su lápida. Pregúntele, también, si está de acuerdo con la cremación. Sutilmente recuérdele que el siguiente latido de su corazón podría ser el último. Comience con un comentario como este: «¿No es sorprendente que vayamos por la vida como si nunca fuéramos a morir?». Pídale que le cuente qué tanto ha gozado la vida hasta ese momento y pregúntele qué le gustaría hacer durante el tiempo que le quede.

Cómo plantear el tema del matrimonio

Usted quiere que su hombre ponga el tema del matrimonio, pero si no lo hace, haga que otras personas lo saquen a colación. No deje nada al azar.

Llegado el momento oportuno de hablar de matrimonio, si él no lo menciona, vayan a sitios donde los traten como si ya estuvieran casados. Por ejemplo, salgan de compras y busquen artículos que las parejas casadas suelen necesitar. Entre esos artículos se cuentan:

+ Casas.
+ Apartamentos.
+ Botes.
+ Automóviles.
+ Televisores de gran tamaño.
+ Refrigeradores.
+ Estufas.
+ Mesas de billar.
+ Obras de arte.

Para instarlos a comprar, los vendedores pondrán todo su empeño en convencerlos de lo felices que serían si compraran sus productos, y hasta podrían toparse con uno que recalcara lo mucho que sus hijos disfrutarían el nuevo televisor. No se moleste en corregirlos; más bien, mire a su hombre con picardía. Más tarde, hágale notar que los dos ya están empezando a «parecer casados».

Participe en las celebraciones familiares de su hombre. Su objetivo es impresionar favorablemente a sus padres y demás parientes. Conozca a los tíos y tías, sobrinos y sobrinas. Alguien podría hacer un comentario como: «Estoy segura de que tendrán unos hijos preciosos». De este modo, su familia podría ser decisiva para que él empiece a pensar en compartir la vida con usted.

Descríbale un futuro feliz que la incluya a usted. Diga cosas del siguiente estilo: «Si unimos nuestros esfuerzos y talentos, no habrá empresa que nos quede grande». Conversen sobre el safari que están planeando para el año siguiente o sobre la cabaña qué podrían comprar en tres años. Si él sueña con tener una casa hermosa, consiga revistas sobre decoración para estimular su imaginación. Haga lo mismo con otros intereses que él tenga.

Compórtese como si ya estuvieran casados. Haga que su hombre dependa de usted como dependería de una esposa, y defiéndalo contra el mundo. Si su negocio es el entretenimiento, aprenda a ser una buena anfitriona. Preocúpese por la ropa de él, recuérdele que necesita un corte de pelo, hágale comentarios sobre sus modales; en fin, haga todo como si ya fuera su esposa. Luego, espere lo mismo de él.

LA PROPUESTA

Estoy segura de que todas las mujeres casadas que usted conoce y, en especial su madre, le han contado historias sobre la forma romántica como sus cónyuges les propusieron matrimonio. Pero no hay que creer todas esas historias; la realidad es distinta y mucho más interesante. Lo más probable es que su madre haya recurrido a ciertos ardides para enamorar a su hombre y hacer que pidiera su mano.

A la decisión de casarse no se llega de la noche a la mañana. Por lo general, los integrantes de la pareja llegan a un punto en que actúan y viven como si estuvieran casados. Si su pareja está pasando todo su tiempo libre con usted, si la relación sexual es exclusiva y si la comunicación entre ustedes dos es franca, entonces ha llegado el momento de proponer matrimonio.

Si a usted le toca proponer, hágalo como le indico a continuación. Dígale a su hombre: «Mi amor, yo disfruto tanto la vida cuando estoy contigo que si no me propones matrimonio en los próximos meses, yo lo haré». La mejor época para que el hombre se comprometa es a final de año, porque las festividades se centran en la vida familiar. El matrimonio podría realizarse en el verano, pero el compromiso se haría en noviembre o diciembre. Cuando él le pregunte qué quiere que le regale de Navidad, dígale «a ti». No le diga «un anillo». Esto podría parecerle demasiado materialista a un hombre que está a punto de comprometerse con usted para toda la vida.

El hombre habla indirectamente de matrimonio cuando hace comentarios de este tenor: «Cuando nos aburramos de salir con otras personas, sabremos que es hora de sentar cabeza». Esta es una forma de probarla a usted, esperando que le diga: «¿Para qué esperar? Yo te amo».

¿Por qué haría esto su hombre? Porque teme el rechazo y no sabe qué le respondería usted si le propusiera matrimonio directamente. Piense en sus relaciones anteriores. ¿Perdió alguna oportunidad de casarse?

No recurra a ultimatums ni a comentarios tan sutiles que no transmitan ningún mensaje. Una mujer le dijo al hombre con el que vivía: «El próximo viaje que hagamos juntos será nuestra luna de miel». Y lo fue. En octubre, yo le dije a mi marido que podía elegir la fecha de la boda siempre y cuando fuera antes de terminar el año. Nos casamos el 30 de diciembre.

SU COMPROMISO

Las relaciones maduran, evolucionan hacia el matrimonio y atraviesan numerosas etapas, entre ellas la del compromiso, que es la transición entre su vida de soltera y su vida de casada. Esta etapa empieza con la decisión de contraer matrimonio, el anuncio y, usualmente, la entrega del anillo. También incluye celebraciones, planes para la boda y conversaciones sobre el futuro.

Así como requiere esfuerzo comprometerse, requiere esfuerzo estar comprometidos. Esta transición suele ser difícil;

tanto que muchas relaciones se rompen debido a que la mujer descuida al hombre durante este período.

El anillo

Aunque el anillo de compromiso es una costumbre muy arraigada, no necesitamos llevar uno para sentir que estamos comprometidas. Sea cuidadosa al elegir su anillo. Muchas mujeres escogen diamantes grandes para producirles envidia a sus amigas. Hay hombres que consideran que comprometerse con un anillo de diamante es una muestra de codicia; tanto es así que numerosos compromisos terminan en ese momento. Si él le compra un diamante, tranquilícelo diciéndole que el anillo le pertenece a él y que, cuando él quiera, se lo devolverá. O demuestre consideración por sus finanzas sugiriéndole que lleve un zircón en lugar de un diamante. Los diamantes se pueden dejar para más adelante. Asegúrele que lucirá el anillo con orgullo, independientemente de su precio.

Entregarle a la mujer un gran diamante puede significar que el hombre desea alardear de su capacidad económica y su éxito profesional, o que busca intimidar a otros hombres para evitar que se acerquen demasiado a su mujer. El anillo no tiene por qué inflar su ego; recuerde que otra mujer podría llevarlo. El anillo ni aumenta ni disminuye su valor como persona.

Si su hombre elige el anillo, no lo haga avaluar. Tampoco debe hacer ostentación de su costo delante de sus amigas ni permitir que ellas armen un escándalo en torno al tamaño de la piedra o a su valor. Su hombre podría ofenderse y el compromiso podría romperse. Si le pone demasiado énfasis al anillo, su hombre sentirá que le está restando importancia a él que, al comprometerse con usted para toda la vida, le está dando el más valioso de los regalos.

El manejo del compromiso

Un compromiso es un acontecimiento digno de celebrarse, pero también es la oportunidad de irse acostumbrando el uno al otro. No deje que las fiestas les impidan ver la realidad de la vida cotidiana. Su hombre, no sus amistades, debe ser lo primero en su vida. Si él no es su prioridad, no se case.

El período de compromiso debe ser suficientemente largo para alcanzar a hacer los preparativos para la boda, pero suficientemente corto para que el entusiasmo no se desvanezca. Entre tres y doce meses es un tiempo prudente. Si hay que esperar más a causa de dificultades familiares o económicas, se corre el riesgo de que este período sea aún más difícil porque se tienen las obligaciones del matrimonio, pero no sus recompensas.

Si su novio es tímido, podría resistirse a participar en los eventos sociales que implica una boda. Para probar cuánto lo ama, usted podría llegar al extremo de proponerle que se fuguen y se casen a escondidas. Pero si le hace esta propuesta, debe estar dispuesta a cumplirla. Si lo ama de verdad, lo fundamental para usted debe ser el matrimonio, no la fiesta. No se case con un hombre con el que no esté dispuesta a fugarse.

Sexo y exclusividad

Si la relación ha avanzado en la dirección correcta, entonces es de suponer que han tenido actividad sexual durante cierto tiempo antes de comprometerse. Incluso quienes se oponen a las relaciones prematrimoniales a menudo convienen en que las parejas tengan sexo durante el período de compromiso. Las relaciones sexuales son esenciales en esta etapa, a menos que la pareja también piense abstenerse del sexo después de casarse. Es muy importante que definan si se pueden adaptar a las necesidades sexuales —y de otra índole— de su pareja.

Comiencen a vivir juntos cuando estén comprometidos, si es que no lo están haciendo ya. Antes de casarse, deben asegurarse de que sus estilos de vida sean compatibles. Procuren compartir la mayor cantidad de tiempo posible. Si la relación todavía no es exclusiva desde el punto de vista sexual, deberá serlo una vez se comprometan.

Acciones aparentemente incomprensibles

Su hombre podría estar enfadado consigo mismo por haberse enamorado. Aun cuando usted lo haya cautivado, podría estar pensando, no sin cierta melancolía, en la cantidad de mujeres que dejó de lado y a las que ahora debe renunciar. En efecto, el enfado podría llevarlo a comportarse mal con usted poco antes de la boda. Quizás de manera inconsciente, podría ponerla a prueba para asegurarse de que realmente lo ama. Pero si usted se prepara para esa eventualidad, no solo estará en capacidad de capear el temporal, sino que él volverá a ser el mismo hombre adorable de antes. Las mujeres que no comprenden a los hombres interpretan mal esta actitud y muchas dan por terminada la relación. El hombre pasa de tratar a la mujer como a una reina a mostrar lo peor que hay en él para saber si ella lo ama incluso en esas circunstancias.

Lo más inaceptable que he visto fue cuando un hombre se presentó a su boda con una mujer ¡que no era su novia! La futura esposa presentó a la mujer a los invitados como la última novia de él. Incluso mi esposo hizo algo de este tipo: rehusó llevar corbata el día de nuestra boda. Sea un acto de crueldad o apenas un acto simbólico, es preciso reconocer que es el último gesto de resistencia del hombre antes de casarse. No reaccione negativamente. ¡Usted va por el camino correcto!

Lista de verificación final antes de la boda

Esta lista de verificación, que consta de veintiún puntos, se refiere a información crucial que los integrantes de la pareja deben conocer antes de comprometerse en matrimonio. Sorprendentemente, muchas personas se casan sin saber casi nada de sus parejas y, por supuesto, sufren las consecuencias después.

1. Edad.
2. Obligaciones económicas, incluido el mantenimiento de otras personas, como ex cónyuges, hijos o padres.
3. Estado civil.
4. Hijos (biológicos y/o adoptados).
5. Creencias religiosas.
6. Frecuencia sexual.
7. Ingresos y activos financieros.
8. Actitudes hacia el origen étnico y la cultura de la pareja.
9. Valor que le atribuye a la lealtad con la familia.
10. Secretos de familia que pueden ser fuente de vergüenza posteriormente.
11. Problemas legales, como demandas y condenas.
12. Orientación sexual.
13. Educación.
14. Supersticiones.
15. Filosofía de vida.
16. Expectativas en torno a la exclusividad sexual.
17. Relación con sus anteriores parejas.
18. Manejo del dinero.
19. Problemas de salud.
20. Vicios.
21. Sentido del bien y del mal.

Todos los futuros cónyuges tienen derecho a conocer la situación real de la otra persona a fin de determinar no solo la probabilidad de que el matrimonio funcione, sino también las áreas de posible conflicto. Sin embargo, no siempre es fácil obtener toda esta información.

No utilice esta lista de verificación al principio de la relación. Sin embargo, asegúrese de conocer todas las respuestas antes del compromiso. Esta es su última oportunidad de obtener la información que le falta antes de casarse. Es imposible saber cómo proceder cuando no conocemos todos los hechos.

El contrato matrimonial

Para la mayoría de nosotros, el matrimonio es la relación legal más importante de nuestra vida; incluso más que comprar una casa o fundar una empresa. Protéjase y proteja a su futuro esposo elaborando un contrato matrimonial. Estos contratos son muy útiles cuando hay grandes diferencias entre los contrayentes en materia económica, en cuanto a la expectativa de vida, los hijos de matrimonios anteriores y otros factores.

El contrato matrimonial es un acuerdo entre los futuros cónyuges que establece sus derechos, responsabilidades y propiedades. En él también se deben establecer las responsabilidades financieras de los cónyuges. Antes de casarse, es recomendable que un abogado le ayude a elaborar el contrato. Su futuro esposo también deberá acudir a un abogado.

Agradezca que haya contratos matrimoniales; gracias a ellos, los contrayentes pueden aclarar abiertamente sus expectativas. Pero, para comenzar, utilice la anterior lista de verificación.

Ponga límites a la interferencia familiar

Cuando una pareja está planeando casarse, las respectivas familias tienden a interferir. Si este es su caso, prepárese para actuar adecuadamente.

No permita que los prejuicios de sus padres la disuadan de casarse con el hombre de sus sueños. Pídales que le expliquen exactamente las razones que tienen para oponerse a su boda y, si son muchas, escríbalas. Cuando hayan terminado, responda una a una. Es posible que su madre —u otra persona de su familia— la esté tratando de disuadir para no quedarse sola o porque teme perder la ayuda que usted le ha venido prestando. Haga todo lo que esté a su alcance para que ella le tome cariño a su hombre. Aun cuando al principio no tenga éxito, lo más probable es que, con el tiempo, lo acepte como marido suyo y lo llegue a querer como a otro hijo.

Sus hijos se podrían oponer a la boda, especialmente si su padre vive y no se ha vuelto a casar. Pero la oposición también puede provenir de los hijos de su hombre, sobre todo si su madre vive y no se ha casado nuevamente. No permita que ellos interfieran en sus planes de matrimonio. Díganles que aunque lamentan cómo se sienten, saben que algún día apreciarán lo que la relación significa para ustedes dos, y que esperan que su felicidad también sea importante para ellos.

SU BODA

Los planes para la boda deben consolidar la relación y permitirles comenzar su matrimonio con bases sólidas. No obstante, hay ocasiones en que la inminencia del matrimonio debilita la relación en lugar de fortalecerla. De hecho, la planeación de la boda es la última oportunidad que usted tiene de disuadir a su hombre de permanecer soltero.

La mujer puede manejar mal esta etapa si pierde de vista los intereses del hombre. Este error es más frecuente en las mujeres que no han estado casadas. Muchas empiezan a soñar con su boda desde que son pequeñas e imaginan todos los detalles de la ceremonia, empezando por el traje de novia. Es posible que usted sepa a quiénes quiere invitar, cómo quiere que sean las invitaciones y mil detalles más. También es probable que considere el día de la boda como *su* día, desatendiendo los deseos de su novio. Pero ¡tenga cuidado! Su hombre puede tomar esta actitud como una indicación de inmadurez y egoísmo. No olvide que el día de la boda también es el día *de él*. No deje de consultar con su hombre los detalles de la ceremonia nupcial.

Tradicionalmente, la familia de la novia organizaba la boda y sufragaba los gastos. Pero las parejas de hoy piensan distinto. Es importante que ustedes dos conversen sobre este punto y tomen las decisiones que más les convengan.

Hace mucho tiempo se pensaba que los novios no debían ver a sus futuras esposas con el vestido de novia antes de la ceremonia. Estas tradiciones son perjudiciales porque hacen que el hombre se sienta excluido y destruyen parte de la cercanía emocional que es vital entre el hombre y la mujer.

Una boda muy concurrida y pomposa representa un tremendo peligro para la relación, pues la novia debe dedicar tanto tiempo y energía a los preparativos que abandona a su futuro esposo. Y esta es, precisamente, la época en que él más necesita su atención y estar seguro de su amor.

La boda es el comienzo de su vida de casada y no solo el final de su soltería. Haga que también sea una ocasión feliz para su hombre. Y recuerde que ese no es su día, sino el día *¡de los dos!*

Conclusión

Ahora que usted ha llegado al final del libro, está preparada para lograr lo que se ha propuesto: conocer al hombre de sus sueños y casarse con él. Como todo lo que valoramos en la vida, el matrimonio exige esfuerzo, paciencia y cuidados. No deje de aplicar y de evaluar sus nuevos conocimientos a medida que adquiera experiencia con los hombres.

Me interesa mucho conocer sus opiniones sobre el libro y las experiencias que tenga gracias a las técnicas que ha aprendido. Aunque no puedo responder todas las cartas que recibo, haré lo posible por comunicarme con usted.

De vez en cuando dirijo cursos prácticos sobre el proceso de encontrar pareja y construir un buen matrimonio. Hágame saber si le interesa asistir a alguno.

Usted ya cuenta con los conocimientos necesarios para atraer al hombre que realmente le gusta. Convierta sus sueños en acciones. Salga al mundo ¡y encuentre al hombre de sus sueños!

Y, por supuesto, envíeme una participación a su boda.

Margaret Kent
www.RomanceRoad.com
multijur@aol.com

Agradecimientos

Escribir un libro, como sacar adelante un matrimonio, requiere esfuerzo y planeación.

Gran parte del esfuerzo se lo debo a mi esposo, Robert Feinschreiber, que me animó a compartir estas técnicas matrimoniales con otras mujeres. Él me ayudó a poner a prueba la universalidad de estas técnicas en los Estados Unidos, la ex Unión Soviética, Canadá, la antigua Checoslovaquia, Japón, el Reino Unido, Australia, Hungría, México, Israel, China e Italia.

Tuve la suerte de trabajar con excelentes editores, especialmente los de Warner Books. Bob Miller dirigió la primera edición de Warner y Melanie Murray, la segunda. Me siento profundamente agradecida con ambos, así como también con sus colegas.

Buena parte del éxito del libro se debe a los medios de comunicación, cuyas agudas réplicas constituyeron un reto y un formidable estímulo para mí, en medio de las diferencias culturales y económicas, y de los prejuicios en torno a las mujeres y a su papel en el logro de la felicidad conyugal.

Este libro
se terminó de imprimir
en los talleres gráficos de Editorial Nomos S.A.,
en el mes de septiembre de 2006,
Bogotá, Colombia.